学生街的日子

〔日〕东野圭吾 著
王维幸 译

南海出版公司

新经典文化股份有限公司
www.readinglife.com
出 品

目 录

第一章　堕胎　赌徒　谋杀　　　　　1

第二章　妹妹　警察　密室　　　　　57

第三章　圣诞树　开球　皮夹克男人　117

第四章　揭秘　对决　逆转　　　　　185

第五章　陵园　教堂　再见　　　　　251

第一章

堕胎 赌徒 谋杀

1

广播中播放着卢·唐纳森演奏的曲子,对二人的心情来说,这首曲子似乎不太适合做背景音乐。盘腿而坐的光平伸出修长的手关掉了收音机。

沉默顿时占据了六叠①大的房间。

广美的表情比平常略显僵硬。她往两个茶碗里倒进日本茶,把较大的那个碗放到光平面前。那个茶碗是在附近一家寿司店开业时抽奖得到的。

光平呷了口茶,放下茶碗,低声问:"为什么?"

广美端正地跪坐在坐垫上,挺直身子喝着茶,闻言不解地侧过脸来。"什么?"

"别装糊涂。"光平咂咂地喝光茶,"为什么堕胎?"

听到这里,广美好像明白了似的放松下来,微微一笑。"因为这是最好的选择啊。"

"为什么?"光平的声音严厉起来,"为什么就不能生下来?"

---

①日本计量房屋面积大小的单位,1叠约为1.62平方米。

"生下来之后怎么办？"

"抚养。我来照顾。"

广美放下茶碗，将手搭在额头上，俨然一副轻微头疼的样子。"谢谢。不过，这是我个人的事。"

"这也是我的事，因为是我的孩子。就算我再比你年轻，起码也应该跟我商量一下。"光平直直盯着广美。事关重大，今天决不能就这么算了。

广美并未轻易妥协，眼角略微上翘的大眼睛迎着光平的目光，声音平静地说："如果我说这孩子不是你的，你能接受吗？"

光平屏住呼吸，腋下流出细细的汗珠。"你在开玩笑吧？"沉默良久后，他终于开口说道。

广美目不斜视，面无表情地回答："开玩笑的。"

光平长舒了一口气。"现在不是开玩笑的时候，你不知道我有多么担心你吗？"

"好了，别担心，我没事。"广美站起来，打开窗户，做了个深呼吸，又重复了一遍，"没事的。"

"几个月了？"光平问。

"三个月。"广美回答。

光平在脑中计算着。虽是男人，他也知道要从妊娠天数来推算受孕日期，只用减法是不行的。

"这么说，就是那次……"光平咕哝着。

广美像没听到似的拿起放在窗边的一个花盆。"发芽了啊，种的是什么？"

光平并未回答，而是抬头望着广美，说："钱，我会出的。"

"其实，我并不是想要你以这种方式来负责，毕竟，已经消逝的东西,谁都无法挽回。"广美把花盆放回原处,披上夹克,朝光平莞尔一笑,"明明没钱还逞强。没事的,不用太在意。"

"丢死人了。"

"不丢人。"广美夹起楚萨迪提包,穿上鞋,"原本是想瞒着阿光你的。不过,我还是觉得,说出来心里稍微痛快了一些。这样你也算完成了该做的事。""改天再来",广美留下这句话就走了。

光平想回一句,却没找到合适的话语,只能任由广美走下公寓楼梯的脚步声有节奏地传来。他无奈地站起身,从窗边远眺她的背影。冷风吹进来,花盆里的新芽随之摇曳。

到底能开出什么样的花呢?光平在心里喃喃着,因为他也不知道种的是什么种子。

2

临近中午,邮递员给光平送来了两封信,一封塞满了西装广告,另一个白色的信封上用楷书工整地写着收信人地址。广告函是光平去年夏天做藏青色西装时的那家裁缝店的店主寄来的,白信封则来自老家的母亲。

光平仔细地拆开信封,取出信笺,一共有三张。

"你好吗?我和你爸都很健康,你不用挂念。"

信的开头照旧是"生意还不错""带孙子去了'七五三'[①]祝贺仪式"之类的琐事。信中提到的生意是指父亲经营的面馆,孙子则是

[①] 日本传统的儿童节日,每年11月15日,三岁、五岁的男孩和三岁、七岁的女孩均穿和服随父母到神社参拜,祈求能平安长大。

哥哥的儿子。

信的结尾也照例是"研究生院那边忙吗？下次什么时候回来？有个准日子后就告诉我们一声"。

光平把信笺装回信封，放到矮桌上，在榻榻米上仰面躺下。心口变得憋闷起来，就像吃多了油腻食物时的感觉。

研究生院？光平使劲呼了口气，好像要把体内积存的沉淀物吐出来。两年后，又该怎么糊弄过去呢？

到了下午，光平离开公寓，步行十分钟来到了一家名叫"青木"的咖啡厅。咖啡厅并不算大，只有五张四人桌，墙上还贴着炒饭配咖啡的套餐价目表，很难称得上是一家雅致的咖啡厅，但还是有几名客人，他们大概都是来看墙边书架上的那些漫画书的。

"你来得正好。"看到光平的身影后，沙绪里绽开红唇笑了。她端着一个托盘，上面放着四杯冒着热气的咖啡。

沙绪里去年从女子高中退学了，此后一直在这家店工作，每天浓妆艳抹，穿着露出大腿的短裙匆忙穿梭于客人之间，似乎也有几个客人是专门冲着她来的。

"二楼？"光平接过托盘问。

"二楼三杯，三楼一杯。"沙绪里说。

"知道了。"光平端着托盘出了店门，走上旁边的楼梯。

青木的二楼是麻将馆。楼梯的平台上有扇玻璃门，是麻将馆的入口。可以说，青木的生意几乎全靠这麻将馆。今天的生意照样不错，几乎所有麻将桌都客满了。虽然一直开着换气扇，开门时灰色的空气还是扑面而来。不抽烟的光平把三杯咖啡放到柜台上，跟干瘦的老板打过招呼后，逃也似的离开了。

三楼是台球厅。

光平爬上三楼，只见有四张球桌正在使用，两张开伦球桌，两张美式落袋球桌。客人都是学生模样，其中还有两名身穿花哨毛衣的女孩，似乎是来为男友助威的。

光平将咖啡递给一名客人，然后环顾室内，看到松木元晴像往常那样站在窗边望着店前的路发呆。光平把托盘放在身后，慢慢走了过去。松木发现了他，回过头来，悠闲地打了声招呼。

光平三个月前刚来到这里时，松木就已经在负责台球厅了。他平时总是一边拢着打了摩丝的头发，一边呆呆地凝视窗外，至于年龄，据说是二十八岁，比光平大五岁。

"情况怎么样？"光平问。他总是用这句话来代替寒暄。

"还行吧。"松木回答，"瞧。"说着，他朝道路的方向努了努下巴。他示意的是位于青木斜对面的一家美发店，那里似乎正在重新装修店面。

"那儿最近完全落伍了，正搭上老本在重新装修呢。"松木用嘲讽的口吻说，"不过，结果还不是一样？就算开始时顾客们图个新鲜来得多一点，可过不了多久还是得照旧。"

"要是那店主听到你这话，肯定要哭鼻子了。"

"怎么会哭呢？店主也不是傻子，人家也知道在这种地方再折腾也没用。这条街已经过气了。大家之所以不走，只是因为缺少勇气而已。"

光平俯瞰着街道。一条双向两车道的路纵贯南北，往北可直达本地的大学。大学的正门原本就在那里，不过现在已经不在了，东移了九十度。改动位置的主要理由是为建新校舍节省空间，而且离车站也近。

7

正门还在北面的时候，这条街上总会挤满学生，长期以来一直被人们亲切地叫作学生街。无论增加多少家咖啡厅也全都满客，为了争抢麻将馆的一张麻将桌，有的学生甚至大清早就来排队，游戏中心、迪厅等学生容易扎堆的娱乐设施争相进驻这里。青木的老板就是用当时赚的钱把房子改建成了三层。

可是，由于正门位置的变动，学生一下子就不怎么来了。

各店的经营者都知道好日子已经到头，从前那种顾客盈门的盛况将一去不复返。能照顾生意的恐怕只剩下熟客，同行间的竞争越发惨烈。

店主们错就错在没有考虑到学生的理性，以为他们会更喜欢相熟的店铺，可结果并非如此。学生可不会只认准一家店或一家店的咖啡，只要离大学或车站近，能玩得高兴，店在哪里都无所谓。

各种各样的店铺竞相进驻连接着大学新正门和车站的大街，新学生街开始繁荣，而旧学生街上一半以上的店铺都关门了，现在剩下的店铺数量还不到鼎盛期的四分之一。

"总之，我讨厌这条街。"松木总结般地说道。

"那你为什么还来？"

"我当时也没想到是这样的街，早知道大概就不来了。"

"那还一直住在这儿？"

"早晚会逃离的。"松木从裤兜里掏出一块口香糖，扔进嘴里，"现在正研究计划呢。"

"长期计划？"光平略带嘲讽地问。

"是要花一些时间。"松木一脸严肃，"逃离就是这样。你看过一部名叫《大逃亡》的电影吗？"

光平摇摇头。

"那，《巴比龙》呢？"松木又问。

"不知道。我不怎么看电影。"

"电影还是应该看一看的，能给人提供一些参考。"松木说完，在光平面前吹起了一个拳头大小的泡泡。

松木真是个不可思议的人。光平认识他都快三个月了，可他从不透露半点个人信息。光平对他的了解仅限于台球打得好、不太有钱之类。就算去问老板，似乎也是相同的回答。老板是去年冬天雇的他，对他同样一无所知，只知道他是手持一张"招工，有台球经验者优先"的广告突然现身的。

虽然从来不说自己的情况，松木却问了许多光平的事。他对光平大学毕业后未就业一事似乎尤其感兴趣，总是缠着询问理由。

"你问我为什么？这个还真不好回答。也并非我不想工作，只是我们机械工学专业的学生毕业后都要去制造业上班，可是我不想走这条老路。我想在更大的范围中寻找一份自己真正喜欢的工作。"

每当光平说这些时，朋友们总是嗤之以鼻，唯有松木听得很认真，而且还总会如此评价："你这想法是不错。现在这个社会，当你想决定自己出路的时候，你就已经步入正轨。但光有梦想还不行。如果不行动，世界是不会改变的。"

光平以为松木心里也怀着某种梦想，可通过平时的观察，又分明不像。

松木朝入口处望了望，抬起右手。光平也朝那里望去，只见"赌徒绅士"面带微笑走了进来。

"大中午的过来，还真是罕见啊。"松木打着招呼。

"请假了。"

"请假来特训？你可真投入。"

"倒也不是。不知为什么，不由自主地就想过来。"绅士脱掉外套，仔细地挂在衣架上，"总觉得今天会赢。"

"那好啊。"松木也脱掉了黑色皮夹克，二人走向最边上的一张开伦球桌。

绅士的年龄在四十岁上下，平时穿着一身深褐色西装，因此松木一直这样称呼他。据说他多年前就是这里的常客，从松木开始在这里工作时起二人就认识了。他也住在附近，隔几天就会来一次，向松木挑战。不过，他的球技不怎么样。

"今天下班后去喝两杯怎么样？"光平朝松木做了个倒酒的手势。

松木一边挑选球杆，一边眨了眨眼表示同意。

下午一点到晚上九点是光平在青木上班的时间，主要工作是为客人送餐。不光是一楼的咖啡厅，二楼三楼也得往返多次，所以算是一项重体力工作。

武宫出现在咖啡厅是在晚上八点前后。他身着一件苔绿色休闲西装，戴着一副淡蓝色镜片的平光眼镜。他板着脸走进店内，先环顾了一圈，然后慢吞吞地在最里面的一张桌子旁坐了下来。那里是他的专座。

光平知道武宫为什么喜欢那个位子，便让沙绪里去点餐。沙绪里把盛着冰水的杯子放在托盘上，若无其事地走了过去。

光平假装看电视综艺节目，朝武宫那边偷偷看了一眼，发现他正不停向沙绪里搭讪。他唇角上翘，还不时往上推推平光眼镜。沙绪里把托盘拿在身后，一会儿交叠起性感的双腿，一会儿踢踢地板，听着他说话。不一会儿，沙绪里走了回来。

"咖啡一杯。"她说。光平听后走进厨房，不久她也跟了过来。"保时捷。"她对光平耳语，"说是保证会借辆保时捷。"

"开保时捷去兜风？"光平一边冲咖啡一边说。

"他自以为是我男朋友呢。不过我不喜欢被人纠缠，所以就说明天没法休息，拒绝了。"

"他想和你上床吧。"

"没有啊。"沙绪里噘起红唇，"只是让他碰过，而且只是上半身。"

"这样会适得其反。"光平进一步压低声音说，"这种男人最好少搭理。"

不久，店里的客人只剩下武宫一人。他一会儿读读报纸，一会儿翻翻杂志，还不时跟沙绪里搭讪，后来似乎也厌倦了，就喊了声"津村"，招呼正在擦空桌子的光平。"求职怎么样了啊？"武宫一副居高临下的口吻。

光平并未停手，简短地回了一句"没头绪"。

武宫似乎咂了咂舌。"你还好意思说'没头绪'？你总不能成天都这样混日子吧？想给教授丢脸？"

光平没有回答，而是重新叠了一下抹布，擦拭起另一张桌子。

"实在不行，我再跟教授谈谈。就算去不了一流企业，一般的公司应该还是有办法的。"

"算了。"光平答道，"我自己的事自己会考虑的，现在正在想办法呢。"

"光耍嘴皮子有什么用？一眨眼的工夫人就老了，等你明白过来的时候已经晚了。"

这次光平什么都没回应，只是更加用力地擦着桌子。

武宫煞有介事地叹了口气，再次将注意力转回到沙绪里身上。

11

武宫是光平的大学同学，学的也是机械工学。据说他成绩十分优秀，从大一到毕业一直都是第一。他毕业后也并未立即就业，而是在今年开始了硕士课程。研究室对他的期望值很高，都认为他将来肯定会成为教授。

光平刚来这里工作就知道武宫是青木的常客，发现他的目的在沙绪里身上则是在上班一周后。

看到不好好就业而是做服务生、前途渺茫的光平，武宫似乎怀有一种优越感。当然，光平面对他时从未产生过低人一等的感觉。

快九点的时候松木下了楼。他粗鲁地开门进来，拿着一张万元大钞在光平眼前晃了晃。"外快，从书店老板那儿弄来的。"

"打四球开伦赢的？"

"玩那个他就不上这当了。是在他最拿手的轮换玩法中赢的，他主动提出要跟我赌。"

"白扔钱啊。"

"也不能这么说。因为我平时只是糊弄他一下，让他对下次怀有期待。这家伙气坏了，扬言下次一定要赢回来。"

光平苦笑一下，摊开两手。

沙绪里从厨房走出来。松木啪地拍了一下她的屁股。"怎么样？我请客，明天陪陪我？"

"明天？"

"嗯，我明天请假了，下午就没事了。我们去吃点好吃的吧，陪你跳跳你喜欢的迪斯科也行。"

"不行啊，我没法请假。这个月都请两次假了，而且还刚拒绝了另一个邀请。"说着，沙绪里瞥了一眼里面的桌子。只见武宫正紧攥着报纸狠狠地瞪着松木。

"好吓人的表情啊。"松木扮了个怪相，耸耸肩膀，然后一边指着沙绪里一边朝武宫转过身来。"我说高才生，这种不正经的女孩到底哪儿好啊？水性杨花的。高才生嘛，就该找个适合高才生的大小姐才对，是不是？"

"喂，说话可不要太过分！"

"别生气啊，我说的都是实话，对吧？"

松木将手伸向沙绪里，武宫哐当一声站了起来，用中指把眼镜往上一推，像目视仇人一般，经过光平等人面前直奔门口。

这时，松木的声音从背后传来："喂，账还没结呢。"

武宫停下脚步，唰地转过身来。

"你大概只点了咖啡吧，三百日元。"松木搓了搓手，摊开手掌。武宫从钱包里拿出三枚百元硬币，放到松木的手掌上。

"谢谢光临。"

松木边说边要将钱交给沙绪里，武宫的脸严重扭曲了。不等光平叫出声，他已经挥拳朝松木打来。松木闪身躲开，敏捷地挥出右拳反击。随着沉闷的声响，武宫撞到了旁边的桌椅上。椅子倒了，玻璃烟灰缸也掉在地上摔碎了。

事情发生得很突然，光平和沙绪里呆若木鸡地望着瘫软的武宫。

"别胡来哦。"松木吐出一句不合时宜的话，然后朝光平回过头来，说，"走。"光平一时也不知该说什么，只能微微点点头。

"你如果还知道有个词叫'正当防卫'，就不应该恨我。沙绪里，替我给他贴个创可贴，这样他就会觉得这顿揍没白挨。"松木说完，猛地打开门离开。光平紧随其后。

走了一会儿，松木忽然说道："我是不是做得有点过分了？"不只是言辞，他的语气听上去也真的充满后悔。

"是有点。"光平试着附和,因为他觉得对方肯定希望自己这么说。

"是我太没出息了。"松木说,"因为没出息,所以才干些无聊的事。"

二人默默地走在旧学生街上。最近这条街活力大减,每到这个时间,灯光就显得十分凄凉。有一条野狗横穿了过去,直到它来到眼前,光平才发现。它钻进小巷后,朝两人望了一会儿,随即发出好像饿了的叫声,消失在了小巷深处。

"那条狗也没出息。没出息的狗是很凄惨的。"松木忽然说。

光平没有作声。

酒吧"MORGUE"在青木的南边。店面不大,木门旁放着一盆橡胶树,盆上用白漆写着"MORGUE",除此以外再无别的招牌。

光平一推门,头顶的铃铛丁零丁零地响了起来。坐在吧台旁的两名客人朝光平二人瞥了一眼后,立刻继续聊起天。那是一对学生模样的年轻男女,看上去神色凝重。

"一起过来了啊。"正在吧台里侧看杂志的日野纯子笑着说道,手上的蓝宝石戒指光彩熠熠,据说是她三十岁生日时别人送的。

"来了啊,骗子。"一名头戴艳红色贝雷帽的男子从座位上抬起头来,朝二人说道。他身穿米色对襟毛衣,身形干瘦,年龄在五十岁左右,气色还算不错,但从贝雷帽下露出来的白发和两鬓附近凸显的斑点仍让人感觉到苍老。男子正是在这条街上经营书店的时田。"用从我这儿抢的钱来喝一杯?真行啊。"

"别这么说,抢字多难听啊。骗子一词也不友好哦。"松木冷笑着在他对面坐下来,"无非是在老板你最拿手的轮换玩法中赢了一把而已。"

"少跟我耍嘴皮子,肯定是你使用了珍藏的专门用来赌博的球杆。"

给客人用的肯定都是些劣质球杆,就像你的人品一样。"

"喂喂,别开玩笑了。下次就用你亲自选的球杆来比,这样总可以了吧?"

"这可是你说的。好,就这么定了,到时候可别哭鼻子。"

趁时田大口喝兑水威士忌,松木迅速朝光平眨了眨眼,意思是说一万日元又赚到手了。

"老板这是输了球喝赌气酒吗?"光平在吧台最边上的位置坐下来,问道。

时田撇了撇嘴。"我今天是让着他的,没必要借酒消愁。"

"分明是冲老板娘来的吧。"松木随手从吧台上拿了个大酒杯,一边顺手打开时田的酒瓶盖,一边调侃道。

"胡说。"时田说完,瞥了一眼纯子,"老板娘在我那儿订的杂志都进货了,所以我只是想边喝几杯,边看看到底是些什么杂志。而且,嗯……还想问问老板娘的意见。"

原来纯子读的那本杂志是时田带来的。

"那个也是吗?"松木指了指放在时田旁边的一本杂志,那比周刊杂志要大一圈,封面上画着宇宙空间的插图。

"嗯,不过里面乱七八糟的,也不知道到底写了什么。"书店老板露出吃了难吃东西似的表情,将杂志递给松木。

"哦,《科学·纪实》啊?"松木看了看封面说,"这对老板你来说是有点难以消化,会引起食物中毒的。"他唰啦唰啦地翻起那本杂志,不一会儿,"啊"的一声停下手来。

"怎么了?"时田站起身看向杂志。

松木好像要隐藏什么,迅速合上。"啊,没什么。对了,老板,这本杂志能不能送给我?"

"什么？抢我的钱，喝我的酒，还想再抢一本杂志？"

"别说得这么难听。下次你赢了再还你还不成？"

"哼，油嘴滑舌的臭小子。"时田重新戴了戴贝雷帽，"我也该回去了。"说完，朝纯子抬起右手，说，"跟这家伙狠要钱，反正他的钱都是从我这儿抢的。"

纯子面带微笑，点头送客。

松木与时田的舌战结束后，紧张的气氛顿时消失，店里变得安静起来，犹如迎来夏季结束的海滨房子。至此，今天客人光顾的时间也告一段落。学生情侣已在不知不觉间消失，大概是因为说私密话的氛围被破坏了吧。

光平一边喝酒一边望着纯子白皙的手，说："今天就你一个人啊？"他心里默默猜测那蓝宝石戒指是谁送的。肯定不是时田，时田肯定会送钻戒。

"因为今天是周二啊。"纯子看着贴在她身后的日历，轻松地回答。

"是吗？"光平看了看手表上的日期，叹了口气，"的确是周二。"

"广美不在，失望了？"

"有点。"光平说，"还真是雷打不动，每周二必然……"

"是啊。"

"去哪儿了？"

"这就难说了。"纯子微笑着，一副漠不关心的样子。

"真搞不懂。广美每周二休息的习惯是从大约一年前开始的吧？老板娘，你就不想知道其中的理由？"

"想知道啊。可就算我问，人家也不告诉我，有什么办法？既然不想说，我也不好强问，而且我比人家强不了多少，每周三也要休息。"

光平一边听，一边回想起今早他从窗边眺望广美离去的身影。

在那之后，她到底去了哪里呢？

光平光顾MORGUE是从三个月前遇到广美后开始的。当他还是一名学生的时候，这条街就已经开始衰败，所以他也不知道哪里有什么样的店。

MORGUE是纯子跟广美两年前共同出资开的，铺面是租来的，据说因客源稀少，以非常低的租金就签成了合同。

关于纯子与广美的关系，光平尚不清楚。二人同龄，从平时的谈话来看似乎是同学，具体是初中、高中还是大学的就不清楚了。他问过，对方却从未正经地回答，而且即使不清楚这些，也不会给他带来任何影响。

"对了，前天和大前天广美也都休息了吧？"光平口含兑水威士忌，有点含混不清地问道。

"好像是有事。"纯子依然轻松地答道。

"想跟她联系都联系不到，家里也没人。"

"那可不得了。"

"结果，她今天早晨好不容易来了一趟，我一问，她说去了医院。"光平看了看松木，只见松木正靠在椅子上，浏览着刚才跟时田要的科学杂志。光平压低声音，刚说了句"你说她为什么——"便被纯子打断了。

"说别人的闲话可不好。"

"你果然知道啊。"光平想问广美怀孕的事，但还是欲言又止。

"我们一直在一起，而且都是女人。不过，人家可什么都没找我商量过，也没跟我聊过这事，都是她独自一人决定的。我一听她说有事要休息，就猜出她要干什么。"

"跟我也没商量过。"

"因为这样是最佳选择。"

光平闻言露出一丝微笑。"今天早晨她也是这么说的。你们怎么连说的话都一样？你们真的认为我没有生活能力？"

"你的生活能力我们是承认的，毕竟都能在这条街上生存了。"

突然，松木哈哈大笑起来。"说到点子上了，完全正确。"

光平斜眼瞪了他一眼。虽然他脸上一副没听的样子，其实正竖着耳朵听得认真。光平把视线移回到纯子身上。"为什么不跟我商量却是最佳选择呢？事情明明很重要。"

"重要？"

"没错。事关人命，不是吗？"

纯子轻轻抱起胳膊，微微侧着头，说道："这种话谁都会说。"

光平心下一凛，像触电一样，有点泄气。自己的话中的确透着虚伪。"我只是想知道真正的理由而已，否则我不能理解。"他说。

纯子松开抱着的胳膊，用做化学实验般的动作，仔细地往酒杯里倒上威士忌，端到迷人的唇边，然后呼出一口炽热的气息，直直盯着光平。"不要什么事情都想知道，这也是一种暴力。"

光平一时找不到回应的话，视线停在纯子手中晃动的威士忌上。

又有客人进来，纯子换了一个姿势，露出跟接待光平等人时一样的笑容来迎接。客人是一名男子。男子在刚才学生情侣坐过的位子上坐了下来，表情严肃，穿着一件合身的皮夹克。

光平从纯子的态度中推断此人是一名常客，纳闷自己却没有见过。这家酒吧的熟客他几乎都认得。

光平喝着酒，思考着为什么这名男子的面孔如此陌生，却想不出可信的理由。

一条狗在酒吧门前叫着。可能是刚才那条野狗吧，光平想。

3

　　三天后，周五。
　　广美家是一套一居室，起居室的一角放着一架钢琴。钢琴的颜色像广美的头发一样漆黑，原本应色彩鲜亮，可如今有很多地方失去了光泽。不知为何，光平总觉得这架钢琴已经用了很长时间。
　　光平不知道这里为什么会放着一架钢琴。他既没见过广美弹奏，在跟她的对话中也从未出现过暗示性的话语。那架钢琴总是被打理得那么干净，一尘不染。
　　"看什么呢？"广美停下正往口中送切碎的牛角面包的手，捕捉着光平的视线。
　　光平每周会在她家吃几次早饭，菜单雷打不动，总是玉米汤、沙拉和牛角面包。
　　"钢琴。"光平答道，"我在想，那里为什么会有一架钢琴。"
　　广美把面包放进嘴里，嚼了一会儿，答道："因为买来了，而且很贵。"
　　"这个我知道……你弹过吗？"
　　"以前弹过。"她耸耸肩，"很久以前，比现在的阿光你还要年轻的时候。"
　　"现在不弹了？"
　　"不弹了。"
　　"为什么？"
　　"放弃了，没天分啊。"说着，广美忽然在光平眼前摊开右手，"就

19

算我使劲伸也只能打开到这种程度。个头挺大,手却太小,不仅没有音乐天赋,身体条件也不好。"

"不用成为钢琴家,当兴趣弹弹也不错。我偶尔也想听一听呢。"

广美用叉子叉起一块黄瓜,像兔子一样嘎巴嘎巴地用门牙啃了几口,然后问道:"阿光你喜欢钢琴?"

"也谈不上特别喜欢,不过我对音乐还是挺喜欢的。尤其是钢琴,我觉得声音特别美,听着钢琴声,就好像在享受高雅的时光。"说着,光平把还没吃完的沙拉推到一边,站起来走向钢琴。打开盖子,一股木材的清香顿时掠过鼻尖。"可以弹一下吗?"他问。

广美轻轻地眨着眼睛,说:"请便。不过,已经很多年没有调音了,声音应该不准。"

"没事。"光平在键盘中央选定位置,竖起食指。轻柔的琴声响彻了房间。接着,他按照哆来咪的顺序,试弹了一组音阶,然后朝广美回过头来。"没走音啊。"在他听来,音准的确没问题。

"如果你听着没问题的话。"广美喝了一口玉米汤,愉快地笑了起来,"看来你也跟我一样没有音乐才能啊。"

"让你说对了。"光平也笑着坐回椅子上。他看了看录像机上显示的时间,说了声"我该走了"。

指针正指着九点三十分。

"今天这么早?"

"嗯。松木昨天和前天都休息了,前天请了假,昨天无故缺勤,打电话总是没人接,老板大发雷霆。所以我得早点过去,把他那份也干了。"

"真稀奇。听说那个人不是挺可靠的吗?"

"是很稀奇。不过,他这个人在某些方面挺怪的,根本就不知道他到底在想什么。"

"他今天还会休息？"

"不知道，我得做好最坏的打算。"光平想起平时总凝望窗外的松木的身影。明明是一副既没理想也没追求的样子，可唯独眼睛像搜寻猎物的野兽一样闪闪发光。说不定他早已发现美味的猎物了。

光平来到店里，松木果然又没来。

留着中分发型、蓄着胡子的老板粗暴地扣上电话。"还是不接。那小子到底去哪儿了？"

"会不会去旅行了？"沙绪里坐在咖啡厅最靠边的座位上涂着指甲油，不以为然地说道，仿佛无故缺勤根本不值一提。大概她就是这么认为的。

"津村，你也不了解情况？"老板问光平。

"不清楚，我最后一次见到他是三天前。"那还是在下班回家的路上去MORGUE那天。松木说想再喝两杯，光平离开MORGUE的时候，他还留在店里。此后光平就再没见过他。

"气死我了！"老板仿佛被人灌下苦药似的对光平说，"三楼那边今天又得交给你了。"

"好的。"

老板又看了看仍坐在那里的沙绪里。"客人马上就要来了，你还想臭美到什么时候？"

沙绪里只是朝他傲慢地撇了撇嘴，超短裙下露出来的双腿仍交叠在桌子下面。有不少客人都是冲着她的胴体来的，老板也只能一边系围裙，一边发发牢骚。

这天，第一批来打台球的客人是在临近中午时出现的，是看上去像大一或大二的三名学生。三人一起来的客人一般都不是来打台球，而是来打麻将的，由于人手不齐，为了等待同伴，只好用台球来消磨时间。比起四球开伦，他们一般更喜欢轮换玩法。大概只是随便玩玩，规则也乱七八糟，还大声喧哗，跟玩玻璃球的小学生没什么两样。

光平一边小心地盯着，以防他们把球弄坏或是把桌案弄破，一边像松木平时那样俯视窗外。斜对面美发店的装修似乎已完工了一半，砖纹的墙上开了好几扇小窗，看上去倒更像是咖啡店，原本这家店的玻璃门前只有一个被汽车尾气熏黑的三色柱转个不停。

其实光平也不知道到底哪种风格好。按照松木的说法，就算装修成这样也没用，店主对此也心知肚明。

赌徒绅士与"副教授"一齐现身是在刚过中午的时候。玩台球的学生们似乎已凑齐人手，转战到了二楼。

先进来的绅士悠然环顾了一下空无一人的楼层，然后一脸纳闷地朝光平走过来。"他呢？"绅士问。

"休息了。"光平回答。

"哦……"绅士失望地垂下视线，回头看向副教授，"我们的教练缺勤了，今天就让我们两个菜鸟比一比吧。"

副教授摇晃着瘦高的身体点点头。"嗯、嗯，是吗？那只能咱俩打了。反正时间也不长，就凑合一下吧。"

绅士把目光移回光平身上，指了指一旁的球桌，说："我们稍微打一会儿。"

"请。"光平回答。

两名中年人各自仔细地挑了一根球杆，猜拳定好谁开球后开始了游戏。二人玩的是规则简易的四球开伦。光平从收银台旁看着他们打球。从二人的打法来看，似乎都很有个性。

绅士的球风通常都很绅士，可一到关键时刻就全力击球，时而大胜时而惨败，总之就是一个赌徒，因为赌徒原本就是以赌为业的玩家。副教授则基本上是一个老实谨慎的玩家，很少大比分领先，却稳扎稳打，慢慢得分，只是一旦让对方领先，就很难扳回比分。

光平最近才知道，副教授姓太田，就任教于前边那所大学，听说是电气工学专业研究室的，如此说来，光平也觉得似乎在哪里见过。他中等身高，瘦得像螳螂，看上去弱不禁风，每周都要爬上青木的楼梯好几次。他跟绅士很亲密，经常在一起打球，跟松木也打过，光平就见过几次。

决出第一局胜负的时候，有两名学生从二楼上来，不是刚才那一伙，在里面的一张球桌上玩起了轮换玩法。二人话很多，话题包括大学、女孩，当然还有台球，聊个没完。对他们来说，握着球杆打打球也是一种时髦。

绅士和副教授不理会他们，仍默默地打着球，但学生们突如其来的笑声还是让副教授出现了失误，他顺势放下球杆。

光平把视线从推理小说转移到二人脸上，露出抱歉的表情。"平常都比这安静一点的。抱歉。"

"你、你不用道歉，反正我们也快打完了。"副教授说。说话有点口吃是他的特点。他朝学生们瞥了一眼，并腿坐在了收银台旁边的长椅上。"就、就是这种学生，每次考砸，总写报告哭着求老师原谅，真、真让人没辙。"他的话很严厉，声音却小如蚊蚋。

"因为这种学生都是糊弄到毕业的，也会给我们增添负担。"绅士用光平递过来的毛巾擦着手，然后还给光平，问道，"松木为什么休息？"

"这……"光平摇摇头，"我也不清楚。两天前就休息了。"

"两天前？"他似乎有点惊讶，还担心地皱起眉来，"不会是生病了吧？"

"估计不是。打电话也没人接，大概是出门了。"

"去旅行了？"

"也许吧。"

"真、真让人羡慕。"副教授边说边用毛巾擦脖子。"我们连这种闲情逸致都没有。"

"这可不像是只在大学里露露面就有吃有喝的人说的话啊。"绅士略带讽刺地说道。

副教授诧异地圆睁双眼，抬头打量绅士的脸。"如果有可能，我真想让你来代替我。教那些没、没求知欲的学生，比拿竹篮打水还难。"

"我们去帮你擦屁股。"绅士笑着说。

"你是从事什么工作的呢？"光平觉得这是一个好机会，便趁机向绅士打听起一直在琢磨的事来。他对二人中午来打球一事一直很纳闷。

绅士露出一副这种小事不值一提的样子。"只是普通的工薪族，"他轻描淡写地回答，"没什么稀奇的。"

"他是我同届的大学校友。"副教授高兴地说，"他的公司经常录用我送出去的学生，真是奇缘，不过也算是一种孽缘吧。然后，他就经常到大学这边来，一来就拉我来这儿。"

"今天不是你邀请的我吗？"

"明明是你。"

"你们好像跟松木很亲密。"光平来回打量着二人，说道。

首先做出回答的是绅士。"他是我们的教练啊。"

"人家却把我们当成冤、冤大头呢。"

这天下班回家时,光平决定顺便去一趟松木住的公寓。因为老板总是唠叨,让他去看看情况。光平不认为松木卧病在床,但还是有点担心。

从MORGUE往南走片刻,再从十字路口往西走五分钟,就到了松木住的公寓。公寓面对一条窄路,路上乱七八糟地停着很多车。公寓旁还有一个小公园,说是公园,其实只有秋千、滑梯和沙坑。

公寓是混凝土结构,墙上遍布裂纹。总共有两层楼,楼梯的扶手锈迹斑斑,让人不敢触碰。不知为何,明明昨夜没有下雨,楼梯却脏兮兮、湿乎乎的。

光平小心地绕过楼梯上的水洼,来到二楼。离楼梯最近的一户便是松木的住处。光平有节奏地敲敲门。

没有回应。

果然不在家。各个房间的窗户从路边都能看到,松木的房间并没有亮灯,从门侧的厨房窗户里也看不到一丝光亮。

光平有些失落,试着又敲了敲门,确认没有回应后,顺手扭了一下门把手。当然,门肯定会是锁着的——"咦?"光平不禁叫了一声。门把手居然转了一下。他又试着顺手一拽,门竟然轻轻地朝外打开了。"松木。"光平拽开一道十厘米左右的门缝,试探着朝屋内喊。还是没有任何回应。

光平打开门,直接走了进去,伸手摸索到开关,打开电灯。荧光灯像犹豫了一下,闪了闪,随即把白色的光洒满了房间。

进门后是一个带小厨房的三叠大的房间,荧光灯就吊在这间屋子里,再往里走则是一个四叠半大的房间。

松木俯卧在这四叠半的房间里。

光平发不出声音，手脚也无法动弹。不知为何，他怕得要命，怕自己会做出什么举动来。里间光线昏暗，松木的样子也很模糊，但凭直觉，他依然能感到事情非同寻常。眼睛逐渐适应了黑暗，眼前的事物也变得清晰起来，光平的心跳却在加快，喘息也如同饿极了的狗一样越来越粗重。

松木的后背上插着什么东西。浅色的毛衣被染红了，恐怕是他自己的血染的吧。

打电话……光平转动着僵硬的脖子，寻找电话，发现就在一旁。他把手伸向听筒，就在这时，电话突然响了。

心脏仿佛被人从内侧踢开了，光平差点叫出声来。他用颤抖的手抓起听筒。

"喂？"一个声音传来。

光平充耳不闻，只是自顾自地说道："赶快报警！松木被杀了！"

当他缓过神来，听筒中已响起嘟嘟的忙音。对方究竟是什么时候挂断的，他完全不记得。

这没有让光平的心神稳定下来。他咽了口唾液，慢慢地做了个深呼吸，然后仔细地按下电话键：一、一，最后是零。光平听着电话呼叫的声音，再次凝视起松木的尸体。

松木为什么会被杀？直到现在，这个疑问才终于开始占据他的心。

4

南部庄已建成二十年，自从有住户入住以来，就一直不受附近居民欢迎。

因附近有大学，大半住户都是学生，他们的特征就是白天不露面，晚上才开始活动。有的房间通宵打麻将，整晚都传出洗牌的声音；有的房间则无休止地喝酒唱歌，很多喝醉的人还会到旁边的公园里撒酒疯。每到这种日子的第二天早上，公园里必然会出现一两摊呕吐物，散发着一股股酸臭味。

十一月已过去大半，这臭名昭著的南部庄终于发生了一起杀人案，被杀的却并不是学生。

"姓名？"

"津村光平。"

"跟松木先生什么关系？"

"在同一家店里上班。学生街一家名叫青木的店。"

一名身穿灰格子西装、四十岁左右的男子把光平带到公寓的一个空房间，立即开始了讯问。这名男子中等身材，脸很大，留着烫成卷的寸头。光平猜测他是一名刑警。他态度盛气凌人，恐怕他对普通人都是这副样子。一名巡警以立正姿势站在入口处。刑警问他"知不知道青木"，巡警回答"知道"。刑警点点头，把目光移回光平身上，说："能否请你把今晚来这儿的理由，以及发现尸体时的情况说明一下？"

光平便把这里当成松木的住处，夹杂着肢体动作描述起那恐怖的一幕。巡警与随后来的另一名像是刑警的年轻男子认真地记录着。

当他说到正要报警，电话反倒先响起来的情形时，年长的刑警打断了他："当时对方有没有说什么？"

"说了声'喂'……好像是个女人的声音。"

"女人……然后呢？"

"就这些。"光平摇摇头,"我太激动了,还没等对方说话就先大喊'报警',对方似乎吓了一跳,就挂断了电话。"

"哦……"刑警略带遗憾地努了努下嘴唇,又立刻打起精神,改变了话题,"津村先生,你跟松木先生很熟吗?"

"呃,还行吧。"光平模棱两可地答道,"但说实话,他的事我几乎什么都不知道。我是三个月前才开始在青木打工的,他当时已经在那儿工作了。除此之外,既没听他介绍过自己的经历,也不知道他为什么要住在这种学生公寓里。"光平的确从没机会了解这些,他也从未刻意去了解。

刑警问他最后一次见到松木是什么时候。他仔细回忆了一下,说了周二晚上和松木一起去 MORGUE 一事。那名巡警也说知道这家酒吧。

"离开的时候也是一起的吗?"年长的刑警问。

"不是。我离开酒吧的时候是十一点前后。他说还要再喝点,我就一个人先回去了。"

"当时留在店里的只有松木先生一个人吗?"

"不,"光平摇了摇头,"还有一名男顾客也留在店里,但不清楚名字。"光平说的就是那名身穿皮夹克的男子。那男子什么话都没说,只是默默地喝酒。

"后来就只剩酒吧的人了?"

"是的,只剩老板娘。"

"老板娘?"

"一个名叫日野纯子的人。"

"那可是个大美女。"身穿制服的巡警在一旁做了个无聊的补充。

刑警哼了一声,诡异地笑了笑。光平对此很反感。

"松木先生和异性的关系如何？"

沙绪里的面孔瞬间在光平脑海里闪过，他却只字未提，刻意面无表情地摇了摇头。刑警用仿佛能看穿一切的目光盯着光平的嘴角，不知是没读懂光平的表情还是故意没有揭穿，只是轻轻点了点头。

最后的问题是光平对松木被杀一事是否知情。光平给出否定的回答。

讯问结束，光平正要离开时，一名胖男子突然闯进来，对卷发刑警耳语了几句。刑警的表情扭曲了，用比刚才略微严厉的声音把光平叫住："稍等。你认识杉本吗？"

"杉本？"光平反问道。

刑警跟胖男子确认了一下，说："杉本润也。"

"这……"光平低头想了想，"不认识。这个人怎么了？"

"嗯，这其实是……"刑警煞有介事地中断了话语，又徐徐地说道，"松木先生的本名。"

获得自由的光平改变了顺路去MORGUE的计划，直接回到住处。他住的公寓虽没有南部庄那么老旧，也同样有不少年头了，不过住在这里的学生的素质要比南部庄的好得多，也许是女生多的缘故。

光平开门的时候，脑中忽然掠过一股不祥的预感，但还好家里并无异常。他从壁橱里拿出被子，衣服都没脱就钻进了被窝，不是因为感到了恐怖，只是想尽早把今天给打发过去。无论多严重的事，只要变成过去就无所谓了。

闹钟的指针快要指向十一点。现在入睡比平时略早，但当脚底暖和起来，呼吸也回归正常后，光平居然不可思议地感到了困意。他没想到自己此前会那样不安，可毕竟松木的死太过突然，没有真实感，似乎仍未让他回过神来。

听到门锁打开的声音是在刚从一个梦中醒来后，抑或是还在梦中时就被吵醒了。反正梦的内容他已经忘了。

"在睡觉？"开门的广美有点担心地小声问。

光平起身拿过表，十二点三十分。自己居然睡着了。

广美抱着一个纸袋走进来，把里面的东西倒在了被子旁的矮桌上，有罐装百威啤酒、甜辣味零食，还有用保鲜膜包着的汉堡。

"你听说了？"光平望着广美。

她拢了拢长发，轻轻点点头。"大约一小时前，警察局的人来了。"

可能是因为光平提到了MORGUE。

"是吗……吓了一跳吧？"

"是啊。"广美一边回答，一边拉开一罐啤酒的拉环，递给光平。

光平喝了一口，长出了一口气。

"警察好像在寻找最后见到他的人。就目前情况来看，就是我跟纯子了。"

"你也去了？"光平停下正往口中倒啤酒的手，"那晚你也去MORGUE了？"

"嗯，十二点左右吧。"广美回答说，"我有东西忘在那里，就去了一趟。"

"当时见到松木了？"

"是啊。"

"客人只有松木一人？"

广美点点头。"最近很少有人会一直待到关门的。"

"是吗？看来那个客人很快就离开了啊。"

"那个客人？"

"我要离开MORGUE的时候,已经很晚了。当时进来了一名男客人,穿着皮夹克,看上去气质很忧郁。"

"皮夹克?"

"从老板娘的反应来看,应该是一名熟客。"

"……是吗?"广美拿着袋装零食,目光飘到光平胸前。光平觉得她可能有话要说,便等了一会儿,但她什么都没有说,只是哧的一声将零食的袋子撕破。

"松木的住处,"过了一会儿,广美一边打开啤酒罐,一边说,"好像被翻乱了。"

"被翻乱了?"

广美喝着啤酒点头道:"抽屉、收纳箱全被人翻过了。当事人已死,不清楚丢了什么,但他衣服中的钱包不见了。"

"抢劫?"

"嗯。"广美耸耸肩,轻轻闭上眼,"不排除这种可能性。"

"丢点东西倒也没什么大不了的。"

"是啊。"

"松木元晴是个假名,你也听说了?"

广美轻轻点了点头。

"据说真名叫杉本润也。"

"好像是。"

警方为确认其身份,找遍了他的住处,却没有找到一样有价值的东西,连居民登记都没做过,最后通过电话账户才查到身份,从而得知了其真名和住址。

"据说他真正的家是一套很好的房子,我们平时看到的都是假象。"

"是啊。"广美拿着两个汉堡站起来,取下保鲜膜,放进烤箱。

光平也终于开始感到饥饿。

周六的报纸简要报道了松木的死。光平这才知道,插在他背上的是一把随处都能买到的登山刀,案发时间很可能是三天前,即周三早上。

抢劫杀人的可能性很大——从报道的措辞上来看,结论大致如此。

光平来到青木时,昨晚那些刑警早已坐在一楼的咖啡厅,正对沙绪里进行讯问。沙绪里仍像往常一样大胆地跷着腿,左手托着下巴,右手夹着香烟。她的神色十分冷淡,厨房里的老板则一副痛苦的表情。

"啊,津村先生,一会儿请你留一下。"年长的刑警一看到光平就抬起右手示意。老板朝刑警瞥了一眼,并未发牢骚。看来刑警已经事先跟他打过招呼了。

"没我的事了吧?"沙绪里挠着烫过的头发,郁闷地说,"就算关系很亲密,也不是恋人啊。剩下的你们问光平好了。"

看来,刑警们带来的话题并不令人愉快。

刑警不情愿地说:"好吧,如果有什么事请跟我们联系。"说完站起身来,朝光平走去。沙绪里张开涂得鲜艳的嘴唇,朝刑警们的背影吐了吐舌头。

刑警们昨晚并未报名字,所以今天是从自我介绍开始的。年长的刑警姓上村。年轻的那位,光平转瞬就把他的名字忘记了。反正二人都是辖区警察局的刑警。

"你有没有想起什么来?"上村单刀直入地问道,他问的自然是有关松木被杀的事。

光平摇摇头。"我昨天说过了，我对他的事一无所知。"

"嗯……"刑警们似乎无奈地接受了这个事实。

"这么说，杉本……啊，叫松木更容易懂。你连他以前的职业都不知道？"

"当然。警官先生你知道？"若警方能查出，光平还真希望他们能告诉自己。

上村煞有介事地干咳了一声，说："我们已经查清了他的身份。"

"什么？松木以前的职业是什么？"

刑警似乎很满意光平的反应，盯着他的脸，说："工薪族。"

"工薪族？"

"嗯。"说着，上村打开警察手册，"你知道一家名叫中央电子的公司吗？"

"知道。"

那是一家以商用计算机起家的公司，目前主要从事开发办公自动化产品、机器人、家用电脑和软件等，在计算机业界是后起之秀，技术力量雄厚，光平的同学应该也有几人在那里供职。

"松木先生以前在中央电子工作。"

光平不知如何作答，沉默不语。他既觉得意外，又感到意料之中。

"他是一年前辞职的，理由至今不明。"

光平回想起松木问他为何不就业时的表情。当时松木说"想法是不错，但光有梦想还不行。如果不行动，世界是不会改变的"。说不定，这句话是松木说给自己听的。

见光平闭口不语，刑警观察着他的表情问道："你是不是想起什么来了？"

光平连忙摇头。

"你们也从未聊过这些事？"刑警问。

"是的。"

"那么，你平时都跟松木先生聊什么话题？"

"什么话题？"光平挠挠头，"也没什么，看情况而定，话题各种各样，全是些无聊的事。"

"那有没有聊过别人的事？"

"无聊的话题无所不谈，比如对面美发店的事情。反正都是闲话。"

"兴趣爱好呢？比如说，他对什么感兴趣？"

"不清楚。"光平是真的不知道。共事了三个月，他从未问过这种事。察觉这一事实后，他自己也深感意外。

上村无可奈何地苦笑了一下。

这一表情惹恼了光平。"你为什么要问这种事？报纸上不是都说了吗？抢劫杀人的嫌疑很大。"

刑警的苦笑变成了冷笑。"报纸上说的未必总是正确的。上面只是说嫌疑很大，并非确定。"

"听语气，你们好像一开始就认定是熟人作案。"

"并非我们认定。只不过，"刑警翻开警察手册，眯着眼看了看其中一页说，"刀子是插在受害者后背上的，对吧。可见凶手是从松木先生背后行凶的。若有陌生的访客进来，受害者应该不会背对对方。现场也没有打斗过的痕迹。"

"而且那公寓也并非抢劫犯喜欢的目标，对吧？"插话的是年轻刑警。他的声音十分尖厉，与魁梧的身材极不相称。

光平无言以对，只是盯着桌子上的糖罐。熟人作案？那到底是谁杀了他？杀死他又能得到什么好处？

"对了，问你另一件事，你认识武宫先生吧？"上村用闲聊般的语气轻松地说着,眼睛深处却充满不容光平否认的光芒。

"认识。"光平答道。

刑警满意地点点头。"周二晚上,松木先生疑遭杀害的前一夜,武宫先生与松木先生之间发生了一点不愉快,没错吧?"

大概是从沙绪里那里听来的,光平无法否认,只好小声回答"嗯"。

"那昨晚你为什么没有告诉我们?"

"我没想起来,而且我也不想主动提别人的名字。"

"原来如此。你跟武宫先生是一起上的大学吧?好像连专业都一样。"

"……嗯。"光平逐渐明白了对方的意思。

"你是不是想包庇他?"

果然如此,光平想。"荒唐!"他当即否定,"他瞧不起我,我也不喜欢他,根本就没必要包庇他。"

"那……武宫先生为什么瞧不起你?"

"因为一些无聊的理由,比武宫被松木揍的理由还无聊。"

"你不想说?"刑警盯着光平的眼睛问。

"是的。"

由于他保持沉默,上村泄气地合上了警察手册。"算了。你要是想起什么,请随时跟我们联系。当你心情平复下来后,有些事情会忽然闪过大脑的。"

上村刚要起身,不知想起什么,又坐了下来。"有件事忘了问。"他再次取出警察手册,确认年轻刑警做好记笔记的准备后,看似漫不经心地说道,"三天前的本周三,那天上午,尤其是十点前后你在哪里?我们没别的意思,这是警察的职责所在,只是例行公事。"

5

　　距光平发现尸体已过去三天。案件进展如何,光平等人全然不知,报纸上也没有报道。青木没有雇其他人,而是直接由光平接替了松木的工作。光平的酬劳上涨了一些,但对老板来说,这比再雇一人划算多了。

　　这天最后一位客人是副教授太田。他是八点多来的,让光平陪他玩轮换玩法。走进店内的时候,他瘦削的面孔十分僵硬,似乎不只是因为天气寒冷。

　　"最近两三天没打,手、手腕都痒痒。"干瘦的副教授刚摘下一圈圈缠在细长脖子上的围巾,就用辩解般的语气说道。

　　"从上周五开始就没来过。"光平补充道。太田像小鸡啄米似的点点头。

　　不知是不是心照不宣,二人一直没提松木的话题。说话的主要是太田,内容几乎都是对差生的满腹牢骚。发牢骚的时候,他口吃的毛病似乎会改善很多,恐怕是精神作用吧。

　　不久,二人聊到了就业,各种公司的名字开始出现。提到中央电子后,话题自然就转移到了松木身上。太田似乎也从别处获得了消息,得知松木为假名、曾是工薪族等。

　　"公、公司不错,"太田在游戏间歇时说,"是个潜力股。竞争如此激烈,光靠电脑软件是不够的。"

　　"可松木还是辞职了。"

　　"嗯……公司整体的优劣跟辞职理由之间没有多大关联。"

"能猜到辞职理由吗？"

"大致上可以。"干瘦的副教授说，"从某种意义上说，计算机服务公司的人退休非常早。若、若是程序员，或许三十五岁左右就得退休。"

"这么年轻啊。"光平很吃惊。

"程序员脑子最灵光的时候是黄金期，之后会转职到更高的业务端，不过也有很多程序员对能否胜任抱有很大的不安。如果不是很喜欢，就会干、干不下去。"

"松木也是因为这种不安才辞职的吗？"

"也、也许吧。"说着，副教授捅了一下球杆。他瞄准的分明是中袋，弹出的球却在撞击一次球桌边缘后，停在了对侧的一角。他不好意思地咕哝了几句，突然大声说道："不过，辞职的理由有、有的是。"

"有的是？"光平问。

"嗯。"副教授深深点头，"我们学校的毕业生第一年也必然会有几人辞职。仔细想想，这也很正常。"

"为什么？"

"因为他们根本就决定不了方向。今年甚至还有个特别过分的学生，不知道自己适合干什么工作，就让我、我给决定一家公司。荒、荒谬！"

虽然此话并不好笑，光平还是露出牙齿笑了笑。

"还有一些人，由于对参加工作的觉悟不足，还丢了性命。"

"死了？"

"就在大约两个月前。同学聚会，喝醉了，结果掉到河里淹死了。这哪是一个成熟的、已参加工作的人的死、死法！"

这一次，光平无言以对。

打烊后,光平与太田一起离开。太田说对这一带的酒吧不熟,光平就邀请他来到了MORGUE。这是松木被杀后他第一次来这里。

光平把干瘦的副教授介绍给广美等人后,大家立刻谈起案件的话题。

"不在场证明?我们当然也被问了啊。"

纯子擦拭着酒杯,与广美对视一下,点点头。"那天,我从九点左右就去美容院了,好歹还能有个不在场证明,可是广美就没有证人了。"

"周三早上我一直一个人在睡觉,怎么可能有不在场证明?"广美耸耸肩膀。

"你们那天早上是在各自家里睡的?"纯子望了望光平和广美问道。

"是啊,因为周二晚上我就算去某人的家,里面也没人啊。"光平把满含嘲讽的视线转向广美。

广美大概早听腻了这种话,眉头都不皱一下,依然在做凉拌洋葱丝。

"我、我还没有被刑警问过呢。"副教授在光平旁边说,"如果被传讯怎么办?我肯定也答不上来。"

"对于老师,我想警方也会慎重的。"光平说,"毕竟事关大学的名誉。"

"总之,凶手还真会挑时间。"纯子说,"为自己制造一个铁一般的不在场证明,这种情节推理小说中经常有,这反而会给人留下一种不自然的印象。所以,只须在一个所有人都很难有不在场证明的时间段里作案就行了。"

"听刑警的口气,案发时间好像是上午十点左右。"光平忽然想起来,说道,"真是搞不懂,人都被杀两天了,还能推算出这么准确的时间来?"

"据说是来自隔壁学生的证词。周三早上十点左右,他听到有响声,但警方似乎没有认定那就是案发时间。"或许是出于行业特点,纯子的信息量很多,了解得更详细。

"运用现代法医学,这、这种程度的推测还是能够做到的。"副教授从学术观点出发支持纯子的话。

"青木的人也被问有没有不在场证明了?"广美切完洋葱,一边洗手一边问光平。

"当然。沙绪里和老板都很生气,因为他们没法证明。"

"明明从动机调查就行。"纯子说。

"正因为不知道动机,才地毯式调查,确认有无作案时间。看来,警方也没有完全掌握松木的过去。"

"一个谜一样的男人?的确,他那个人是有点怪。"仿佛又想起松木总一个人喝酒的样子,纯子不由得望向屋角的那张桌子。

"不过……松木曾在中央电子上班……还真是让人意外。"广美有点难以启齿,大概是因为想到了光平。纯子则点了点头。

赌徒绅士出现是在半小时后。他身穿一套深褐色西装,手拿一把折叠伞,一进来就想向吧台里的纯子询问什么,可当发现光平、太田等人都投来目光后,他的脸上忽然浮现出一丝意外且安心的表情,朝大家走来。

"听说他死了?"绅士站在光平旁边问道。因为压抑着感情,尾音带着些颤抖。

"对,"光平垂下头,"被人杀了,而且尸体两天后才被我发现。"光平把绅士介绍给正在吧台里侧狐疑地打量着他们的广美跟纯子,

"他是青木的常客,松木的球友。"两名女子这才礼貌地向他致意。

"你可是很少到这种店来啊。"绅士点了一杯橙汁,跟副教授打着招呼,坐到他跟光平之间。

"你还不知道我的名字吧?我叫津村光平——"

光平自我介绍,绅士冲他摆了摆手。"早就从松木那儿听说了,说你正在摸索自己的道路。"

"没那么夸张,只是不知道自己到底想干什么而已。"

"几乎所有人都是这样,包括我。"绅士递上名片,"我是做这一行的。"名片上印着"东和电机株式会社开发企划室室长 井原良一"。

"原来你是东和的?"光平重新打量着这个男人,因为对方怎么看都不像是技术人员。

东和是一家生产综合电子器械的厂商,附近就有一家分厂。光平把名片传给广美等人。

"其实,我家也在附近。"井原报出附近车站的名字。

"松木知道这些吗?"光平问。

井原点点头。"我告诉过他,但不知道他曾是工薪族。我是从青木的老板那儿听说的,说实话,真让我意外。你们也知道,他这个人从不谈论自己的过去。我们曾开玩笑说,俩人比台球,如果我赢了就让他彻底交代。"井原用橙汁润了润喉咙,身子忽然瘫软下来,喃喃地说,"可是,现在连台球都没法比了。"

"你是从报纸上知道这起案子的?"一直默默聆听的广美为光平添上兑水威士忌,问道。

"是的。"井原答道,"从刑警那儿也听到过一些情况。"

"刑警?都找到井原先生你那儿去了?"光平不记得自己曾向警察提起过井原。

"青木的常客似乎都被问了一遍。大概是老板透露了我的名字，因为我曾留过名片。"

"你都被问了些什么？"

"各个方面，有没有线索、聊过什么话等，啊，还有不在场证明，简直把我当成了杀人犯。我很恼火，刑警却一脸无所谓的样子，说什么例行公事。"

光平望向吧台。广美厌倦的表情中夹杂着苦笑，纯子则板起脸，不快地低着头。

"井原先生，你有不在场证明吗？"

"因为是工作日，我当然在公司。可他们说这些还不能完全证明清白。人是不可能二十四小时身边总有人的，怎么完全证明？你们说，完全具有不在场证明的人，到底能有几个？"或许是讲述时又回忆起了不快，井原的声音略高起来，他随即意识到自己失态了，不好意思地用手帕掩住嘴角。

"我们也被问了不在场证明，大家都给不出完美的回答。我们刚才还在聊这些。"

"那是肯定的。我今天来这里，是想碰碰运气，看能否获得一些新消息。"井原看了看光平和广美等人的表情，然后摇摇头，"看来是徒劳了。"

带来新消息的是书店老板时田。自那个周二的晚上以来，光平再没跟他见过面。才几天时间，他似乎一下子衰老了许多，虽还戴着那顶艳红色的贝雷帽，像房地产商一样精明的眼睛里却没有了光彩。

"井原先生跟副教授也在啊？真难得。"时田一看到赌徒绅士和太田的面孔，就诧异地说道，然后在他们旁边坐下来。看来，台球球友们都认识井原和太田。

"老板怎么无精打采的？也是因为失去了拌嘴的对象？"井原担心地皱皱眉，对着时田的侧脸说道。

"开什么玩笑，我只是在思考一些工作上的事。老板娘，把我的酒拿来。"

"昨天全都喝光了，再拿瓶一样的？"说着，纯子打开了一瓶三得利 RESERVE，给时田兑起威士忌来。

"我记得之前那个瓶子里还剩很多，你可真是好酒量。"光平想起上次在这里见面时的情形，说道。

纯子露出落寞的微笑，望着时田说道："案发后他每天都来喝，对吧？"

"这些无聊的事就别提了。"时田把脸扭到一旁，随即又想起什么似的盯着光平，"喂，光平！"

"什么事？"

"周二晚上松木和大学里的学生争吵的时候，你为什么不帮忙？太不够意思了吧？"

所有人的脸都转向了光平。广美也好奇地望着他。

"并非我有意隐瞒，只是没机会说，连我今天来这里都是周二以来的第一次，况且事情也没那么夸张，只是松木打了他一拳而已。"

"松木被杀不就发生在周三早上吗？也可能是对周二那件事的报复。"

"也许是吧，可就算我告诉了你又有什么用？你是个卖书的，又不是刑警……对了，打架的事你是听谁说的？"

"听今天来我店里的学生说的。刑警去找那个叫武宫的未来大学者时，他交代了这件事。那学生说，武宫好像也被问了不在场证明。"

大家抬起头来。这是今天唯一的新消息。

"他有不在场证明吗?"井原探出身子问。

书店老板轻描淡写地回答:"我怎么会知道?"

"大、大概有吧。"副教授环视着大家说,"从目前的情况看,若有一点动机又没有不在场证明,那就可以被视为凶手了。"此时,他断断续续的声音中透着一种奇妙的说服力。

6

当晚,光平决定在广美家留宿。广美住的公寓是一栋六层建筑,她家在三层。如果着急,走楼梯会更快一些,不过他习惯了使用电梯。

光平先洗了个澡,穿上广美为他准备的睡衣,坐在起居室的沙发上看录像,是一部古老的西方影片,查尔斯·布朗森驾驶着汽车在楼梯上飞奔。

后从浴室出来的广美披着浴袍,右手拿着白兰地,左手拿着两个酒杯,在光平身旁坐下来。香皂的芬芳和热气一起升腾起来。

光平和广美碰了一下杯,没有将酒直接送到嘴边,而是先问道:"明天还去?"翌日正是周二。

广美盘着腿,把酒杯夹在指间,面无表情地望着录像画面。光平感到她根本就不愿意回答自己。

"喂——"

"去啊。"光平刚一开口,广美就语气尖锐地打断了他,"这种事还用问?"

光平咽了口唾液。广美仍把脸扭向一旁。"为什么?"光平看着她的侧脸问,"你为什么不告诉我?跟我说一下去哪儿不行吗?"

"我们不是早就约好了吗?暂时不提这事。"

"是这样……"二人的确有过这样的约定。

"时机成熟后我自然会说的。你就先等着吧。"

"你总是这么说,可你究竟要我等到什么时候?"

"……时机成熟的时候啊。"广美含了一口白兰地,仰头让酒流进喉咙,说了句"我累了",便靠在了光平身上。

第二天早晨醒来后,光平觉得身体十分疲惫,头很沉,嗓子堵得难受,脖子仿佛被人用巨大的晾衣夹夹住了。

"好烫啊。"广美摸摸他的额头,皱起眉。

"只是普通的小感冒。洗完澡头发没弄干,大概是着凉了。"

"你最好卧床休息,就先别去打工了,休息一下。"广美不知从哪里拿出一个体温计,放进光平的嘴里,然后一边计算时间,一边往青木打电话。从她的语气中不难想象老板苦涩的表情。

体温是三十八度多。吃过早餐,光平服用了退热剂,又躺回床上。早餐是燕麦粥。

"你一个人能行吗?"广美坐在床边问。

"我能照顾自己,不用担心。你也到出门的时间了。"

广美每逢周二都会在上午出门。"我先观察一下你的情况,好些之后,我中午再出门。"

"我没事。"嘴上虽这么说,光平还是从她将自己置于第一位的行为中感到满足。

光平睡到中午,吃完饭,状态好了许多,已经能坐在沙发上听音乐了。广美一边做出门的准备,一边为他良好的体质惊叹不已。

"我会尽早回来的。你别太累。"说完,广美吻了一下光平,离开了。

光平又睡了一会儿，在沙发上听音乐时不知不觉打了个盹儿。一阵电话铃声把他吵醒了。

光平扭动着脖子走过去，把超薄听筒贴到耳边。

"广美小姐？"一个男声问。

"不……"光平含糊地应了一声。

对方感到很惊讶："这不是有村小姐的家吗？"

有村是广美的姓。

"是有村家，不过有村广美大约半小时前就出门了。"

"啊，好的。打扰了。"说完，对方挂断了电话。

光平呆呆地望着已经发出嘟嘟声的听筒。这是怎么回事？他从未听过那个男人的声音，也不知其年龄。那声音听起来既不算年轻，也不是很老。从对方的语气中可以听出是广美今天外出地点那边的人。对方还直接称"广美小姐"，看来关系很亲密。

失策！应该和对方多聊一会儿，打探出广美的行踪。对方会再打过来吗？光平盯着电话想。但对方似乎已通过刚才的电话达到了目的，不可能再打来。他有点怄气地倒在沙发上。广美到底去了哪儿呢？

这时，光平忽然想起放在床边的小书架。都说通过藏书可以了解一个人的生活环境，说不定自己能从中发现点什么。光平站起来，走进卧室。

书架上放的几乎全是文库本小说。没有固定作家，说明广美是根据心情决定阅读喜好的。除此之外都是音乐书，以钢琴为主。光平猜测是广美想当钢琴家时买的。

光平突然停止了翻书。广美为什么彻底放弃弹钢琴了呢？他记得广美曾说，因为手小，放弃了当钢琴家的梦想。但就算不能成为真正的钢琴家,也可以选一个相关的工作。

看到书架上摆了这么多钢琴书,光平心中的疑团越来越大。他最终没能从书架上得到任何信息,只能从中看出广美十分擅长收拾。当然,这一点他很久以前就知道了。他挠挠头,重新坐到床上。感冒的症状已经消失,没找到一点线索却让他有些焦虑。广美为什么要处心积虑地瞒着自己?还有一招——跟踪,不过他不想这么做。放弃吧。想到这里,他站起身。这时,窗边的梳妆台映入了眼帘。他想起广美曾把宝石放在梳妆台的抽屉里,当时自己还觉得那里不是藏东西的好地方。

光平站到红色的梳妆台前,小心翼翼地打开正面的抽屉。里面整齐地摆放着一些不明用途的白色筒状容器和口红之类,其中并没有宝石。

难道只是错觉?其实广美并没有把宝石放在这里?光平有些纳闷,又试着打开梳妆台两侧的抽屉,但都没有找到可疑的物品。他这才死了心,关上抽屉。

就在这时,他忽然一愣。最后关上的抽屉里几乎什么都没放,感觉却很重。他再次拉开那个抽屉。里面只放着一面薄薄的小镜子,但抽屉本身却很重。

"怪不得!"光平不禁惊叹道,抽屉的底部可以向里滑动,是双层的。底部完全滑进去后,下面露出了戒指和项链等首饰。戒指多是钻石和红宝石的,还有两条珍珠项链。光平不知宝石是天然的还是人工的,但这些无疑是广美的宝贝,否则她不会藏在这么隐秘的地方。

光平把抽屉恢复原样,又将目光投向另一侧左边的抽屉。假如抽屉是左右对称的,那么左边的抽屉也应该是双层底的。

他毫不犹豫地查看了一下,果然跟右边的一样,也有一个夹层。

里面放的不是宝石和首饰，而是一本 B5 大小的薄册子，对折着藏在里面，册子上写着"绣球花"的标题。淡紫色的封面上是一幅画，画着一个男孩和一个女孩牵着手。里面有十多页作文，好像都是小孩写的。

广美为什么要藏这种东西？光平不解地看看封底。上面印着"绣球花学园 TEL ○○○—××××"的字样。绣球花学园不是邻市的一所残障儿童学校吗？广美怎么会有那里的小册子，还保管得这么仔细？光平完全猜不透，但直觉告诉他，广美每周二去的地方很可能就是这所学校。

光平返回起居室，把小册子放到茶几上，侧躺在沙发上望着那淡紫色的封面。他意识到自己对广美真是一点都不了解。二人邂逅是在三个月前，直到今天，他们从未正经地谈过。

光平拿着小册子慢慢站起来，走到电话桌旁，拿起听筒，按下写在册子背面的号码。

拨号声响了五次，第六次时电话被接了起来。接电话的是一名女子，但不是广美的声音。

"请问，有村小姐在吗？"光平问。

"她在……请问您是哪位？"

广美果然在那里。光平什么都没说，听筒里传来"喂、喂"声，他径直挂断了电话。广美的去处终于查明，剩下的就是理由了。这一点恐怕只能问她本人。

光平再次在沙发上躺下来，决定等她回来。不久，光平被某种声音惊醒。大概是低烧的缘故，刚才他又睡着了。房间里没开灯，黑乎乎的，看来已经是傍晚了。

光平正揉眼时，荧光灯突然亮了。他以为是广美回来了，就从沙发上起身。

"啊！"一声惊叫传来。站在眼前的居然是纯子。"原来是光平啊。"她舒了一口气，"既然在这儿，你怎么不开灯啊？我还以为没人呢。"

"刚才在睡觉。老板娘，你怎么来了？不用看店吗？"

"嗯，不看了。"纯子飞快地环视了一圈，看到电话桌上的便笺本后，撕下一张。"身体有点不舒服，就提前关门了。明天周三，我要休息，就过来给广美留个便条，告诉她要准备的食材之类。"说着，她用圆珠笔沙沙地记了些东西，放在餐桌上。

纯子也住在这栋公寓里，在六层。

"不舒服？感冒？"

"估计是。"

"我也是。我们都得多注意些。"

"所以今天才请假？时田先生和井原先生都说了。"

"那两个人今天又去了？还真痴迷啊。"

"还要我告诉他们松木先生的葬礼时间，可是很遗憾，我也不知道。"

"葬礼？"光平像电影演员一样摊开手掌，耸耸肩膀，"他们也没必要参加啊。"

"那我走了，拜托跟广美说一声。"纯子拍拍他的肩膀，朝门口走去。

光平跟在她身后，纳闷地"咦"了一声。"你是怎么进来的？门应该是锁着的。"

正在穿鞋的纯子迟疑了一下，噘起嘴唇。"锁？门没有上锁。"

"奇怪。广美应该是锁上后才走的。"

"没有，要不我也进不来。我原本还想把便条放进信箱里，一扭门把手，门竟然开了，还吓了我一跳呢。"

光平猜也是这样。他去松木住处的时候也是这种情形，当时还发现了松木的尸体。

"一定要把门锁好。我走了。"

光平冲纯子笑了笑，关上门，仔细地锁好，门发出咔嗒一声。光平十分纳闷，广美出去时他的确听到过这种声音。

广美回来是在大约一个小时后。她似乎在附近的市场买了些东西，手里提着一个白色袋子。"情况怎么样？"

"还好吧。"

"是吗？到底是年轻啊。"广美看见餐桌上的便条后，扫了一眼，说，"纯子也不舒服，真少见。"

"我睡觉时，老板娘突然就闯了进来，吓了我一大跳。"

"突然？"

"嗯。广美，你出去时没锁门吧？"

广美低头回想了几秒，然后抬起头来："不可能，我锁得好好的。"

"可没有锁上啊，你是不是疏忽了？"

广美再次陷入思考，忽然想起什么似的，严肃的表情放松下来。"啊，对。我果然忘了。"

"我就说嘛。"光平背对着广美重新坐到沙发上。他有点想不通，但没在意，因为人经常会有这种错觉。

广美去卧室换上运动服，拿了两罐啤酒和晚报来到光平身边，目光落在了茶几上的小册子上。光平从一旁偷看着她的表情。她的脸上毫无反应，是根本就没受打击，还是惊讶之余连表情都忘记了，光平无法判断。"对了，"广美发出恍然大悟般的声音，"中午给我打电话的果然是你。"

"我想知道理由。"

"理由？"

"当然是你去那所学校的理由。还用问吗？"

广美拢拢头发，淡淡一笑。"因为我想去，还用解释吗？"

"广美……"

"求你了。"广美用食指按住光平的嘴唇。一股护手霜甜丝丝的香味钻入鼻孔。"你就别再问了，反正我没法回答你。"

一种预感瞬间掠过光平的大脑。虽然不清楚是什么预感，总之是不祥的。光平沉默地望着广美。那双真挚的眼睛的确很漂亮，目光却没有在自己的身上停留。

"我要回去了。"光平站起身。

广美并未阻止，仍坐在那里。

"马上就到你的生日了吧？"光平换完衣服时，广美望着贴在墙上的日历说道。本周五，十一月二十一日，他将迎来二十四岁的生日。"办个聚会吧。"

"算了，不需要。"光平说，"生日而已，没什么大不了的。"

"为什么？就我们两个。周五我会早点下班的。"

"就我们两个？"光平一边穿鞋，一边在心底叹息：我们到底共同拥有什么呢？当然，他并未说出口。

7

距光平发现松木的尸体已经过去一个星期。他正在青木三楼的收银台旁值班时，久未露面的上村和一名年轻刑警出现了。

"有线索了吗？"光平问道，视线并未从收款机上抬起来。

刑警环视了一下整个楼层，面带嘲讽地说："这里跟二楼不同，似乎不怎么忙。"的确，这里只有正在打台球的几名顾客。

"找我有事吗？"

"当然。"上村走近一张空球桌，从年轻刑警的手里接过像扑克一样卡片状的东西，晃了晃，摆到了台子上。原来是名片大小的照片，共十二张。

"这里面有没有熟面孔？"上村假笑着问。

光平走过去看了一遍照片。十二人中有十人是男性，年龄在二十到五十岁之间，都是西装照，另两名则是二十岁左右的美女。"这些人怎么了？"光平问。

刑警并未回答，只是像要看透光平内心似的，直盯着他的脸，见他没有移开目光，便再次问道："有没有眼熟的？"

光平不想被牵着鼻子走，于是来回看着两名刑警反问道："我不喜欢稀里糊涂就回答问题。怎么，嫌疑人在这里面吗？"年轻的刑警对他的态度做出了反应，不快地拉下嘴角。

上村的表情却并未变化，仿佛厌倦了这种无聊游戏，他又把问题重复了一遍："有没有眼熟的？"

光平再次看了一遍照片，摇摇头。"没有。"

"一个都没有？"刑警追问。

光平点点头。"我对自己的记忆力还是有些自信的，尤其擅长记人脸。你的面孔也多半不会忘记。"

"那好吧。"上村向年轻刑警递了个眼色，示意他将摆在空球桌上的照片收起来。十二张照片被整齐地收好，装进了蓝色制服的内兜里。

51

上村掏出七星牌香烟，点上后吸了一口，才解释道："这些照片上的人都是松木先生从前供职的公司里同一部门的人。"

"中央电子？"

"没错。如果把范围扩大，还会更多。"

"这些人可疑吗？"

上村轻轻晃了晃夹着香烟的右手。"不是可疑，我们只是在排查所有可能性。"

"可是，总得有点根据吧？"

"没有根据。"刑警露出自嘲的微笑，用另一只手挠了挠眼角，"还没进展到这一步。其实，我们在询问松木先生的离职理由时，得知他厌恶原来的公司。原因尚不清楚，我们只是试着调查一下而已。"

"调查他在公司里跟谁的关系很僵？"

"这就不清楚了，上班族的世界对我来说永远是一个谜。你有过上班的经历吗？"

"没有。"怎么可能有呢？光平在心里咒骂着。

"看来对你来说也是一个谜了。在公司工作这种事，没经历过的人是不会明白的。"

"武宫那边怎么样了？"光平故意换了个话题。他想看看刑警的表情变得严肃时的样子，刑警却没什么反应。"也问了他有无作案时间之类的事吧？"光平仍纠缠地问。

"算是吧。"刑警说，"但他没有作案时间。听说那天他一直都在研究室里，也有证人。"

"那就太遗憾了。"光平嘲讽地说，但对方没有理睬。

"打扰了。"说完，刑警们便离开了。

七点后,光平离开店里,去了MORGUE。那里已有好几组人占领了桌子,还有两对情侣坐在吧台旁。

"广美回去了。"纯子一看到他就说,语气中微微透着冷淡。

"几点回去的?"光平问。

纯子搅着杜松子酒,瞥了一眼墙上的圆钟。"就刚才,二十分钟前吧。我真服了她,这么忙的时候突然回去,太任性了。"看来,她正为此心情不佳。

"抱歉。"光平低下头,"今天是我的生日。"

纯子抬起头来,细细打量了光平一番,微笑着说:"是嘛,生日快乐。"

"为表歉意,下次我请客。"

"那我等着。"

"再见。"光平打开门,挂在门上的铃铛传来丁零声。他来到夜幕已完全降临的街上。

光平到达广美住的公寓时已是七点二十左右。附近没有商店,只有灰色的建筑从昏暗中浮现出来。从街上就能看到每个房间的窗户,亮灯的房间很少,或许是因为住在这里的单身者较多。

光平走进入口,平时总在传达室的管理员不在。管理员身形瘦削,一脸寒酸相,花白的头发从不修剪。正如今天的情形一样,管理员偶尔也会不在。至于其中有什么规律可言,光平并未具体调查过,因为这对他毫无影响。对他来说,那只是一个坐在带有玻璃窗的房间里的人,仅此而已。

从空荡荡的传达室前经过时,一名男子迎面走来。两人擦肩而过时,光平无意间看了男子一眼,走了两三步后停住了脚步。

是那个人……上周二光平与松木最后一次见面那晚,去了MORGUE的那个穿皮夹克的男子。他戴着墨镜和围巾,阴郁的面孔让光平觉得面熟。

他也住在这栋公寓?

电梯到达一楼的铃声从里面传来。光平盯着男子远去的背影望了一会儿。他有点莫名的担心。

不久,男子的身影消失,光平才又快步走了起来。

过了传达室,走到尽头后向左拐就是电梯间。电梯门关着,楼层指示灯显示电梯刚离开一层,肯定是在光平目送男子远去时又启动了。

"哼,真不走运。"光平按下一旁的按钮等待。

电梯在三楼停下,过了一会儿又继续向上,在六层停了下来。

光平抱着胳膊,一边抬头望指示灯,一边跺着地板。

电梯停在六层,一直不动。

难道有人搬家?光平想,搬运大件行李物品的时候常常会令电梯长时间停留。他看看手表,咂了咂舌,朝楼梯走去。广美住在三楼,这样更快。

楼梯就在电梯旁,光线昏暗,还有点霉味。到了三楼,光平来到走廊,正要走向广美家,楼梯处忽然传来年轻女人的尖叫声,似乎来自楼上。光平立刻看了一眼电梯,指示灯仍显示停在六层。光平意识到那里肯定出事了。他立刻三步并作两步,飞快地冲上楼去。

他来到六层的走廊,只见一名身穿灰色连衣裙的女子正瘫坐在那里。

"出什么事了?"

女子闻言扭过头来,嘴唇颤抖着说了什么,声音却怎么也传不进光平的耳朵。

女子伸手指了指电梯的方向。光平朝那里看去,最先映入眼帘的是红色的花。电梯间里撒满了花瓣,中间倒着一个人,飘逸的黑发垂到了穿着深褐色夹克的后背上。电梯门每次要关闭时都会碰到她的脚,重复着开关的动作。

光平努力支撑着不让自己瘫倒,走到女人身边跪下,手搭到她的肩上。胸腔深处有什么东西沸腾起来,让他想大叫,他忍住了。

不知过了多久,至少在光平心中是漫长的时间,他呆呆地跪在那里,一动不动,仿佛在等待着一切崩塌。

广美的身体还是温热的,温热得简直令人难以置信。

第二章

妹妹　警察　密室

1

光平与有村广美邂逅是在这一年的八月上旬。当时他在相邻街区的一家餐馆里打工，不是做服务生，而是专门负责洗碗与打扫厨房。

店主是一个狡猾的胖男人，连正经的厨师都不雇，大部分工作都让打工的店员来糊弄。有一个专门负责烹饪的人比光平稍早来到这里，虽说是烹饪，其实主要工作只是用微波炉烤冷冻比萨，或者把速食咖喱加热一下，然后在菜单上添加一些诸如"本店特制"等字样来吸引顾客。

不可思议的是，这家店的生意居然十分兴隆。

"做生意就是这么简单的事。"胖店主经常顶着一张发红的脸，把这句话挂在嘴边，"你们也不用想太多，我正是因此才会只雇打工的店员……"

用拖把擦厨房的地板时，光平心想在这里既没前途也没希望。这里表面上是一家餐馆，实际上跟车站前的自动售货机没什么两样，只要投币就会有食物出来，并且永远是相同的味道。自动售货机的哪一点能给人梦想和期待呢？充其量也就是增加一些商品种类和低劣的装饰而已。

这家餐馆的一切都不合光平的意，可他还是一直在这里工作，因为他对老家的父母感到愧疚。自己谎称在念研究生而没去工作，父母才仍像他读大学时一样，每月寄来生活费。可是，他怎么都无法去碰这些钱。若寄来的钱还附着一封母亲憧憬着他研究生生活的信，他就更不敢有动用的念头了。

光平早就做好打算：这些钱要全部留着，等前途确定下来时再还给父母。

就是在这日复一日中，他迎来了那个晚上。

那晚也很热。白天照在沥青马路和公寓屋顶的阳光一直都没有减弱的样子，到了晚上仍像在蒸笼里。

光平待在住处，手拿团扇看着一本旧飞机杂志。他曾梦想当飞行员，那是他迄今为止唯一憧憬过的职业。他再次深感儿时的梦想无论多大年纪都不会从心里消失。

光平看了一会儿，额头上的汗水还是滴到了杂志上，他索性到外面去散步。打开门，湿热的空气扑面而来，他像是突然被拉回现实，心里沮丧极了。

绕大学转一圈，再穿过一条步行街走到车站，便是光平日常散步的路线。他尽量避开那些有很多学生的道路，因为他已经离开了那个世界。当时的光平尚不知那条步行街就是旧学生街，只是呆呆地思索着死气沉沉的店铺一家挨着一家到底能有多少生意。

顺着这条路一直往前走，有一处铁路道口。光平平时不到这里就左拐走向车站，可唯独这天晚上，他产生了穿过铁轨去另一边的念头，或许是站前一带有点嘈杂的缘故。

道口有点昏暗，路也很窄。一旦有两辆稍大的车，便无法同时通行。光平也从未见过那么大的车路过。

人很少，只有一个女子站在道口这边。光平站在她的斜后方，等待道口的栏杆抬起。女子穿着短裤，打扮得有点中性，白色薄夹克的袖子挽着。披在肩上的头发乌黑柔软，与装束相反，给人一种非常有女人味的印象。

或许是微风的缘故，一阵阵甜丝丝的香味不时飘进光平的鼻子。光平吸了两三下，才发现香味是从女子身上散发出来的。"真香啊！"光平不由得脱口而出。他的话好像被道口当当当的警示钟声盖住了，女子没有理睬他，凝视着前方。

列车来了，一道光逐渐迫近。女子向前迈了一步。

这时，光平忽然有种预感。她是不是要自杀？至于为何会产生这种想法连光平自己都弄不清楚。如果非要寻找理由，或许是因为女子的气场。总之，光平为自己的预感感到愕然和紧张。

当车灯照过来时，女子忽然弯下腰，从栏杆下面钻了过去。几乎同时，光平也钻了过去。一切都是下意识的行为，当他直起身的时候，光束已经袭来。光平只觉得似乎有人发出了尖叫，也可能是自己的声音。他无暇思考，脑中一片空白。他抱住女子冲过了光束。

清醒过来时，光平已经躺在了床上。房间里弥漫着一股药品和芳香剂混合的气味。

"嗯，好像恢复意识了。"一名蓄着白胡子、四方脸的中年男子俯视着他。此人身穿白大褂，光平猜测自己被送进了医院。

"我……怎么样？"光平不安地问。

医生微微一笑。"只是有点轻微的脑震荡，昏迷时间也很短。"

"感觉轻飘飘的。"

"马上就会恢复的。为谨慎起见，我们还需要检查一下你的脑电波。"

"那个女人呢？"

"女人？"医生抬起眉梢，点点头，"她只是有点擦伤。听说她差点被汽车撞了，千钧一发之际是你救了她。你挺厉害嘛。"

"汽车？"光平知道当时撞过来的不是汽车，是火车，而且那个女人打算自杀。但既然她那样说，光平决定沉默。

"她刚才回去了，还说要感谢你。"

"感谢？"真的会感谢吗？光平想，然后他思考起自己为什么能预感到她要自杀。

第二天，女子前来探望。她像换了个人似的，薄薄的蓝裙子透着清秀的感觉。光平已无任何不适，但医生说今天最好还要卧床休息，他便又在床上发了一天呆。

"非常感谢。"女子郑重地低下头，黑发从肩膀上垂下，落在脸颊上。

真是个美女，光平想。鹅蛋脸，一双大眼睛略微上翘，白皙的肌肤水灵灵的，从稳重的举止来看，也许比自己要年长一些。

"您的身体……"见光平一直沉默不语，女子困惑地问道。

光平这才回过神。"没事，只是被逼着躺在这儿而已。"

这句话似乎让女子稍微安下心来。表情依然很僵硬，但看得出她微微舒了口气。

"不过，"光平审视着女子的表情，"还是吓了一跳。"

女子又低下头，再次致谢，话语中也许还包含着对光平未揭穿她自杀未遂真相的感激之情。女子拿出名片自我介绍。名片的手感像和纸一样，上面横着印有"酒吧 MORGUE 有村广美"。店铺的地址似乎就在光平住的公寓附近。

"我叫津村光平，没有名片。"

"是学生吗？"

"不是。"光平摇摇头，"我今年刚从附近那所大学毕业，现在在餐馆里洗盘子、拖地板。"

"耽误您工作了吧？"女子顿时露出抱歉的神情。

"一两天，没事的。不过能够发现我的存在价值也不错，餐馆的那些人肯定也明白了究竟是谁消灭了那么多蟑螂。"

女子掩住嘴，终于眯起眼睛笑了。

第二天早上，光平出院了。他住院时独自一人，出院时也两手空空。广美来了，支付了治疗费，办理了手续。

"医生嘱咐过，这两三天最好静养。"离开医院后，广美担心地说。

"医生肯定会这么说，不过我是个打工的，不能休息太久，还有吃饭的问题。其实，之所以在餐馆工作，也是为了节省一些做饭的时间和费用。"光平早已打算第二天就去上班。

听他这么说，广美皱起眉头："我觉得这样不好。"

"没事，我年轻，而且总待在住处也很无聊。"说着，光平转了转脖子，关节发出清脆的响声。

广美沉默了一会儿，抬起头来，说："做饭之类的事就让我来吧。"

光平吓了一跳，望着她的脸。"不用了，这种事就算了。"

"可是，事情弄成这样全都是因为我，哪怕只做两三天也好。"广美说。她或许是觉得，若这几天让光平累着，出现后遗症就糟了。不管她怎么想，对光平来说这真是雪中送炭。

最终二人约定只做两天，光平才坦率地接受了广美的好意。

次日中午，广美如约而至。她买了满满一纸袋东西，全倒在了桌子上。她没想到光平的住处收拾得很干净，更不会想到光平费了多大劲才打扫好。

63

广美一身开领衬衫搭配牛仔裤的轻便打扮,脸上化着淡妆。光平猜测她待会儿还要再去店里,但现在的感觉仍跟初次见面的时候相差很大,甚至让他有点困惑。她果然手脚麻利,一会儿就帮光平做好蔬菜汤、培根配煎蛋和土豆沙拉,盘子里还盛着刚烤好的牛角面包。

"也许做得不好吃。"她这么说,其实饭菜非常可口。光平向她比了一个 OK 的手势。

"有村小姐,你也一起吃吧。"光平叫住要离开的广美,"一个人吃挺无聊的。"

广美犹豫了一下,在他对面坐了下来。

二人一边吃牛角面包,一边天南海北地聊天,诸如光平上大学时的故事、为什么不去工作、广美的小店、讨厌的顾客、做生意的秘诀……

通过对话,光平得知广美今年三十岁,就住在铁路边的公寓。"有没有男朋友?"光平试探着问。

广美的笑容顿时僵住了,眼睛像在寻找什么似的望着上方。"有啊,不久前还有。"她唇角挂着微笑,垂下视线,"但现在是单身了。"

"是吗?"

"你有女朋友吗?"

"不久前还有,"光平也答道,然后淘气地笑笑,"毕业前分手的,英语专业的一个长发女孩。"

当他跟女孩说自己不工作的时候,那女孩脸上露出了困惑、失望和放弃的表情,然后轻轻叹了口气,说了声"嗯"。这个字好像说明了一切,自那以后他们就再也没见过面。

此外,他们还聊了很多话题,但广美自杀的事一次都没提及,也没有任何暗示自杀原因的措辞。最终,光平认定广美应该也想忘记那件事。

第二天广美又来了,二人很自然地一起吃了饭。光平觉得像是有了一个新家庭。

"有事随时给我打电话。"说完这句话,广美离开了。

门完全关上的时候,光平竟感到有些孤寂。才刚进入八月,他却觉得夏季好像已经结束了。

次日,光平也没有去打工。他谎称头疼,店主竟立刻相信了。他一整天都在发呆,做什么都没心思。他意识到自己爱上了有村广美。每次产生想去 MORGUE 的念头时,他就觉得自己很愚蠢,无法付诸行动。

电话……对,打个电话还是可以的,只是报告一下身体状况也没什么不妥。光平觉得打个电话不至于会让对方觉得为难。

光平离开住处,用附近的公用电话往 MORGUE 打了个电话,听筒里传来的却不是广美的声音。光平报出名字后,对方似乎立刻心领神会,抱歉地说广美有点事出去了。

"她都跟我说了,真的非常感谢。您今天已经去上班了吧?"

"啊,嗯……"这时,光平心里忽然产生一种想恶作剧的念头,于是回答"是的"。对方似乎也十分安心。

光平打完电话不久,广美就来了。一阵猛烈的敲门声传来,他开门一看,只见广美两眼通红、脸色铁青地站在门口。

"你没事吧?"她声音颤抖地问。

"啊……是。"

"还不去躺下!"广美一走进房间,就径直铺起被褥来,"我给餐馆打电话,他们说你头疼休息了,所以……"

"啊，是我撒谎了。"光平对着广美的背影说。

广美手上的动作顿时停了下来。她扭过头。"撒谎？"

"嗯。我没什么干劲，就推托说生病了。"

话音未落，光平的左脸就猛地挨了一击。他只觉得一阵发麻，随即又变得火辣辣的。看到广美的姿势，他意识到自己挨了一记耳光。广美充血的眼里流下泪水，委屈地咬着下嘴唇，不久才轻轻张开口，喃喃地说："是我没有弄清楚情况……抱歉。"

光平跪倒在地。比起挨打，广美的眼泪给他的冲击更大。"对不起，是我不好。"他说，"我想让你误会，所以才故意跟 MORGUE 的人说了谎。因为我觉得你得知我打了电话，说不定就会往餐馆那边回电话，得知我休息，也许就会来看我……对不起。"光平又重复了一遍，然后垂下头，把两手放在膝上，小声说，"我只是想……想见见你。"

时间就这样流逝。光平没有勇气抬头，一直保持着跪姿。广美也一直站在那里俯视着他，因为落在他眼前的影子始终纹丝不动。

不久，影子轻轻移动起来。当光平反应过来的时候，广美的手已经搭在他的肩膀上，在道口闻到的那股香气掠过鼻尖。

"只要你说一声，我随时都会过来的。"

光平抬起头。广美凝视着他，任由眼泪往下流。在光平看来，那样子仿佛隐藏着某种决心。

"所以……从今以后，你可不要再撒这样的谎了。"

光平激动得简直想叫出来。他放开抓着膝盖的手，下意识地抱住了广美。广美似乎"啊"了一声，但是没有反抗。光平就这么一直抱着。不久，他感觉到广美的手搂住了他的后背。

光平闭上眼睛，倾听着广美的呼吸声与心脏的跳动。声音有些乱，有如波浪滚滚而来，接着，如被波浪掀起来一样，广美极富弹性的身体在他怀里晃动起来,让他联想起秋天的大海中漂浮的沙滩球。为什么会是秋天的大海,他自己也不知道。

光平想说点什么,却没有开口。他想永远保持这种状态。

此后,光平便开始在青木上班,理由很简单:缺勤太多,被餐馆炒了鱿鱼。在广美的介绍下,青木的老板才雇用了他。

光平与广美的关系在MORGUE的顾客中传开了,不过没人说三道四。或许年龄小的男人是可以被包容的吧。

同居从未在二人之间出现。光平是因为不想依靠广美,广美则大概是为他的将来着想吧。

不可思议的恋爱关系开始了。

双方肯定很难完全理解彼此的世界,却都做好了思想准备。就这样,一个三十岁女人与一个二十三岁男人的恋爱保持着微妙的平衡维持了下去。

光平从未刻意去了解广美的过去和部分现在——比如周二的秘密,也可以说完全是重视这种平衡的结果。因此,当光平想开始了解广美的一切时,她竟然消失了,这无疑是命运的捉弄。这种状态颇似坏掉的天平。

2

胸膛被鲜血染红,心口插着一把匕首,广美眼睛盯着上方,再也无法回应光平的呼喊。虽然如此,广美的身体还温热着,温热得简直令人难以置信。

意识蒙眬中，光平感到有人从他怀里抢走了广美。他刚要抢回来，却被人从后面摁住。对方力气很大，还在他耳畔咆哮。他根本不知道对方在说什么，仿佛脑髓中被揳入了一根木桩，感到剧烈的头痛。等回过神来时，他已经被摁在椅子上。头不痛了，周围的杂音却让人不快。

"眼睛似乎终于聚焦了。"坐在面前的是上村。二人之间隔着一张旧办公桌，桌上的烟灰缸里扔着好几个烟蒂，仿佛在暗示时间的流逝。刑警仍叼着一根烟。

光平并没有失去意识，只是心与身体已经分离。声音和景象仍会进入耳目，他却无法识别。他还能够想起来自己为什么会待在这里。从六层的案发现场下楼梯，来到一楼的传达室，只是他像梦游症患者一样脚步飘忽不定。

"可以了吗？"上村把不知第几根香烟掐灭在烟灰缸里，问道。

什么——光平并未询问，而是回望着刑警眉头紧皱的面孔。

"我想问一下发现尸体时的情况。"上村说，"跟上次一样。"

光平思考了一会儿，这才意识到"上次"指的是发现松木尸体的时候。原来自己已经是第二次遭遇这种情况了。

光平一直保持沉默，上村大概是觉得还要再花一些时间，便再次叼起一根烟。

为表示没这个必要，光平做了个深呼吸，然后问："我从哪儿说起好呢？"他的声音很大，令他自己都有点意外。

上村把叼着的香烟放回烟盒。"首先，你来这儿时大概几点？"

光平拼命整理了一会儿混乱的记忆，答道："七点二十左右。"来到公寓前面的时候，他正好看了一下表。

"来了之后呢？"

"来了之后……按电梯的按钮等待，电梯怎么都不下来，就走了楼梯——"

"等一下。"光平正要继续，上村伸出右手做了个暂停的手势，"你来的时候，电梯在几楼？"

真啰唆！光平想。"我在公寓的入口处听到电梯到达的提示音，我想应该是到一楼了。不过，我没有赶上。"

"能看到电梯里面的情形吗？"

"看不到。我过去的时候，电梯门已经关闭了。"

"电梯到达一楼的时候，有没有人从里面出来？或者说，你有没有碰到过别人？"

"从电梯里？"那个皮夹克男子的身影浮现在光平的脑海。但他与那名男子擦肩而过后才听到电梯到达的声音，所以那名男子当时并不是从电梯出来的，此后他就再没有碰见过别人。"没，没人从电梯里出来。"光平回答。不知为何，他不想提及那名皮夹克男子，而且这也不算是撒谎。

"你还记不记得电梯后来停在了几楼？"

光平记得很清楚，楼层指示灯闪烁的样子仍清晰地印在眼前，先是三楼，然后就停在了六楼。

"在三楼停下了？大约多久？"

"多久……反正时间很短。几秒……对，停了几秒。"

"然后呢？"

"电梯再次动起来，在六楼停下了……一直不下来，我就走了楼梯。结果，到三楼的时候听到一声尖叫……"

"你上去一看就发现了尸体？"

"对。"光平回答。"尸体"这个词听起来有一种无机物的感觉,光平心里并未将其立刻与广美的身体画上等号。

"在楼梯上有没有碰到人?"

"没有,一个都没有。我只看到有个女人瘫坐在六楼。"光平说的是看到尸体后发出尖叫的那个人。

也不知对他的话哪里不满意,上村像斗牛犬一样翘起唇角,又用圆珠笔的笔尖使劲敲了敲桌子。过了一会儿,上村忽然想起什么似的问:"你走楼梯的时候,有没有看看各层的走廊?比如哪一层有人之类。"

真是莫名其妙的问题,光平完全不明白上村的用意,但他现在连回答都很吃力,根本没时间去考虑刑警的目的。"哪个楼层都没有人。我听到尖叫的时候,猜测六楼可能出事了,可我还是扫了一眼四楼和五楼。"

"真的吗?"

光平点了点头。

上村直盯着他的脸,低吼了一声,自言自语道:"那么凶手到底是从哪儿逃走的?"

"什么?"光平不解。

上村说了句"没事",然后摇摇头,又问了光平一些其他问题,诸如今天来这里的目的、约好几点去广美家、离开店的时候是几点等,最后的问题则是"你最近跟有村小姐的关系是否融洽"。

"为什么要问这个?"光平问,他能感觉到自己的脸颊僵硬了,"听口气好像是在怀疑我似的。"

"并不是。"上村摆摆手,"我只是在考虑所有的可能性,我们的工作性质就是这样。"上村歪了歪油腻的脸,笑得露出了白色的牙齿。

坚决不配合警察——此时的光平下定决心,因为就算抓到凶手,广美也回不来了。

一番调查讯问后,光平获得了自由,从挤满警察的混乱公寓逃也似的来到外面。

公寓前面的道路沿着铁轨延伸,往左可到站前。光平则往右走去,他漫无目的,只是害怕到热闹的地方。

走了一会儿,他来到那个狭窄又简陋的昏暗道口。三个月前,他就是在这里与广美初遇的。

当时广美朝着道口对面望什么呢?光平最终也没能问她自杀的理由。那日以后,她真的就再也没动过自杀的念头,还是如果有机会,她可能还会站到这处道口上?光平觉得自己的存在对她人生的影响几乎可以忽略不计,因为他未能将广美从第二次死亡危机中救出来。

光平眺望着公寓。几乎所有的窗户都透出灯光。可是,从今晚起,有些灯再也无法被广美的手点亮了。

秋天的大海浮现在脑海,沙滩球已经消失。光平的眼泪终于涌了出来。

3

光平回到广美住的公寓时大约十一点。警察的身影已经不见,电梯间也已被整理干净,像什么事都没发生过。

光平无视电梯,径直走向楼梯。他不愿去想象广美在封闭的电梯轿厢里时的痛苦。

光平一边走上依旧昏暗的楼梯，一边回味上村的话——凶手是从哪儿逃走的呢？

来到三楼广美的住处，光平从兜里掏出配好的钥匙，打开门锁。本以为里面会漆黑一片，不料竟依稀透出一丝灯光来。光平诧异地在门口脱掉鞋子。他把视线落到脚下时，发现一双陌生的女式皮鞋摆在那里。他想或许是日野纯子来了。

打开厨房门的瞬间，光平不由得愣住了。餐桌上趴着一个女人。让他惊讶的不光如此，女人穿的酒红色对襟长毛衣让他不禁想起了鲜血。

女人似乎察觉到了动静，敏捷地起身望着他。

光平再次受到了冲击。女人的相貌竟与广美十分相似，简直像广美起死回生了一样。若要说两者明显的区别，那就是她比广美年轻。

面对不速之客，女人没有发出惊呼，只是瞪大了眼睛望着光平。

"你……是谁？"问话的是光平。

"我还要问你呢。"女人从椅子上站起来，摆出一副防范的架势，语气强硬，"为什么擅自闯进来？"看到光平的衣服后，她更是眉头紧锁。"血……"

光平这才发现自己的衣服已经被血渍弄脏。他刚才一直走在昏暗的街道上，所以没注意到。

"是溅上去的血吧？"女人突然发出尖厉的声音，然后绕到餐桌对面。看来她是误会了。

"不是。"光平说，"是抱起广美的时候沾上的。"

"胡说！"女人拼命摇头，"凶手肯定都会返回行凶现场！"她把视线转向厨房的水槽，似乎在寻找防御武器。

"你快饶了我吧，我也很累。"

"那是因为刚杀了人,当然会累!"女人麻利地用右手拿起菜刀,不知想到了什么,又用左手举起一个平底锅,看来是想把它们当作矛和盾。

光平摊开双手。"我是广美的男朋友。我怎么可能杀自己的女朋友?"

"撒谎!你不要胡说八道!"女人急促地喘着气,每呼吸一次,右手的菜刀就摇晃一次,看上去还真有点吓人。

"我没有撒谎,我真的是她男朋友。今天本该在这儿为我庆祝生日的。"

女人的目光瞬间移向餐桌。桌子上放着小蛋糕和蜡烛,大概是广美准备的。

"现在相信了吧?"光平拉出一把椅子坐下。

"可是……你怎么看都比她年轻。"

"是的,算到今天还比她小六岁呢。可是,她的年龄再也不会增长了。"

"比她年轻还当她男朋友?"

"嗯。不过我也没必要让你相信。"光平再次把视线转向餐桌。

女人深深地叹了口气,把手上的东西放回原处,在光平对面坐下来。

"你是谁?"光平问。

女人略微犹豫了一会儿,答道:"我是她的妹妹。"

"我叫津村光平。"

"……悦子。"

"刚才就觉得你是她妹妹。"

"为什么?"

"因为你们长得一模一样,我还以为是广美起死回生了。"

悦子留着时髦的直发,发尾修剪得很齐。她拢了拢刘海,说了声"谢谢"。"我从小就喜欢听别人说我跟她像。"

"因为都是美女嘛。"

光平从未听说广美还有个妹妹。不只是妹妹,家人的事情也从未听她提起。从悦子刚才的话中得知广美至少还被妹妹喜欢,他总算安心下来。

"你不悲伤吗?"悦子忽然变了语调,问道。她用一种仿佛在审视奇怪生物的眼神看着光平。

"悲伤。"光平回答,"我看上去不悲伤吗?"

"看不出来。"悦子说,"你脸上没有泪痕,看上去一副毫不在乎的样子。"

"我哪儿还有空哭?不过还是流了眼泪。这种事又没什么好炫耀的。"

"我也哭了。刚才,就在这儿。不过,多亏了你,让我现在有些忘掉忧伤了。"悦子支起右肘,用右手托着下巴,盯着天花板,仿佛在整理心情。光平发现她那略微上翘的大眼睛酷似广美。

"你是学生?"

"算是吧……"悦子犹豫地说道,"不过,学费都是我自己赚。姐姐只帮我交过入学费。"

"你父母呢?"

广美死了,只有一个妹妹赶过来,这让光平有些不解。

"没有啊。"仿佛父母原本就不存在似的,悦子坦率地答道,"姐姐没告诉过你?母亲生下我不久就病死了,父亲四年前也因病去世。从那以后,我们姐妹俩就相依为命。因为还有点遗产,姐姐也已经工作，所以生活也不是特别苦。"她又细声说，"可出了这事后，我成了一个真正无依无靠的人。"

"广美从没和我说过这些事。"

"说说也不要紧，当然你也不需要了解这些。而且，谁都会有失去父母这一天的。"

"也是。"仿佛得到了某种安慰，光平有点异样的感觉，"对了，你住在哪儿？"

"宿舍，"悦子回答，"毕竟住在那里省钱。不过从今夜起我就要睡在这儿了，虽然对我来说有点太奢华。"

那我就安心了，光平想。如果让一个陌生人住进这里，那该有多么讨厌。他从兜里掏出钥匙，放到桌子上。"这是广美交给我的。不过我已经不需要了，还给你。"

悦子来回看着光平和钥匙，不久又把钥匙塞回他手里。"拿着吧。既然是她给你的，我也不好收回来。拿着吧。"

这次轮到了光平看着钥匙。他很快点点头，收回兜里。"你有钥匙？"

"我把姐姐的钥匙拿来了。"悦子朝电话桌上努努嘴，一个熟悉的镶着红珊瑚的钥匙链映入光平眼帘。广美用白皙的手拨弄钥匙链的样子总是那么性感。"可以问问你的事吗？"

"可以。"

"你跟姐姐是在哪儿认识的？"

光平略微思考了一下，说："道口。"

"道口？那个道口？"

"没错。我们一起过的。"

"嗯……"悦子望着餐桌上的蛋糕，微微抬了抬下巴。道口就道口吧——她的举止中透着不以为意的感觉。"你的工作呢？"

"打工。"光平回答，"在台球厅收银。"

悦子再次"嗯"了一声。

"案子的事，你听说了吗？"光平问。

"啊。"悦子舔舔嘴唇，隐约露出的淡粉色舌尖映入光平的眼帘。"警察说了，也许是电梯魔。"

"电梯魔？"

"据说这种事在纽约是家常便饭。他们经常会袭击同乘电梯的人，抢夺钱财。"

"有东西失窃吗？"

"不清楚，大概包被偷了吧。"

"包？"这件事光平并不知道。没准刑警也说过，只是他没留心听。

"包被偷了，那为什么单单留下了钥匙？一般来说，钥匙都是放在包里的。"广美平时应该也是这么做的。悦子又说："钥匙掉在了她身旁。她肯定没装进包里，而是装进了夹克的兜里或是其他地方。"

光平应了一声。如果是这种情况，也只能这么认为了。"她好像是被人刺中心口而死的。"光平看了看沾在自己毛衣上的血迹。血洒电梯间的情形依稀仍在眼前。然后……对了，地上还撒着花瓣。

"一刀刺中心脏。"悦子做了个捅自己胸口的动作，"作为发现者，你居然连这个都不知道？"

"当时没反应过来。"光平想象着心脏被刺中时的感觉，得出一个结论：这恐怕比自己经历过的任何疼痛都要痛苦吧。可能是因为痛苦至极而失去意识，然后才这么死去了。若是这样，也许当时广美还有救。"那么……"

"你要回去？"

"嗯，我自己还是有房子住的。"光平缓缓站起身，仔细地环视四周。或许今后再也没机会来看这房子了。

"见到你之后，我的心情好了一些。"

"谢谢，我也是。"

说话间，光平的视线在起居室的方向停了下来。茶几上放着一本眼熟的杂志。他径直走过去，拿了起来。

"那本杂志怎么了？"悦子也来到旁边，看了看杂志的封面，"我来的时候就放在那儿了。我当时还想，姐姐怎么还看这样的书，内容也太难了吧。"

"嗯……"

那是《科学·纪实》的创刊号，是自己最后一次跟松木喝酒的晚上，松木跟书店老板时田要来的。为什么这本杂志会在广美家里？难道是广美碰巧也买了一本？可是正如悦子所说，广美怎么会读这种科学杂志？光平无法理解。"这本杂志可以送给我吗？"光平回头问。

悦子低头思忖了一下，回答："这有什么不可以的。"

光平将杂志卷了卷，装进防寒夹克的内兜。这时，忽然有什么东西从衣服里飘落下来。

"咦？"悦子蹲下身捡起来一看，是一片细长的白色花瓣。

"是散落在广美身旁的花。"光平回忆起来，说，"当时看是红色的花，原来是被血染红了啊。"光平猜测这大概是广美为自己庆祝生日而准备的。

"是秋水仙。"悦子盯着花瓣说，"我认得，因为是她喜欢的花。"

"为什么喜欢？"

"不清楚，不过这种花的花语我还是知道的。"

"是什么？"

悦子把花瓣装进光平防寒夹克的兜里，轻轻在兜上抚摸着说："我最美好的日子结束了……"

4

我最美好的日子结束了——这便是广美的死前留言。她被杀的这晚，光平的眼睛合上不足十秒就要睁开。广美不再动弹的身体的触感、沾满鲜血的花瓣，还有那个花语……这些都萦绕在光平的脑海里，挥之不去。

再也见不到广美了……仿佛一切都是虚幻，像电影的最后一幕或是一个荒唐的梦。面对她的死，虽然流过眼泪，光平还是无法完全接受这个事实。一不留神，广美又在心里复活过来，冲他微笑。可是，随后的一瞬他又被拉回到现实，每次都逼得他走投无路。这是他人生中最痛苦的一夜。

夜色消逝的速度却仍跟往常无异。

察觉到异样的动静，光平睁开眼睛。本以为不会睡着，可他的神经实在疲惫到了极点。临近黎明，他竟然打了个盹儿，但他的意识仍不时醒过来，终究无法熟睡。

枕边闹钟的指针刚过九点，该起床了。光平正要起身，不禁吓了一跳，因为门口站着一名陌生男子。

"你终于醒了。"男子很胖，声音像舞台剧演员一样洪亮清晰。男子在一个代替鞋柜的收纳箱上坐下来，弯腰俯视着光平。

"你是谁？"等心脏的悸动稍微缓和，气息平静到能说话的程度后,光平问。

男子并未回答,而是审视般环视室内,然后又盯着光平的脸看了一会儿,说:"没想到大小姐交了一个这样的男朋友。"虽然是自言自语,他的声音却很大。

"大小姐?你是说广美?"光平打量了一下男子。对方身材高挑,面容俊朗,目光犀利,令人不由得联想起狼人来,年龄在三十五岁左右,怎么看都素未谋面。

"都好到直呼广美名字的程度了?我真是无法面对去世的老师了。"男子从白色西装的内侧口袋里摸出香烟,抽出一根叼在嘴里。

"随你怎么说。"光平故作强硬,"如果不说名字,只好请你出去,否则我要报警了。"

男子微微一笑,从放烟的兜里又掏出黑色的警察手册给光平看。

光平露出一副厌腻的表情。"是警察就早点说。"

"我不是一般的警察。"男子说。叼着的香烟在他目光犀利的眼睛下面颤动了几下。

"特殊的?"

"没错。"男子冷笑着点了点头。

"怎么特殊?你不说谁能知道?"

"你没必要知道,只须回答我的问题就行了。"

"你这是非法闯入民宅。"

"小事一桩,一个大男人别婆婆妈妈的。你愿不愿意回答我的问题?"

"我拒绝。"光平用被子蒙起头。本来精神上就遭受了极大的打击,现在又碰上这个来路不明的警察,他不由得很生气。

被子从另一边被掀开,男子再次出现在光平眼前。"这样吧,我随便说说,你只回答是或不是就行,怎么样?"男子翻看着警察手册,说了起来，内容是有关广美的尸体被发现时的状况的，基本上和光平昨晚对上村所做的陈述一致。

"这些供述没有错吧？"读完后男子问。

"是。"光平简短地回答。

"那么事情就奇怪了。"男子看着警察手册说，"如此一来，凶手根本没有可逃的路径。"

上村也说过同样的话。光平搓着脸说道："我听不懂你们的意思。"

男子从兜里拿出一个银色打火机，终于把一直叼在嘴上的香烟点燃了。"广美小姐回公寓前，去了一趟附近的花店，时间是七点多。她从花店里买了秋水仙。据店主说，花是她专门订的。对了，你知道秋水仙吗？"

"昨夜才知道的。"光平回答。花语他也知道了。比起这些无关紧要的事，他对男子直呼广美名字的做法更在意。

"她尸体的周围散落着秋水仙，那么她极有可能回到了公寓，在去自己住处的途中在电梯里遇害。这在时间上完全说得通。"

"完全说得通。"光平重复道。

"可是，你的证词……"男子狠狠地吸了一口烟，无所顾忌地吐出。

真臭！光平想。

"假如你到达公寓的时候她已经被杀，而且凶手也已经逃走，电梯里剩下的就只有她的尸体。你明白吗？"

"明白。"

"但你的陈述是这样的：电梯在三楼停了一下，然后又停在了六楼。只载有尸体的电梯怎么会动起来，又怎么会停下呢？假如有人从外面按了电梯，那么到达三楼的时候那个人就该发现尸体了。而且在六楼发现尸体的那个女人并不是从六楼按的电梯，是在五楼等的，等了半天电梯也没下来，所以上楼查看情况。由此可以推断，电梯在三楼和六楼停留都是因内部操作。"男子像NHK电视台的主播一样伶牙俐齿，先提出假设，再分析，最后反驳。光平呆呆地望着他的嘴角。他似乎把总结的任务交给了光平。

"那么，我到达公寓的时候，广美还没有被杀？"

"正确。"男子露出满意的神情，"你到电梯前的时候，电梯刚好关上门离开，对吧？广美小姐恐怕就是那时乘上了电梯。如果能提取到指纹，证据会更确凿，可不巧的是，她戴着薄手套。"

"如果我当时加快脚步，就能追上她？"

皮夹克男子的侧脸忽然浮现在光平的脑海。正是被他分散了注意力，才导致了广美的死亡。不过从刚才的话来看，他跟案件毫无关系。

"这就是命啊。"男子说，"生死就是这样，所有人都是到了事后才长吁短叹或是冷汗直流。既有人会因为未带十日元硬币而免遭交通事故，也有人会因为妻子是美女而患上胃癌。"

男子或许是在试图安慰，但这对光平没用。这个世上哪些人因为哪些琐碎的事而死，跟他毫无关系。广美的死必然有其理由。

"可以继续吗？"男子观察了一会儿光平的样子，问道，"我理解你的心情，可我没有时间。"

"啊……"光平再次搓了搓脸，"可以继续。"

男子清了清嗓子。"那么，广美小姐先你一步进了电梯，这里又有个问题需要考虑，即电梯里是否只有广美小姐一人？"

"这不是个愚蠢的问题吗？"光平说，"她是被人捅死的，凶手肯定和她在一起。"

男子竖起食指，像雨刷一样左右晃了晃。"也有可能是她独自从一楼进了电梯,凶手则是从三楼进入的。"

"……是吗?"

"如果是这样,凶手一进电梯便行凶,然后不是直接从三楼下来,就是乘坐电梯到六楼后再下来,只有这两条路。"

"是啊。"光平一边回答一边思索,他认为行凶后立刻从三楼下来还是有点勉强。

"另一种情况,假如凶手跟广美小姐一起从一楼进入电梯,那就很难推测犯罪行为究竟是在一楼到三楼之间还是在三楼到六楼之间发生的了。从时间上来看,发生在一楼到三楼之间的可能性很小,不过也不能完全否定。现在唯一能够确定的是,无论凶手在哪一层进入电梯,他只能从三楼或六楼下来。"

光平终于明白男子和昨天上村想表达的意思。

"这下你弄明白情况了吧。"男子调侃般地说道,"你说从一楼到三楼是走楼梯上去的,其间谁都没有遇见。去六楼的途中也是一样。我调查过,公寓的走廊从楼梯上一眼就能望到头,凶手似乎也无法先潜伏在中间楼层,等你过去后再下楼,而且公寓也没有疏散楼梯。如此一来,凶手就没有可逃之路了。"

光平盘着腿坐在被子上,咬了咬下嘴唇。轻微的头疼并不仅仅是因为睡眠不足。

"你知道这种状况叫什么吗?"男子问。

"密室。"光平回答。

男子歪了歪脸,无声地笑了。"你读推理小说吗?"

"读过一些。"

"读什么?"

"克里斯蒂。"

"大侦探波洛啊,不错。在《罗杰疑案》中出现的密室把戏都是骗小孩的。在这方面,更让我叹服的当属切斯特顿。"

"我不看。"光平说,"除了克里斯蒂,我只读福赛斯。"

"弗雷德里克·福赛斯也不错。"男子说,"有《豺狼的日子》《敖德萨档案》,不过都跟密室没关系。"男子环顾四周,从一旁的垃圾箱里拣起一个空啤酒罐,把将要燃尽的烟蒂扔了进去。然后重新叼上一根,用银色打火机点着。听上去很优雅的摩擦声响起,火焰燃起来。"不过,完美的密室是不可能存在的,这次也一样。首先可以考虑凶手是公寓的住户,因为行凶后只须逃进自己家即可。就算不是住户,只要有这样的地方也行。对了,MORGUE 的老板娘好像也住在那栋公寓里吧?"

"你怀疑老板娘?"

"我只是问问。"

"我是在离开 MORGUE 后才去公寓的。当时她的确还在店里,不可能杀广美,至少她没动机。"

"别较真嘛。"男子苦笑,从齿缝间吐出一缕淡紫色的烟,"老板娘住在那栋公寓里,这一点很重要。"

光平默默地盯着男子,思索这句话的含义。他琢磨不透,但还是有一种莫名的不快在心里蔓延开来。

"如果凶手没有逃进那栋公寓的某个房间,那么当时在案发现场的人就可疑了。发现者即凶手的模式十分常见,却总是极具震撼力。"

"明白了。"光平不屑地说,"你来这儿就是想说这个吧?"

"我只是在和你探讨可能性。我来这儿的目的也不在此。我只是想见见你,仅此而已。"

"想见见我?"

"想见见你，"男子又说了一遍，"顺便也想让你了解一下情况。怎么样，听了密室的情况后有没有想起什么？"

"没有。"光平摇摇头。

"不久你会想起来的。"男子终于把警察手册装进了内兜。

"可以问你一件事吗？"

"什么？"

"你的名字。"

男子露出微笑，慢吞吞地从收纳箱上站起来。"我的名字无关紧要。比起这个……"他掸掸裤子上的灰，打开门。一阵冷风吹进来，光平感到清醒了一些。"你难道不想知道我是从哪儿进来的吗？"

"不想。"光平回答，"你肯定是出示警察手册后，跟房东借了钥匙。"

"这么没水准的事我是不会做的。"男子按下内侧门把手中央的按钮，如果这样关上门，门就会自动上锁。男子脱下鞋，用鞋后跟使劲敲了两下外侧的门把手。砰的一声，内侧门把手上的按钮在光平眼前弹了出去。男子又拧了拧外侧门把手，竟然能轻松地转动。"瞧见了吧？"男子露出恶作剧般的表情，笑着说，"任何戏法都是有机关的，什么不在场证明、密室，都是人想出来的东西。"

"哎呀，"光平说，"看来只能换锁了。"

"关键的问题不是锁。"男子说完，穿上鞋离开了。

5

学生街还是老样子，沉积已久的倦怠感、无力感与微弱的希望、活力并存。

光平来到青木后,老板像看见了一个不速之客,惊讶得合不上嘴。沙绪里也只说了声"光平",就愣在原地。

"抱歉,迟到了。"光平轻轻点头致歉。他本想用平静的声音说话,语气还是变得沉重起来。

"你可以再休息几天。我也打算多给你放几天假。"老板体谅地说。

"没事。"光平强作笑颜,"这种时候最好还是做点事情。"他故作轻松地离开咖啡厅,径直走上楼梯。

来到三楼,只见有人正坐在收银台旁,场馆里并没有客人。光平仔细一看,是赌徒绅士井原。他依旧穿着一身三件套西装,窝在狭窄的座位上,读着光平放在那里的文库本推理小说。"井原先生。"光平打了声招呼。

井原吓了一跳,手中的书掉到了地板上。"津村……"他的目光和老板刚才的一样,充满惊讶地看着光平。

"井原先生,你在帮忙收银?"

"没有……我看了今早的报纸后匆匆赶了过来,大家都说你肯定要休息,我就想多少帮你一把。"

"非常感谢。"光平点头致意,他没想到大家都这么关心自己。"不过不用了,这儿就交给我,请你好好享受游戏吧。"

光平正要坐下,井原一把将他推开,力道大得让他十分惊讶。井原盯着光平的眼睛,低声说:"节哀。我知道你想做点事来舒缓一下心情,可你今天还有很多更应该做的事。"

"没事,有她的家人呢。"

"那也有很多事只能由你来处理。"井原继续说,"你今天就先回去吧!"他语气严厉,眼睛里却满是春日般的柔和。

光平低下头,目光落到井原的脚上。他的鞋擦得锃光瓦亮,丝毫不失绅士风度。"那我就回去了,"光平下定决心,"虽然不知道我能做些什么。"

井原深深地点点头,仿佛在说这就足够了。

光平回到一楼,向老板说明情况后,老板也抬抬手表示答应。光平离开时,沙绪里追过来抓住了他的手。

"振作点。这种破店怎样都无所谓,别管它。"沙绪里的手很柔软,还有点湿润。

"谢谢。"光平离开了青木。

路过 MORGUE 时,门前仍挂着"准备中"的牌子,纯子大概还没来,今天是否营业都还难说。

咦?光平忽然一愣。那盆橡胶树还放在门口。纯子平时很爱惜它,关门的时候一定会收进去,这已成了她的一个习惯。

老板娘是不是已经来了?想到这里,光平推了推门,竟然轻松地推开了,丁零丁零的声音随即传入耳中。一股酒气扑鼻而来。店里开着灯,纯子正坐在吧台旁。她双臂放在吧台上,似乎枕着手臂睡着了,开门声让她惊醒。

"光平……"她声音十分沙哑,大概哭了一整晚,两眼红肿,妆也花了。

"老板娘……你这样会感冒的。"光平脱下防寒夹克,想披到她肩上。

她拦住了光平的手。"不要,广美会嫉妒的。"

"老板娘……"

她的右手仍握着一个大玻璃杯,旁边倒着一个芝华士的空瓶子。再仔细环顾一下周围,地板上全是碎玻璃。仿佛发生过大地震一样,本该摆在吧台上的大玻璃杯和白兰地酒杯也都跌落在地。

纯子把手里的大玻璃杯也摔了出去。杯子碎裂开来，甚至还有一块碎片飞到了门前。"光平……"她搂住光平的腰，像个小孩子似的号啕大哭起来。光平把胳膊搭在她的背上，伫立良久。

MORGUE二楼有个面积大约四叠半的房间，光平扶烂醉如泥的纯子进去躺下。离开时，他想起自己有东西遗忘在了广美家。不，遗忘的说法并不贴切，因为不是光平的东西落在了那里，而是那本名为绣球花的小册子。

广美每周二都要去一所名叫绣球花学园的学校。这件事会不会和案件有关？这个疑问从直面广美的死亡时就依稀萦绕在光平心头。最近发生了许多事，尤其是遇见了广美的妹妹和来路不明的警察，这个疑问便没有再次浮现。

干脆去绣球花学园看看吧，光平想。

去公寓的途中，他在时田书店前停下脚步。书店从正面看大约有两间[①]宽，向里延伸得很长。最里面放着一张小桌，上面有一顶红色贝雷帽。他取出一直装在防寒夹克兜里的那本《科学·纪实》，端详了一会儿封面后走进店内。

老板时田看到光平的身影后皱起眉来，像在看一件刺眼的东西。他搓了搓胡子拉碴的下巴，抱起胳膊等待光平上前。"这种时候，我真庆幸自己是个卖书的。"这是时田说的第一句话，"因为可以不用伺候客人，呆呆地坐在这儿就行。"

"一个人不闷吗？"

"可是什么都不用思考啊。"时田说。他声音沙哑，像喉咙里堵

---

①日本的长度计量单位，一间约合1.818米。

着一口痰。

"你做过这种训练?"

"没有。"时田张着嘴停顿了一下,口中镶着的金牙露了出来,"习惯了。"

光平觉得这句话可信。

时田身后的架子上放着一个相框,里面有一张照片。光平记得松木曾跟他说照片上的人是老板若干年前病死的女儿。照片似乎是在她高中时拍的,穿着水手服,面露微笑。光平每次看到这张照片都觉得眼熟,却怎么也想不起像谁。

"对了,你还记得这个吗?"光平把杂志递到时田眼前。

"杂志啊。"时田眯着眼瞥了一眼封面,"还是我们店卖的。我好像送给松木那家伙了。"

"它却出现在了广美家里。"

时田露出一副纳闷的表情,微张着嘴,点了点头。"对,好像是松木那家伙又给广美了。"

"给?为什么?"

"这个谁知道?"时田摇着头说,"我是听老板娘说的。那天晚上……对,就是松木被杀的前一天晚上,好像是周二,当时你也在。我拿着这本杂志,松木说想借去看看。我很快就回去了,然后广美小姐好像才来。"

"嗯。我先回去了,没见到广美。"

"听说松木与广美小姐聊了一阵子后,就把这本杂志交给了广美小姐……大致就是这样,具体情况我也不清楚,问问老板娘应该就会知道。"

"松木为什么要把一本科学杂志交给广美?"

"我觉得没什么特殊含义吧。"

"你是什么时候听老板娘说起这件事的?"

"这个……"时田用拇指和食指按着两边的眼角说,"好像是这周二。"就是光平因感冒休息那天。说起这事,时田的记忆似乎渐渐清晰起来。"对,你不在,我就跟绅士去了MORGUE。"说着,时田用右拳击打了一下左手掌。

"听说那天老板娘也感冒了,早早就打烊了?"

"老板娘也感冒了?"

"你不知道?"

"我提前回去了。可是,她不像是不舒服的样子啊。"时田抬头望着上方,仿佛在努力回忆当时的情形。

光平也回忆起来——老板娘来广美家的时候,看上去并不是很难受的样子。总之,算是基本清楚《科学·纪实》为什么会放在广美家,虽然只是了解了大致情况,具体理由仍不清楚。"谢谢,妨碍你工作了,不好意思。"

"没事。"

光平正要起身离去,时田忽然叫住了他。"警察来过了。"

"眼神很犀利的那个?"

"嗯,就像猎犬一样。"

果然!光平点点头。"然后呢?"

"听他的语气,好像认为凶手是MORGUE的熟客。那家伙觉得是熟人作案。"

"也问你了?"

"没问什么重要的事。他说还会再来,还胡说什么今天来就是想看看我的脸。"时田摆摆右手致意,光平离开了书店。

6

看到悦子在公寓，光平不禁有些意外。悦子似乎也没有料到他会来。

"我忘了点东西，可以进去吗？"

"请进。"

悦子今天穿着一件很薄的羊绒衫。从她身旁经过时，一股甘甜的香水味掠过光平的鼻尖。跟广美用的一样，他想。"可以进卧室吗？"他问道。

悦子想了想，说了句"等等"，自己先进了卧室。一两分钟后，里面传出一声"可以了"。光平曾多次进入那个房间，今天却有点拘束。

广美的床收拾得干干净净，毛毯上一尘不染，由此可以看出悦子的性格，光平略微安心下来。

"忘了什么？"光平在梳妆台的抽屉里寻找时，悦子从背后问道。

"啊，一点小东西。"光平说着，从抽屉的夹层里抽出那本小册子。

悦子对抽屉的夹层和其中的物品都十分惊讶。"那是什么？"她问。

"具体我也不清楚。"光平回答。

离开卧室，跟昨夜一样在餐桌旁坐下来后，光平才说起广美每周二都去邻市一处名叫绣球花学园的残障儿童学校。

"啊，听你这么一说，"悦子想起什么似的点点头，"今天早晨有个电话，好像是一个大叔打来的，他说自己是绣球花学园的人。"悦子又看了看电话桌上的纸条说，"对，是一个姓堀江的人。"

"他都说了些什么？"

"他说是从报纸上得知了案子，只是吊唁一下。我当时还想，姐姐怎么还会跟这种奇怪的地方有联系呢。"

是太奇怪了，光平想。

"姐姐为什么要去那种地方？"

"不清楚。我也问过，可她不肯告诉我。"可能是想在昨天告诉他吧，光平想。因为他在周二发现了那本小册子，广美决定告诉他真相，所以才提出要办一个只有两个人的生日派对，然后直接提出分手……我最美好的日子结束了——光平不由得想起了染满鲜血的秋水仙的花语。

"那你打算怎么办？"悦子问。

光平翻了翻小册子后，回答说："我想去这个学校看看。"

"你觉得跟杀害姐姐的凶手有关？"

"不，"光平摇摇头，"我也不确定。"关于广美的事，他没有一件是可以确定的。

"若说电梯魔，一般都是偶然路过行凶吧？"

"嗯。"光平不愿把广美想象成那种无差别杀人魔的牺牲品。他希望广美的被杀背后存在着重大的理由。"我只是去看看。我对她几乎一无所知，甚至连她有个你这样的妹妹都不知道，所以我只是想看一下，哪怕只是那一小部分。"

"也是。"悦子站起身来，到厨房给光平冲了杯咖啡。焖在过滤器中的咖啡香气飘了过来。"我也一起去，"悦子端着咖啡杯提议，"我也一直对姐姐的秘密很感兴趣。行吗？"

"可以是可以……'一直'是什么意思？"

"姐姐有很多秘密。"悦子说，"为什么她看上去总是那么年轻，还有她为什么放弃成为钢琴家。"

"先不说她的外貌如何,关于钢琴家一事我以前也问过她,她说是因为手小才放弃的。"说着,光平眼前又浮现出广美伸开手掌给他看的情景。

"她的手不小啊。"仿佛被侮辱了似的,悦子严厉地说道,"或许在你的眼里很小,可是在女人中她的手一点都不小。肯定有其他理由。"

"你也不知道?"

"不清楚。只不过,姐姐在放弃钢琴之前发生过一件事。"

"什么事?"

"曾经有一个很有名气的钢琴大赛,姐姐也报名参赛了,最终却没有演奏。"

"出了意外?"

"不是。姐姐已经走到演奏用的钢琴前,在椅子上坐下,连乐谱都摆放好了,可就是没有演奏。"

"为什么?"

"不知道。"悦子摇摇头,"我跟我父亲,还有观众们都在静静地等待,但姐姐就是不肯弹。后来观众开始起哄,最后她竟逃离了现场。"

"啊?"光平并未看过这种大赛,难以想象当时究竟是什么样的状况。不过,他依然大致想象了一下一名演奏者从音乐会上消失的情景,因为音乐会他倒曾去过。"也许是慌神了吧。"光平说。

"嗯。"悦子加重语气,"事情闹得很大,还追究了责任。从那以后,姐姐就不再弹钢琴了。"

"为什么会这样?"

"不知道,所以我才说是秘密。"

"是吗……"光平把餐桌当作钢琴,模拟着敲击琴键的动作。当时广美身上到底发生了什么呢？

"那之后姐姐就变了。虽然也说不清到底是哪儿不对劲，可总觉得她变了。"悦子喝着黑咖啡，发出咝咝的啜饮声。

光平走进起居室，来到总是被擦得光彩照人的钢琴前，轻轻打开厚重的琴盖。跟上次一样，钢琴散发着一股干木头的气味。

无人弹奏的钢琴、绣球花学园、铁路道口……或许这就是个填字游戏吧，光平想。一切都存在某种联系，只要把空白的部分填充上，说不定就能掌握全部真相。光平用食指猛击了一下琴键，悦耳的声音顿时响彻房间。总觉得整件事颇具戏剧性。

"警察没来过吗？"光平回到餐桌旁，喝着悦子冲的咖啡，问道。

"来过。"悦子露出无趣的表情说，"问我有没有日记或相册之类，我说没有，人家就冷着脸回去了。"

"你问过警察的名字吗？"

悦子低头想了想，说："好像是姓……上村什么的。"

"上村啊……"

"怎么了？"

"警察也去我那儿了，而且是一个比上村还差劲的。不说自己的名字，眼神也很凶，还随便闯入别人家。"

"随便闯入？"悦子似乎有点吃惊。

"擅自打开锁进来的。"光平重复道，"也不知为什么，竟然亲昵地直呼广美为'广美小姐'。"

"广美小姐……"悦子思索着这句话的意思，然后张大了嘴巴。光平以为她要打呵欠，但她酷似广美、略微上翘的眼睛也睁得大大的。"是香月先生。"她说。

"香月？"

"是父亲的一个学生。姐姐没告诉过你我们的父亲是一名高中老师吗?以前给过他不少照顾。如此说来,确实听说过他当了警察。"

"这样就对了。"光平讨厌一个接一个的谜,哪怕能解开一个也让他轻松了一些。"大概是想还人情吧,很卖力。"

"可是,"悦子像寻找什么似的望着空中,又把视线固定在光平面前,"他是你的情敌。"

"情敌?"

"没错。"悦子嘟起嘴唇,"父亲在世的时候,他还来求过婚呢。当然是向姐姐了。"

"哦……"光平不知该如何表达感想。

"姐姐应该也喜欢过香月先生。"

光平无言以对。

"但是她拒绝了香月先生的求婚。我和父亲都很吃惊。"

"为什么拒绝?"

"不清楚,问她也不说。后来她还为此哭过,我是偶然看见的。"

光平试图想象广美当时的样子。他幻想可以通过这种方式了解广美的心理,但毫无用处,只有胃在一阵阵地刺痛。

"怪不得香月对我不太友好,这下找到原因了。"

"是吗?"悦子露出不可思议的眼神,"香月先生不是那种人,也许他是不擅长表达善意吧。"

"他可是擅自开锁闯进过我家啊。"

"或许是他不拘小节吧。"

光平惊讶地重新打量了一下悦子,然后轻轻地叹了口气。"你真不简单。"

"谢谢,我并不讨厌别人这么说我。"悦子微笑起来,鼻子上现出皱纹。

"香月和我说了密室的事。"光平说,"只是有点复杂。"

"给我讲讲吧。"

光平于是把和香月的对话内容简单地告诉了悦子。她把两手垫在下巴上,像一只听摇篮曲的小猫一样倾听着光平的讲述。"太厉害了!"听完后她点点头,"真的是密室啊。"

"你读推理小说吗?"

"不读。"悦子干脆地回答。

"一点都不读?"

"以前读过,但觉得没意思。"

"为什么?"

"因为内容都雷同啊,你不这样认为?"

"也是。"光平点点头。

7

地图上显示,从站前坐公交车去绣球花学园最便捷,光平便跟悦子一起乘上了一辆脏兮兮的绿色无人售票车,车里很空。在到达目的地之前,光平决定先浏览一下那本《科学·纪实》杂志。

"好艰涩的内容啊。"悦子在旁边瞧了一眼说。她柔软的身体紧挨着光平的右臂,让光平的注意力都集中到了那里。"'超导'是什么?"看到有关超导体研究的内容时,她问。

"就是电阻为零的状态。以前只有在低于零下二百五十度的温度下才能实现,但通过研制各种材料,现在已经能够在较高的温度下实现这种现象了。这是本世纪最后一项重大发现，提出这一理论的博士肯定能获得诺贝尔奖。"

"这么厉害？"

"不厉害怎么能上得了杂志。"

下一页的标题是"特辑：电脑最新信息"，是一篇商品目录兼技术介绍的报道。光平翻看着杂志，忽然，"黑客"一词出现在眼前。

"黑客是什么？"悦子问。

"就是利用计算机网络攻击他人电脑的人。"光平解释说，"通过电话线侵入别的计算机网络，这样说你能明白吗？"

"不明白。"悦子摇摇头。

"就是干坏事，类似不脱鞋就闯入别人家。"

"嗯……"悦子哼了一声。

翻开下一页，字母"AI"出现在眼前。

"AI就是人工智能。"还没等悦子问，光平就说道，"这里介绍了一些利用了人工智能的事例，自动翻译系统、智能机器人、自动翻译电话……"

"自动翻译？机器给人做翻译？"

"好像是。不过，上面都写了，还有待进一步研发。今后AI的代表项目是专家系统，就是让电脑记住专家所掌握的知识，即使是外行人也能完成专家的工作。"

"这有用吗？"

"不知道，也许有吧。文章里还写了很多实际应用的例子。M公司的IC设计专家系统、S公司的生产技术专家系统、D公司的公司经营系统……你看，都用到公司经营的层面上了。"

黑客与AI的报道后面是有关计算机通信和电子合成器情报的文

章，这些都是机械工学专业的光平不擅长的。

松木会对这样的报道感兴趣吗？因为除此之外并无吸引眼球的内容，而且听说松木以前供职的公司就是做计算机服务的。因此，最妥当的推断是他很可能受到了这些报道的吸引。但问题是他为什么要把这种杂志交给广美？

"广美以前有没有在IT公司上过班？"想到这种可能，光平试着问悦子。

悦子忽然像被人出言侮辱了似的，露出厌恶的表情。"怎么可能！她连计算器都用不好。"

"是啊。"光平想，不只是计算器，相机、录像机、CD机，广美都用不好。

光平刚沉浸在对广美的回忆中时，公交车已到达目的地。沿车站旁的岔路没走几步，就到了绣球花学园。周围都是高级住宅，但不知为何，路上没有行人的身影，也听不到住户家里的声音。学园里的建筑是微微有些脏的粉红色，楼前有一处小球场，若是成人在这里打棒球，击出去的球似乎很容易就会越过栅栏。学园里面也静悄悄的。

"因为是周六，孩子们都回家了吧。"悦子说。

光平点点头，表示赞同。

门关着。光平从栅栏旁朝里面望去，只见球场上画着一些几何图案，大概是用来做心理治疗或是其他用途的。

"您有什么事吗？"

一个声音忽然从光平的视线外传来。光平转过头，只见一个身体硬朗、一身务农打扮的老人朝自己走来。光平没怎么见过体格这么好的老人，但从斑白的头发和布满皱纹的脸来看，他无疑已经上了年纪。

"您是这所学校的工作人员吗？"

"是啊。"老人来回打量着光平和悦子，"你们是……"

"我叫有村悦子。"悦子报出名字，"有村广美的妹妹。"

老人诧异的表情消失了，露出温厚的笑容。不一会儿，他悲伤地垂下斑白的眉角。"是吗？您是有村的……这次的事情真是不幸。我是这儿的园长，姓堀江。"

光平和悦子被带进会客室，再次见到了堀江。他已换上一身西装，真有一种园长的风范。一名三十岁左右的女子端来了茶水，据说她也是这里的员工。

"因为提供住宿，平时总会有几名员工在这里。"堀江津津有味地啜着茶说。

"学生中也有走读的吗？"光平问。

"嗯，几乎都是。"堀江说，"会用巴士接送他们。你把这里当成普通的幼儿园就行。"

"员工都是些什么样的人？"

"是已取得保健训练相关资格证的人，还有些喜欢孩子的人。"堀江的眼角叠起皱纹，仿佛在说自己也如此。

"可是，广美……有村小姐并没有相关资格证吧？那她为什么要来这儿呢？"

"她是志愿者，"堀江回答说，"除了有村小姐，还有很多人都以志愿者的名义过来帮忙，相关的大学里每年也有很多人来。志愿者不需要资格证和理由，只要有爱和包容他人的心，任何人都可以来。"他语气平静，但光平能感觉到他说的每个字里都透着自信，没有迷茫。

"姐姐是从什么时候开始来这儿当志愿者的?"悦子问。

堀江似乎记性不太好,努力地回忆了一会儿,说:"差不多快一年了吧。去年圣诞节的时候她送过来很多礼物,从那时开始的。"

自那以来,广美每周二都不在MORGUE上班了。"您没问她理由吗?"光平问。

"没有必要。"堀江断然地回答,"来这里做志愿者是不需要理由的。"

没有迷茫,光平在心里重复。

"姐姐在这儿都做些什么?"

"什么都做。帮我们做过点心,也弹过钢琴。"

"钢琴?"光平跟悦子同时惊呼,面面相觑。"弹钢琴?"光平又问了一遍。

"对。"堀江点点头,"她的指法真好,简直像职业钢琴家。看得出来,这曾经是她的梦想。"

弹钢琴!从未为光平弹奏过钢琴的广美,居然在这里弹了。"对了,"光平把带来的小册子递到堀江面前,"这是广美一直带在身边的东西,您知道是什么吗?"

"这个啊,"堀江接到手里,眯起眼睛高兴地翻看起来,"这是毕业典礼上发的,专门为离开这儿的孩子们制作的。作为孩子们独立完成过某样东西的证明,每个人都会有一本。"

"我们就是由它得知有村小姐来这儿的事的。您知道她为什么一直瞒着别人吗?"

堀江抱起胳膊,低头沉思起来。"我也不清楚。就算她不想炫耀,也没必要隐瞒。"他忧心忡忡地望着光平二人,"难道有村小姐被杀一事跟我们学园有关?"

"不，这一点尚不清楚。"光平说，"因为她一直隐瞒，让我们有点纳闷而已。"

"那就好……这次的案子我们也感到震惊又悲痛。只要能尽快抓到凶手，我们什么忙都愿意帮。"说着，堀江的眼睛湿润起来。

光平觉得聊得差不多了，正想起身时，那名送茶的女员工走进来，和堀江耳语了几句。堀江点点头，郑重地朝光平二人转过身来。

"我们把有村小姐的妹妹光临的事情告诉了一个人，因为我们觉得从各种意义上说，这个人都值得一见。"

堀江的话音刚落，外面就传来一阵清脆的敲门声。堀江说了声"请进"。

开门进来的是一名三十五岁左右的女人。日本人典型的椭圆形长脸上化着淡妆，烫过的头发简单地束在脑后，看上去很朴素，给光平一种柔弱的印象。女人立刻看出悦子是广美的妹妹，神情严肃地深深低头致意。

"这位是佐伯女士。"女人坐下后，堀江介绍道，"在友爱生命保险公司上班，从事外勤工作。"

堀江说的是一家著名保险公司的名字。介绍完后，女人再次点头致意，用微微颤抖的声音说："我叫佐伯良江。这次的事情真是让人震惊。"

为什么一名保险公司的外勤员工会和残障儿童学校有关系？光平正思考着，堀江仿佛帮他答疑般解释说："佐伯女士是曾在我们学园托管的一个小女孩的母亲，偶尔也帮我们一些忙。基于这种关系，我们员工的保险几乎都靠佐伯女士帮忙，我也是，养老保险、寿险全都承蒙她照顾。"

"不，承蒙照顾的是我才对。"良江轻轻摆摆手说，"刚开始做这份工作的时候,我怎么也拉不到客户,正犯愁时得到了这儿的帮助。"

"姐姐也入了保险吗?"悦子问。

良江点点头。"今年年初,我业绩低迷的时候和有村小姐签了合同。不过我跟她除了工作关系,私交也不错,她真是个善良的人。有关保险的事我日后再拜访,今天主要想跟她的妹妹表达一下哀悼。"

"这么好的一个人说没就没了,世上还真有像魔鬼一样狠心的人。"堀江再次频频眨起眼睛来。

当晚,光平回到住处后,决定整理一下目前发生的事情。整件事太过离奇杂乱,他无法立刻理出头绪。

他打开单开门式的小型冰箱,拿出两罐百威啤酒和三根腊肠,躺到几天未收拾过的床铺上。动脑的时候尽量让身体放松,这是他的原则。

最初是松木被杀。不,光平摇摇头。这未必就是最初,说不定计划在更早的时候就已经开始。可是,如果这么想下去就没有尽头了,他决定暂时将这件事定为起点。

首先是松木被杀。他曾经工作的单位是中央电子株式会社,在一年前辞职,来到了这条学生街上。他被杀的前一天,向书店老板时田借了一本《科学·纪实》创刊号杂志,然后又将其交给了广美,理由不明。那本杂志中刊登着一些有关计算机的报道。

第二周的周五,广美也被杀了。她的尸体周围散落着秋水仙的花瓣。花语是"我最美好的日子结束了"。另外,她家里放着那本《科学·纪实》杂志。

次日即今天早晨,一个来路不明的警察突然出现,说现场是密室状态。

广美每周二都要去的地方是邻市的一所残障儿童学校,名叫绣球花学园。

以上便是光平目前了解到的全部内容。他想利用这些情报,努力做出一个能指明方向的路标,但无论怎么组合、拼装都找不到出口,看不清方向,大脑里只有一片混乱。

"想不通。"他咕哝了一句。

完全想不通——只有这一点是不争的事实。

8

第二天是周日,光平不用去青木上班,但他还是刚睡着就立刻醒来,就这样熬过了一夜。因为睡眠不好,他的脑袋沉甸甸的,眼睛也很干涩,连眨眼都十分痛苦。

下午,一直在被窝里的光平终于被房东阿姨的敲门声叫了起来。她让光平去接电话。每当这时,她的声音总是十分冷淡。

电话是悦子打来的,说要商量一下葬礼的事,希望光平能到公寓来一趟。

"我对婚丧嫁娶是外行,"光平对着听筒说,"没法帮你出主意。你最好找 MORGUE 的老板娘他们商量。"

"我当然会请她。不过希望你也能来,毕竟你是姐姐的恋人。"

"那倒是。"

"所以就拜托你了。"

光平还想再说些什么,电话被挂断了。

光平去公寓的时候，纯子已经跟殡仪馆联系妥当。开放式厨房里的餐桌上放满了各种小册子，身着茶色西装的殡仪馆工作人员留下估价单后便离开了。

"花销挺大的。"纯子重新在椅子上坐下，确认完文件后说道。她说的花销是葬礼费用，光平从对面伸长脖子，目光落到估价金额一栏。上面记录的数字令他咋舌，这些钱是他几个月的生活费。

"什么事都麻烦你，真是不好意思。"悦子一边端过三杯红茶，一边对纯子说。

"没事，我也只能做这些。"说着，纯子喝了口红茶，微微湿润的眼睛转向光平，"昨天谢谢你，让你见笑了。"

"好点了吗？"

"嗯……多亏了你。"

"没事。对了，你们以前就认识吗？"

光平没有刻意去问谁，悦子点点头，解释起她和纯子的关系。以前纯子经常到家里找广美，因此和悦子也熟络起来。

"关于广美与老板娘的关系，我还从未听到过详细的解释呢，当然，我也没有问过。"

"我们是高中同学。"纯子说，"后来广美去了音乐大学，我开始工作，不过我们的交往一直没有断。"她又小声补充了一句，"我们脾气很合得来。"

"开 MORGUE 之前，你们做什么工作？"光平只知道 MORGUE 是二人共同出资经营的，具体情况一概不知。

"我在一家纤维制品公司一直干到二十三岁左右，后来经人介绍在一家小快餐店工作。广美大学毕业后应该一直是白领。"

"姐姐在一家家具公司工作。"悦子在一旁补充，"那是父亲朋友的公司。"

光平点点头。怪不得广美对家具那么了解。"是谁找到现在这家店的？"

"也说不清是谁。我们俩决定共同开店后，找了很多地方才决定的。"

"不过，好像是姐姐特别坚持的。"悦子说，"她对那个位置特别满意。"

"为什么？"若是在站前大街倒也无妨，可她选中的偏偏是根本就不适合做生意的旧学生街。

"她的理由是做学生的生意轻松，我也有同感，而且那里环境也不错。"

纯子的话可以理解，但广美特别坚持的说法引起了光平的注意。现在，她过去的一切都令人怀疑。

"广美从音乐大学毕业后，本打算做一名钢琴家吧？可她为什么又放弃了？老板娘不知道吗？"

纯子的嘴动了动，陷入了短暂的沉默。她把右肘支在餐桌上，用指尖摸了摸耳环。"事到如今，"她平静地说，"这已经成为一个永远的谜。"

"我把钢琴比赛时的事告诉光平了。"

听到悦子这么说，纯子叹了口气，痛苦地点点头。"当时的情形我也记得很清楚。"

"当时还是纯子你开车把姐姐送到会场的呢。因为礼服尺寸有误，差点迟到了，关键时刻是你帮了她大忙。"

"还有这种事？"

费了那么大的力气才赶去，广美却没有演奏钢琴。当时到底发生了什么？

"那时，"纯子露出费解的表情，"广美是不是一开始就不想参赛？弄错衣服的尺寸也很可能是她故意的……"

"她为什么要这么做？"光平问。

纯子摇摇头。"不清楚。只是我总有这个感觉。"

"在殡仪馆的人来之前，我一直在和纯子说那个残障儿童学校的事，包括这件事在内，姐姐身上的谜真是太多了。"说完，悦子喝干了红茶。

"老板娘对那所残障儿童学校有线索吗？"光平问。

纯子耸耸肩。"我都不知道有那种学校。"

"昨天晚上堀江园长还给我打过电话，说是姐姐一直隐瞒去绣球花学园的事，所以他最好不要来参加葬礼。我觉得无所谓，就同意了。"

"嗯……"堀江也令人很在意，光平想，尽管他表现得一无所知，可谁知道实际情况呢？

"好了，闲话就先聊到这儿吧。"悦子麻利地收拾了一下桌子，拿来记事本和圆珠笔，"办葬礼需要联系很多地方，光平的任务就是制作表格。"

"就因为我是广美的男朋友？"光平问。

"没错。"

光平无奈地拿起圆珠笔。

"纯子，你也有男朋友吧？"悦子突然问道，一直托腮看光平书写的纯子一愣。

"没有啊，怎么问起这个来了？"

"我们都很久没见面了，忽然就想问问。这世界变化太大，你肯定也有男朋友了。"

"胡说些什么啊,哪有人愿意做我男朋友。你说是吧,光平?"

光平没想到会被叫到,略微抬起头来,不知该如何回答,最终还是保持了沉默,只是动了一下嘴唇。

纯子手上熠熠闪光的蓝宝石映入了他的眼帘。

9

次日是周一,广美出事后光平第一次回到青木上班。

上午帮沙绪里打下手时,经营点心店的岛本走了进来。岛本是这条街的商铺自治会会长,铺面就在铁路道口旁,据说最近的生意也是一落千丈。

岛本说找老板有事,沙绪里便把老板从二楼的麻将馆叫了下来。

"之前说的那个树的事,基本上都准备好了。"岛本坐在角落的桌子旁,热情地解释着什么,桌子上似乎平铺着一张图。"只是还缺少一点资金,所以我就再请求生意好一些的商家出资。"

"第一次捐钱的时候,我出的就已经比别人多了。"老板一脸不快的样子,"而且我这儿的经营状况也不好。早知道这样,我就不掺和你的活动了。"

"这个我知道。可只要青木再出一点钱,其他的店就无法坐视不管。再交一点钱吧,好不好?"岛本满脸谄笑地看着老板。

老板依然沉着脸,嘴里咕哝着什么。

"说是要做一个巨大的圣诞树呢。"沙绪里在光平耳边小声道,"以此来吸引大家的眼球。"

"放在哪儿?"光平问。

沙绪里朝南边努努嘴。"从这条街往南走，靠近中间的地方有一棵大松树，他们打算把那棵树做成圣诞树。"

光平惊讶地瞪大眼睛。他知道那棵树。"可是，那好像是旁边那所大学的某任校长种的纪念树啊。"

"好像是，不过听说他们已经获得了大学的许可。他们要把那棵树修剪一下，再装饰些圣诞老人、星星和花之类。"

"靠这个来吸引客人？"

"嗯，也不知道能不能成功。"

光平咂了咂舌。估计会很难看，他望着岛本等人想。就算要东山再起，这个创意也太差劲了。

老板最终还是无奈地答应了出资援助的要求。岛本频频点头致谢。

岛本刚离开，时田就冲了进来。他把红色贝雷帽拿在手里，气喘吁吁，半天都没缓过劲来。

"你怎么了，老爷子？"沙绪里一边倒了杯水递给他，一边问。

时田喝了一口，呛了一下，然后才说："你们竟然还这么悠闲，武宫那家伙已经被抓了。"

"武宫？"光平不禁高声惊呼，沙绪里也愣住了。

"刚才听来我店里的学生说的。武宫突然被传讯，警方直接把他带走了。"

"为什么？"

"肯定是因为松木被杀一案吧，不可能有其他原因。"

"这是什么时候的事？"

"听那学生的口气，应该就在刚才。看来，那家伙果然是凶手。"

"真是无聊的男人。"沙绪里撇了撇嘴，用高跟鞋的鞋跟踢了踢地板，"为报一拳之仇就去杀人，脑子不正常。"

"可是，据说他有不在场证明。"与沙绪里激动的情绪相反，光平的声音十分平静。认为武宫是凶手的说法让他实在无法理解。

"具体情况尚不清楚，一听到消息我就赶紧跑过来通知你们了。"

"去哪儿能问得更清楚？"

"这……肯定是去警察局最快了，不过，一般情况下他们是不会告诉我们的。"

"是吗……"光平咬了咬下嘴唇。

不知何时来到光平身旁的老板啪的一声把手放到他的肩膀上，说："既然警察行动了，那就说明他们是有证据的，明天的早报估计会报道。你们也不用太着急，慢慢等待就是。"

"也是。"时田说，"总之，我们今晚就去MORGUE喝一杯，好好地聊聊这件事。"

"嗯……好吧。"光平表现出赞同的样子，可内心仍难以平静。武宫杀了松木——他虽然觉得难以置信，不过也未必不可能。问题是广美，杀死广美的也是武宫吗？他不敢相信自己的猜测。因为武宫既没有动机，也和广美没有交集。

坐在台球厅的收银台旁，光平仍心不在焉。他不动声色地跟来这里打台球的学生打听，却没有一个人了解详情。他猜测是知情者都被严令禁止外传消息了。若真是这样，他去大学恐怕也很难有所收获。傍晚时，光平的疑虑才得以消除。井原与太田依旧同时出现，太田不愧是副教授，打探到了详细情报。

"我也是刚刚才听说的，想跟你一起听听具体情况，就把太田带来了。"井原一边留意其他客人一边说。他恰好在这时出现，大概也是为了尽早告诉大家详情吧。

身形瘦削的太田坐到长椅上，首先说道："没、没有被逮捕。不过，武宫确实遇上麻烦了。嗯，非常麻烦。"

"怎么说？"井原迫不及待地问。

"他被目击了。"

"目击？"光平问道，太田点点头。

"有证言说，松木被杀的那天早晨，有人在公寓附近看到了武宫。不，应该说并没有看到武宫本人，而是看到了一名身穿大学研究室工作服的男子。结、结果，武宫就遭到了怀疑。他因为这个店里的女、女服务员……"

"沙绪里。"光平帮腔道。

太田点点头。"因为她，武宫与松木发生争执，还被打了。很可能一时冲动而杀人，作为动、动机，完全说得通。"说到这里，他用左手背擦了擦嘴唇下面的口水。

"可是，他不是有不在场证明吗？"

记得曾有人说过，那天武宫一直待在研究室里，好像是上村说的。

"问题就在这儿。"太田皱起眉说，"据说那天上午，武宫一直在跟一个学生共同做实验，可、可实际上，中途他溜出去过一次，还嘱咐学生不要将这件事说出来。"

"那就是要学生做伪证。那个学生居然答应他了？"井原干脆地说道，与太田不大清晰的口齿形成了鲜明对比。

"由于学科不同，具体情况我也不清楚，不过，武、武宫好像深得学生的信任。他不想因为只去个厕所之类就被警察缠上，所以才让学生帮他做伪证。"

"后来事情还是败露了？"光平问。

"警察询问了那名学生。当然了，学生一下子就全招了。"

"那个叫武宫的研究生是怎么说的?"井原问。

"他承认了让学生做伪证一事,却否认犯罪行为。"

"这样啊。"井原目光坚毅地望向光平,"虽然现在还没有定论,但让学生做伪证这点还是很可疑。"

"难道,真的是武宫杀害了松木?"

"不可否认,可能性很大。"

"是啊……"虽然他们这么说,光平心里没有产生任何波动。

井原再次转向太田。"疑似武宫的人在公寓附近被目击,这是几点的事?"

"说是……十点左右。"太田眉头紧锁,歪着头说。他的脸比井原的小很多。

"和松木隔壁房间的学生听到动静的时间一致。"

"那么……"井原抱起胳膊,喃喃地说,"至少可以证明他很可能去过松木的住处。"

井原和光平都陷入了短暂的沉默。不久,太田舒了一口气,说:"总之,他完了。跟女服务员的绯闻之类,人们还能勉强容忍,可一旦卷到杀、杀人案中,就很难挽回名誉了,因为需要挽回的不只是自己的名誉,还有大、大学的名誉。"

当晚,众人聚集到了MORGUE,都是在听说武宫被捕一事后赶来的。井原和时田这样的赌徒当然在场,青木的老板和沙绪里也难得地来了。

纯子已经从广美被害的打击中恢复过来,MORGUE今天重新营业。昨天商量完葬礼的事情后,她又利落地整理好了广美的遗物。也许是偶尔还会想起自己唯一要好的朋友,她不时恍惚地望着某处发呆。

悦子并没有来。纯子给她打过电话,想把她引荐给大家,却被她婉拒了。通话时,她还让光平接了电话。

"今天佐伯来了。"悦子直接说道。

"佐伯?啊……"光平想起佐伯就是在绣球花学园见过的那个保险公司的外勤人员。

"她说姐姐投保时的受益人是我。可她一直很讨厌保险,从未买过,今年竟忽然开始投保,我觉得有点奇怪。"

"会不会是因为担心你?"

"也许吧……你那边有没有什么头绪?"

"一点都没有。"光平想了一会儿,说,"不是说她从不拿我当回事,但她的确什么都不曾告诉过我。"

"是吗?"悦子沉默了一会儿,似乎在思考什么,不久说道,"那就算了。总之,希望你能留意一下这件事。"

"你找我就是为说这个?"

"算是吧。啊,还有……"

"什么?"

"那个叫武宫的人跟姐姐没有任何关系。"

"……你怎么能肯定?"光平问。

"直觉。"悦子说,"姐姐的死不可能是因为那种争风吃醋的事。"

光平模棱两可地"嗯"了一声,他也深有同感。

与悦子明确的见解相反,MORGUE里的客人们则情绪激昂。

"总之,松木的案子算是解决了。"时田长叹一声,声音中透着释然和虚脱的感觉。

"可他真的是凶手吗?我无论如何也无法将一个精英与杀人凶手

联系起来。"井原环顾四周,似乎在征求其他人的意见。

"他不像是那种会杀人的人。"说话的是青木的老板。酒量不大的他正啃着一块从自己店里带来的比萨。

"高才生就这一点不招人喜欢,要不怎么都叫书呆子。一遇到自己工作以外的事,立刻就失去理智了。老板娘,再来一杯。"

"武宫这个人大家都了解吗?"纯子一边从时田手里接过大玻璃杯,一边问。

"我倒是没见过,不过听松木说过他喜欢调侃武宫。"井原说。

"我还听老板说有个高才生老是纠缠沙绪里。"

"没错。"沙绪里本人也肯定道。她还未成年,却喝起了加冰波本威士忌。竟然没有人提醒她,准确地说是谁都没有注意到她。"那家伙啊,每次来店里都要约我出去,松木被杀的前一晚也是。于是俩人就争吵起来,武宫被松木狠狠揍了一顿。不过,是武宫先动的手,对吧,光平?"

见对方在征求自己的赞同,光平便点了点头。

"结果就报复杀人?这些高才生啊,脑子真是不正常。"

"啊,也不能说所有高才生都那样。我的许多老朋友都很正常。"

"也是。你看看人家副教授,就不像是那种人。"

"他可是一个正经的人。不说别的,今天的详细情报就是他提供的。就算他今天不在,我们也不能说人家的闲话。不过,刚才老爷子你说的书呆子,倒是真有不少那样的人。在自己的世界里一条道走到黑,从来都不知道其他的路上是什么情况。"井原安抚着生气的时田。

"光平,你是怎么想的?"吧台里的纯子问一直默默倾听的光平。时田和井原的视线也一齐转向他。

光平用兑水威士忌润了润喉咙，说："大家都猜测武宫是凶手，我的态度是半信半疑。"

"哪一点让你难以信服？"井原问。

"广美这点。"光平说，"如果杀害松木的凶手就是武宫，那么杀害广美的又是谁？我一直想不明白这两个案子之间究竟有没有关联。"

"这点尚不清楚啊。"说话的是时田，"因为谁也不敢说杀死广美小姐的凶手就是武宫。"

"可是他并没有动机，对吧？"纯子喝着白兰地说道。

井原插话道："不，这一点还是能想象的。比如，广美小姐阴差阳错地得知了杀死松木的凶手。凶手为了灭口，就把她也杀了……"

"这也太老套了吧。"时田撇了撇嘴，揶揄道，"不过，这种可能性还是有的。"

光平对他们的谈论并不认同，因为他深知，这两起案件之外还存在着许多谜题。

大家正在热议的时候，一名客人走进店里。

听到挂在门上的铃铛响起丁零声，众人都把目光转向了门口，发现是那名男子后，脸上都浮现出了不快和紧张，似乎一切都跟这名男子有关。

男子仔细地环视店内一圈，用犀利的目光盯着众人，走了进来。"气氛很热烈嘛。"

没有人作声。众人都在原地不动，只用目光追逐着男子的行动。

男子在光平身边停了下来，手搭在光平的肩膀上。"你还好吗？"

光平没有回答，而是瞪着男子的眼睛。男子毫不退缩，脸上还饶有兴味地露出一丝微笑。他从光平身边离开，将双肘支在吧台上。

"你还是这么漂亮啊。"

"多谢。"纯子用毫无感情的声音回答。

"还是单身?"

这一次纯子没有理睬他。

"有什么事吗,警官先生?"打破沉默的是时田。他的话代表着所有人的意见。

"什么事?"男子诧异地看看他,转过身又问了一遍,观察着众人的反应。这让光平想起从前看过的某个西部影片的场景,片名他早已不记得了。男子说:"你们是不是搞错了?有事的应该是你们才对。"

"开什么玩笑。"时田不屑地说。

井原按住时田的肩膀。"那个姓武宫的人应该是被捕了吧?我们很想知道结果。"

"就是这个。"男子高兴地说,"你们肯定想知道结果。还是绅士爽快。"随后,他把众人的表情都审视了一遍,淡然地说,"恐怕让大家失望了,那家伙并不是凶手。"

"什么?"时田惊呼道。其他人也一齐盯着男子。光平也端着酒杯,呆呆地望着他。

"不是有目击者吗?"沙绪里拉了拉超短裙的裙摆,小声问。

"问得好。"男子满意地眯起眼睛,"是有人看到武宫从松木住的公寓出来,可是并未看到他杀人的情形。"

"可是,他确实去了公寓。"光平说。

"这一点千真万确。"男子说,"可他并不是凶手。"

"为什么?"

"因为我就是这么认定的。"

光平不由得陷入沉默，男子却大笑起来。"只是开个玩笑。好吧，那我就给你们讲讲武宫的事吧。"他讲述的内容大致如下：

为了在青木工作的沙绪里，武宫屈辱地挨了松木一拳。于是第二天即周三早上，武宫便给松木打电话，说想跟他找个地方单独谈谈，把事情解决。

一开始松木觉得麻烦，最后二人还是约定在当天上午十点左右见面。只不过，松木的附加条件是要武宫到他住的公寓来谈。武宫便按他的意思，在将近十点的时候——准确地说是九点五十分——溜出研究室，去了南部庄。在那里等待武宫的却是松木的尸体。当武宫赶到公寓的时候，一切都结束了。

当时武宫之所以没报警就逃离了现场，是因为他不想被牵连，不想让教授们知道他为了一个女服务员与别的男人争风吃醋。因害怕遭到怀疑，他还让一起做实验的学生帮他做伪证。那名学生认为，如果让处于指导地位的武宫欠自己一个人情，日后肯定会有好处，所以就帮助了他。

"那家伙的话可信吗？"男子刚一讲完，时田就问道。他把大玻璃杯推了出去，放在杯底的纸质杯垫掉在了他的裤子上。

"请不要误解。"男子说，"我们不靠感觉来判断。有时候真的就像假的，假的却又像真的一样，我们靠的是事实依据。从武宫溜出研究室的时间来看，他连往返公寓都够呛，更不要说杀人了，时间根本就不够，这就是我们的结论。"

"这么说，案子……又回到原点了？"青木的老板说道。众人的视线再次汇聚到男子身上。

"原点？"男子露出别有意味的微笑，"不可能回到原点。只要查明某些情况，案子总会有进展的。"他来到光平身旁，再次把手搭在他的肩膀上。

"武宫打电话的时候，松木曾对武宫说'下午会有人来。你如果还想在学生街上继续混，最好不要和他碰面'。"没有人作声，男子继续说，"看来，松木和别人约好在公寓见面。那么，那个人有没有看到松木的尸体呢？如果看到了，为什么没有报警？"

"他就是凶手？"纯子神情严肃地说。

男子看了看纯子的眼睛。"约好下午见面的人在上午出现，杀害松木后逃走，这种可能性是有的。"

"约好见面的人……这么说，是熟人？"时田说。

闻言，男子竖起食指，朝时田摆了摆。"不只如此。"仿佛在确认众人的反应，他一边扫视每个人的表情，一边后退，背部碰到门后停了下来，像要宣布什么似的挺起胸。"若要解释松木所言，那就是那天去他住的公寓的人就是学生街的人。与松木有来往并且还在学生街上生活的人，就是你们。"

第三章

圣诞树 开球 皮夹克男人

1

装饰着黑丝带的相框中，广美的眼神像在做着什么美梦。她在世的时候，从未见过她露出这种表情，光平一边双手合十一边想。

天空阴暗，厚厚的云层仿佛要把街道吞噬。一阵阵刺骨的寒风掠过，一张传单恶作剧般飘在参加葬礼的人群中。

广美被杀后的第二周周三，众人在小范围内为她举行了葬礼，只有MORGUE的常客、公寓的熟人、悦子的三个朋友和佐伯良江参加。

沉默、抽泣、点头、私语……为死者送行的仪式就在这奇妙而寂静的氛围中顺利进行着。人们动作缓慢得像丢了魂，只有呼出的白气显示着生命的存在。

光平一边体味时间的徐徐流逝，一边回忆逝去的广美。只要闭上眼睛，就能想起她的面容，却也仅此而已。任何能撼动自己内心的东西都没有复苏，焦虑也无济于事，仿佛一切回忆都化为悲伤的痕迹，嵌在了心上。光平闭上眼凝望着这些痕迹，对自己说，等它们褪去还需要很长很长时间。

"好安静的葬礼。"佐伯良江上完香，来到光平身旁。身着丧服的她比做外勤时显得清丽许多。

"感谢您专程来参加。没耽误您工作吧？"光平问。

"我请假了。平时几乎没休过假，这种时候必须休息了。"

"难为您了，又要工作又要顾家，身兼两职很累吧？"

良江却低下头，小声说："我现在孤身一人。"

"可是，听说您有女儿……"

良江轻轻摇摇头。"是有过，但现在没有了，她死了。"

光平语塞。

"她患了一种类似脑瘫的病，手脚不听使唤，就送进了学园，最终还是死了。不幸的孩子，死的时候才五岁。"

良江的语气中并没有悲伤。光平想她大概早就以自己的方式接受了不幸的现实。他不知道自己什么时候才能如此平静地讲述广美的死，或许要在很久的将来吧。"您丈夫呢？"光平问。

良江叹了口气。"分手了。孩子死后我们关系不和……"

光平一时无言。一阵冷风袭来。

"光平，你也一起去？"光平望着灵柩被放上灵车的时候，悦子把手搭到了他的肩上，似乎是在问他要不要一起去火葬场。

望着悦子和广美相似的面庞，光平想象着广美被装入白色箱子火化的样子。无论放进多高的温度中，化为碳化合物的她应该已感受不到任何痛苦，只是碳化合物再变成单纯的碳而已。但她痛得皱起眉头的样子仍在光平的脑海中浮现，光平不禁想起了几天前看过的一部恐怖电影的预告片。

"我就算了吧，"光平想了想，拒绝道，"我去那种地方也没用。告别最好简单一点。"

"好吧，那我跟纯子去了。"悦子并未强求。从商量葬礼的事时，光平就感受到她对这种仪式不怎么看重。

灵车装饰得十分华丽，车上的广美可能都要感到不好意思了。光平猜测是纯子的安排，因为这不符合悦子的风格。

沉闷的引擎声响起，灵车缓缓移动起来。庄重地行驶在路上的灵车看上去与神圣使者的身份十分匹配，但车后吐出的尾气则跟普通的车辆别无二致。

灵柩被运走后，参加葬礼的人都舒了一口气。大家放松神情，看着彼此。光平看得出来，大家似乎都很迷茫，不知这种时候该流露什么样的感情。

"回去吧。"书店老板时田说。明明是自言自语，声音却很大。大家仿佛把他的话当成号令，跟在他身后走了起来。身着黑色丧服的众人一起走向学生街。

光平回到公寓后，脱掉深藏青色的西装，换上牛仔裤和棒球衫。西装是去年夏天为求职而定做的，今天第一次穿。他做梦都没想到会用在这种场合。他想起葬礼后要撒盐的习俗，可此时他早就穿上了牛仔裤。当然，就算能记住这件事，他也不会实施。

光平打算上午参加葬礼，下午去青木上班，没想到午饭后还剩余一些时间。光平站在房间中央思索片刻，伸手拿起了放在桌上的那本《科学·纪实》创刊号。

他把广美留下的这个奇怪的遗物装进兜里，来到大学的研究室，不是他自己所学的机械工学专业的研究室，而是他念书时从未去过的地方。墙壁上贴着一块崭新的牌子，上面写着"信息工学专业"，隐隐透着研究最尖端学问的自负。

光平在其中一个研究室见了学生时代的朋友。高中起二人就结伴，上大学后虽然专业不同，却经常在一起玩。这个朋友网球打得很好，人长得也帅，深受女孩欢迎，如果办个联谊会，他肯定会成为主角。

"嘿，我刚想喘口气呢。"光平的朋友从被计算机包围的座位上欠欠身，说道。放在一旁的小音响合成器正用酷似钢琴的声音播放着肖邦的曲子。

"真厉害！"光平感叹道。

"只是作为信息源的女子的琴艺还差点火候。"朋友把音量调低，"只能让人听到这种程度的声音。如果有可能，真想把布宁等人给请来啊。"

"能完全复制吗？"光平问。

"可以做到完美复制。"朋友回答，"不只是完全按照乐谱发音，就连提供信息源的钢琴家的触键方法都能完全复制。"

"可是这样就没个性了啊。"

"个性也能复制。"朋友自信满满地说。

光平没再继续回应，而是把带来的杂志递给朋友。他饶有兴味地浏览了一遍，哼了一声。"你知道一家叫中央电子的公司吧？"光平问。

"了解一点。"朋友点点头。

"有个曾在那里工作过的人对这本杂志里的报道似乎很感兴趣，你猜会是哪篇报道？"

朋友皱起眉，抬头看着光平。"真是奇怪的问题。"

"我也知道奇怪，但我就是想知道。"

朋友盯着目录，又仔细地看了一遍，然后抬起头来。"从结论上说肯定没法确定。不过如果是计算机公司的人，应该对所有的计算机相关报道都很感兴趣。"

"你就不能压缩一下范围?"

"如果说可能性较大的,"朋友指着目录,"恐怕还是人工智能,像自动翻译系统、专家系统、智能机器人、自动翻译电话之类。因为这些很有希望形成国际新兴市场,也有很多未开发的部分。"

"中央电子也致力这些领域?"

"毕竟都是计算机公司。不过跟其他公司相比,没有什么特别之处,感觉只是一家普通的公司。"

"这里的内容有没有让你特别在意的,比如觉得奇怪或是疑惑的报道?"

朋友再次翻开杂志,认真地确认后,依然摇摇头。"没什么重要的报道,都是些寻常的新闻。作为一本科学杂志的创刊号,感觉质量有点低。"说着,他把杂志递给光平。

"是吗……"光平失落地接过杂志。他想,既然是计算机专家的意见,肯定没错。也许松木对这本杂志感兴趣只是因为里面刊登了一些计算机方面的报道,拿给广美看也不过是心血来潮。

你看,这篇文章很有趣呢。我以前也是从事这种工作的——松木应该就是这样把杂志交给广美的,光平觉得这个推测更合理。

"你干吗要问这种事?"朋友一边把口香糖扔到嘴里,一边问。

"有点事。"光平含糊其词。

朋友只是说了声"是嘛"。不过问别人的隐私一向是他的优点,或许他也没什么兴趣。"对了,找到对口的工作没有?"他又问。

"还没有,正发愁呢。"

"记得你好像说过,讨厌做制造业的工薪族。"

"讨厌?"光平摩挲着下巴,"只是没有把自己限定在这一行的理由而已。我也不是一开始就抱着这种决心选择的大学。"

朋友嚼着口香糖笑了。"有百分之几的人是抱着决心考进大学的？你去问问那些考生就不难发现。如果问他们进了大学后想干什么，他们的回答几乎全是打网球、滑雪、潜水，还有海外旅行。在大学里什么知识都不学，只是准备好一张步入社会的面具后就去找工作。他们选择公司的条件肯定是休假多、离市中心近。"

"你的意思是说，让我也去就业？"

"恰恰相反。"朋友说，"我想说的是，这种腐朽的人生不选也罢。他们那种人就算进了公司，也不会好好做事，充其量不过是循规蹈矩地服从指示。或许他们现在还可以用这种方式来糊弄，但很快就行不通了。如果只是按部就班地执行命令，电脑就能完成。不仅如此，无知的人们都自以为是地认为机器只能代替人类的肉体劳动，可在不久的将来，机器就会进军智能劳动的领域。判断、推理、想象……它们什么都能干，还不知疲倦，不会抱怨，也不会偷奸耍滑。缺乏干劲的人类只会成为阻碍。"

光平不寒而栗。"将来，工作只靠机器就能完成？"

朋友笑着摇摇头。"研发机器的是人类，不过，不如机器的人就不需要了。经营公司只需要优秀的人与优秀的计算机。"仿佛在安慰光平一样，他又加上一句，"但目前看来还需要花费一点时间。"

"所以我一定要努力选一个不会被计算机替代的工作。"光平说。

朋友微微皱起眉，徐徐地说："不是工作内容，而是自信，应该选一条无论有多优秀的计算机出现，自己也丝毫不受影响的自信之路。"

"自信？"

"对，自信。"

光平望着朋友的脸。那张脸上充满了自信。

2

离开大学后,光平返回青木,像从前一样在台球厅的收银台旁工作起来。唯有这份工作在广美生前和死后都未发生任何变化。

顾客依然是那些不按规则胡乱打球的学生。他们仍不时把球从球台上打飞,不过最近光平已不大提醒他们。

光平坐在收银台旁,打开大学时的笔记。上面被自暴自弃般地涂写满,分不清究竟是图画还是文字。关于广美被杀时现场的离奇状况——密室,光平想到什么,便会记录在上面,一有空就挑战这些谜题。

将那天的情况整理一下,结果如下:

光平刚到公寓门口就听到了电梯到达一楼的声音。他匆忙赶往电梯间,电梯却刚刚离开。随后,电梯分别停在了三楼和六楼。光平走楼梯来到三楼,正要进入走廊时,上面传来一声尖叫,他又走到六楼,发现了广美的尸体。电梯仍停留在六楼。

如香月所说,若当时广美就在那部自己错过的电梯里……

凶手的行为有两种,即跟广美一起从一楼乘电梯或从三楼突然进入电梯。广美很可能打算回家,所以不可能去六楼。因此,凶手不可能从六楼乘电梯。

假如广美因故从三楼乘电梯,结果将会如何?电梯曾停靠一、三、六楼,即她要从三楼去六楼。如此一来,凶手就是从三楼或六楼进入了电梯。不过结果还是一样,凶手逃跑的路径都被光平截断了。走楼梯的时候,各楼层的走廊一目了然,没有人躲藏,他也没有和别人擦肩而过。只能认为自己有所遗漏，不是物理层面上的什么东西，而是心理上的某个细节。

今天就先到这里吧。光平合上笔记本，使劲伸了个懒腰。今天思考结束时的心情和昨天、前天如出一辙。他走到窗边，俯视着街道，这是松木最常做的动作。对面极易被误认为是时髦小酒吧的美发店即将装修完毕，只等开业。

松木说过他讨厌这条半死不活的街。光平忽然思考起他为什么要到这里来。据光平所知——虽然光平对他几乎一无所知——他压根就没有非来这条街不可的理由。是想到青木来上班？若他是想在台球厅上班，倒也不乏这种可能性。

"不……"光平不由得说出声来。不可能。光平听老板说过松木来这里时的情形，他好像是拿着一张招工广告出现的，可见他是在来到这条街后才决定在青木工作的。那么，他为什么要来这条街呢？光平从未思考过这个问题。松木为何辞职已经让人费解，他选择这条街为人生第二起点的理由则更是一个谜。

说不定，关键就藏在这里。

光平朝玻璃窗上哈了一口气，用指尖在起雾的地方画了一个问号。

这天快要下班的时候，沙绪里来到三楼。平常大家都用对讲机联络，她很少来台球厅，光平有点惊讶。

"求你帮个忙。"沙绪里望着在收银机旁忙着计算的光平的手，说道。因为今天参加了葬礼，她穿了一件黑色毛衣，超短裙和长筒袜也是黑色的。

"什么事？"光平抬起头。

"你能不能把我送到公寓？"沙绪里说道，粉红色的唇间露出了舌头。

"行是行,可为什么?"

"有点事……"

光平看到她欲言又止的样子,默默地等了一会儿,她还是没有开口。"有点事?"光平试探着问。

"对。"沙绪里露出微笑。或许所有女孩都觉得一个微笑便可以回答一切。

"行。你先在下面等我一下。"光平用圆珠笔指指下面。

从店里离开的时候天空中正飘着细雨。怪不得葬礼时天色就很暗,光平想。说不定雨很早就开始下了。细雨飘飘,静寂无声。

光平本以为沙绪里是忘记带雨伞了才求自己送她,可很快就发现她已准备了折叠伞,撑开后伞面上还带着玫瑰图案,像是小学生用的。没带伞的反倒是光平,二人挤到伞下,走在昏暗潮湿的路上。

去沙绪里住的公寓要沿街一直往南走,穿过铁路道口后再向南走一段。光平用右手撑着小伞,穿过道口的时候左肩已经完全湿透。倒霉的是,每到这种时候,栏杆必定都是放下来的。

"光平,你今后打算怎么办?"在等待火车通过的间隙,沙绪里问道。她呼出的气息中微微透着一股薄荷味,大概是嚼过口香糖的缘故。

"怎么办?"

"我是说,"沙绪里拢了拢刘海,"广美也不在了,你肯定要离开这条街吧?"

光平的表情放松下来。"我还没决定。"

"那你也不能永远待在青木,因为你跟我不一样。"

"有什么不一样?"

"就是不一样。"

沙绪里说这句话的时候,火车从眼前疾驰而过。光平的脑海里差点又要浮现出那一幕,不过今天他决定不再去想。

"不一样。"越过道口时,沙绪里又说了一次,"你是念过大学的。"

"这没什么大不了的。"

"怎么会呢?"沙绪里说,"松木也说过,人只要敢做就能成为精英。他只是因为闹着玩才住到这条街上来的。"

"闹着玩?"光平喃喃着,"你跟松木谈过这些?"

"经常谈。他有两句口头禅。"

"什么?"

"一个是'你最好赶紧找个好男人定下来'。"

光平笑了,这句话他似乎听说过。

"另一句是'我迟早要离开这条街的'。"

光平恢复了正经的态度。"这个我知道。"

"因为他总是把这句话挂在嘴边,我索性就对他说'那你干脆赶紧离开这儿好了'。结果他不是说为时尚早,就是说再过些时间,也不知道他究竟在等什么。"

"嗯……"松木在等待什么——光平觉得也有这种可能,因此他才需要来到这条街上。若是这样,他等待的一定是对他非常有用的东西,说不定他就是因此辞职。可是,在这条曾被他说成是半死不活的街上,究竟还能看到什么梦想呢?光平觉得自己怎么也看不到。

快到公寓时,路愈发昏暗起来。光平没来过这个地方。比起住宅,这里的仓库和工厂之类似乎更惹眼,远处还有一块保龄球形状的招牌。

"每天都走这样的路,心里很害怕吧?"

"习惯了就没事了。"沙绪里毫不在乎地说着。

忽然,她的脚步急停下来。低头走路的光平多往前走了一步,便转过身伸出撑伞的胳膊,以免雨淋到她。"怎么了?"光平问。

沙绪里像瞬间换了个人一样,神情忧郁地望着前方。光平顺着她的视线望去,只见武宫正倚着电线杆站在那里。

光平不知道武宫为什么会待在这里,随即恍然大悟,这恐怕就是沙绪里要自己送她的原因。

武宫摇摇晃晃地走近二人,裤腿上还沾着泥巴,可能是在哪里摔倒了。他来到光平面前,一把揪住光平的领口。一股酒气迎面扑来,光平不由得扭过脸去。"可恶!"武宫晃了晃揪着光平领口的手,醉意使他的动作十分缓慢。

"你能不能放手?"光平平静地说。但武宫仍揪着他,他只好甩开武宫的胳膊,并用扫堂腿将其绊倒。武宫像一个无力的人偶,一下子就瘫倒在地。

"混蛋!"说着,武宫又抓住沙绪里的脚踝,"是你,毁了我的一生!"

"你胡说些什么?跟我有什么关系!"沙绪里使劲蹬着被抓住的腿。她的运动鞋鞋尖碰到了武宫的额头,武宫不得不松开了手。"我们走,光平。"沙绪里抱住光平的胳膊。

武宫在湿漉漉的地上挣扎着。

"走。"光平正要挪动脚步时,察觉到身后的武宫站了起来。他回过头,刚要斥责"够了",却愣住了。他看到武宫的右手中闪着金属片的光芒。

那是一把很薄的小刀,可能是武宫学习时用来削铅笔的。他的眼里也透着匕首般的锋芒,吼叫着扑了上来。他脚下不稳,锐利的刀锋却十分精准地划了过来。光平不知道他的目标究竟是自己还是沙绪里,动作迟疑了一下。当他把武宫推开时,刀子已经掠过了沙绪里的左肘。

"啊!"沙绪里立刻蹲了下来,眉头紧蹙。

光平扶住她的肩膀。"你没事吧?"

"嗯,没事。"她看上去有些痛苦,声音却并不虚弱。

光平看向武宫。又一次被撞倒在地的他缓慢地站了起来,乱叫着朝反方向跑去。

"要不要报警?"

"算了,一点擦伤。我不想把事情闹大。"

"那……去医院?"

沙绪里摇摇头。"不用。马上就到公寓了,把我送回去吧。"

"好吧。"光平扶起她,朝武宫离去的方向瞥了一眼,然后缓缓地走了起来。

"昨天也是这样。"沙绪里说,"他埋伏在这里,纠缠不休。不过昨天好像没喝酒。"

"他为什么恨你?"

"不清楚。听他昨天的意思,好像是被大学那边晾起来了。"

"晾起来?啊……"光平恍然大悟,"大概是教授放弃他了。跟别人争女孩不说,最后还进了警察局,这也难怪。"

"他还说都怪我脚踏两只船。"

"嗯,是吗?"

"我根本就没有这么做。我是跟松木做过,可跟武宫,我只是让他爱抚过而已。不过,我和谁都不是恋人关系。"

"恐怕不是因为这个。"光平说,"对武宫来说,憎恨的人是谁都无所谓。"

"他那个人学习还不错吧？难道真的就因为这点小事被精英团体开除了？"

光平无言。

"真的不行了？"

"大概吧。"

二人陷入沉默。

不一会儿就到了沙绪里住的公寓。那是一座木质建筑，让人不禁联想起古老的小学校舍。

"你不进来待会儿？"沙绪里说，"喝杯茶也行，说不定一会儿雨就停了。"

"茶就不用了，你的伤没事吗？"

"没事，不过你能帮我处理一下就最好了。"沙绪里推着光平的后背。

沙绪里的住处是个六叠大的单间，布局紧凑，住着也很舒适。家具和电视都是适合女孩的亮色，抵消了木质楼房的古旧色彩。房间的每个角落似乎都透着甜丝丝的香味，只是坐着就让光平心情舒畅。

沙绪里拿来一个小急救箱。光平取出消毒液、脱脂棉、纱布和绷带，帮她处理起伤口。伤的确不大碍事，但出血量还是大得让光平有些吃惊。或许伤口的深度跟出血量并无多大关系，光平一边缠绷带一边想。

一个想法忽然涌了上来，占据了他的内心。

"你怎么了？"沙绪里盯着他问。

"没、没什么。"

灵感很快就消失了。这种情形经常有。

"你好奇怪啊。"沙绪里笑着说。

"你喜欢史泰龙吗？"为活跃气氛，光平看着贴在墙上的海报问。画上的史泰龙戴着拳击手套，举起手臂盯着这边。

"我喜欢的是他演的洛奇。"沙绪里脱掉毛衣和裙子，一边换运动衫一边说，"光平你有喜欢的明星吗？"

光平想了想，回答说："冈部麻里。"

"那是谁啊？女演员？"

"不知道，一个介绍电视节目的女孩。我几乎不看电视，所以只能想起她来。"

"噢。"沙绪里发出兴致索然的声音。

说是喝杯茶，沙绪里却准备起酒来。房间里有一个小小的书架，上面塞满了少女漫画。沙绪里把一部分书挪开，放在后面的一瓶老伯威威士忌便露了出来。光平对这种设计惊叹不已，更让他吃惊的是沙绪里竟喝这种酒。不是金钱方面的理由，而是沙绪里的形象完全被颠覆了。

光平读少女漫画时，沙绪里兑好威士忌，又在盘子里放了些"激辛"牌薯片。她将其中一杯递给光平，举起自己的酒杯，说了声"干杯"，光平也回应道"干杯"。

武宫的呻吟声似乎从耳畔传来。

"我父母在乡下。"第二次做爱后，沙绪里在光平的怀里说道。昏昏欲睡的光平闻言，再次睁开眼睛。他的脚尖碰到了冰箱。

"他们是鞋匠，哥哥继承了家业。"

光平努力想象乡下鞋店的形象，可脑海中的影像总是飘忽不定。

"我提出要放弃读高中的时候，父亲气得像发疯的魔鬼。我至今也不明白他为什么会那么生气。"

"因为他肯定对你怀有很大的期望。"

"可是我对高中根本不抱任何希望,我觉得那一点意思都没有。"

"你真了不起。"光平说,"那时就能意识到这些。"

"不过,我也不是知道了自己想做什么,也没有想做服务员。"

"嗯……"

"我没有考虑的时间,必须要先给出个答案,就想先从服务员做起,但渐渐地就没有了改变的勇气。"

光平没有回应。

"光平?"

"我在听。"

"抱歉。"

"没事。"

沙绪里握着光平的拇指,似乎睡着了。

3

二人察觉到异样是在第二天早晨要出门的时候。握住门把手的瞬间,光平感到有些不对劲。

"门把手怎么凹下去了?"光平用指尖抚摩着说。拇指接触的地方有一厘米左右的凹痕。

"啊,这是最近被人弄的。真不明白为什么要做这种恶作剧。"

"是啊。"光平若有所思地抚摩了一会儿门把手,然后看了看门的内侧。锁是半自动的。"果然。"他叹了口气。

"怎么了？"

"警察来过了吧？"

"警察？"

"就是眼神很犀利的那个警察，上次出现在MORGUE的那个男人。"

沙绪里似乎想了起来，当即否定说："他没来过。"

"那就奇怪了。进我家时，他就是用这种手法打开门锁，擅自进来的。"

"这种手法？"

"如果是半自动锁，有时猛砸一下外侧的门把手，就能打开。"

"这么危险？"沙绪里虽这么说，并未表现出不安，不一会儿，她的脸色变得苍白，"不好……"

"怎么了？"

"照你这么说，我怀疑有人进过我的房间，和门把手上出现凹痕基本是同一时间。"

"大约是什么时候？"光平振奋地问。

沙绪里低头想了一下说："应该是松木被杀后不久。对了，案发时间是在周三，而你发现尸体的时候是周五，对吧？好像就在那期间。"

"先回去。"光平打开门，回到屋内，"有没有东西失窃？"

"没有。"沙绪里回答，"而且我也不知道是不是真的进小偷了，只是觉得古怪。你明白那种感觉吗？"

"明白。"光平说，"真的没少东西？"

"感觉书架有点异样，好像书被一本本抽出来过，但什么都没有少。抽屉里的信也被弄乱了。"

"可是并没有东西失窃，对吗？"

"对。你说，从这里还能偷什么？"

是啊，就算偷走女孩用的收录机也卖不了几个钱。

"内衣我也检查了，好像也都在。"

"你能记得？"

"当然了。款式、图案之类，我一眼就能确认。"

"厉害。"光平耸耸肩。

到了青木，光平一边陪客人打台球，一边想心事。

有人进入了沙绪里的住处，这一点已确定无疑。假如她所说的日期无误，似乎不像是那个姓香月的警察做的。而且，那个警察也不像是会闯入花季少女住处的人。究竟是谁出于什么目的要潜入沙绪里的住处？当然是为了寻找东西，光平想。从"寻找"一词中他又联想到一件事——松木的住处也曾被人闯入。凶手也在里面寻找着某种东西，很可能并未找到，所以又侵入了沙绪里的住处。

凶手为什么要盯上沙绪里的住处？或许是因为她跟松木关系亲密。如果是这样，凶手肯定是了解二人这层关系的人。完全一样，光平想。香月曾根据武宫的供述断定凶手是熟人，推理方法跟这完全一样。

不可能！肯定是哪里出了差错！光平狠狠地甩了一下球杆，想努力甩掉自己的想法。

4

那栋建筑就在湖畔，七层楼像用硬铝合金之类的材料盖成的一样，远远望去闪闪发光。光是排斥一切曲线的构造就给人一种引领潮流的印象。建筑远离市区，交通也不便捷，大概有不少员工开私家车来此上班，建筑旁的巨大停车场也仿佛在印证着这种推断。

一辆白色轿车驶进了来客停车场。从车上下来一名身穿白色西装的高个男子。男子重重地关上车门，用车窗照照自己的脸，略微整理了一下头发，又把装在西装口袋里的零碎东西检查了一遍后，才满意地点点头，迈开脚步。

男子边走边把视线投向布满了灰色云层的天空，不过他对天气并不在意，因为他看的是安在楼顶的一块牌子——"JAPAN CENTRAL ELECTRON Co."。日本中央电子株式会社，便是这家公司的正式名称。

来客停车场与建筑区域之间有一道小门。男子在小门领取了许可证后，朝大楼正门走去。

穿过两道玻璃自动门，便来到一处铺着深红色地毯的大厅。右侧是前台，坐着两名女子。男子走上前去，一名长发女子微笑着站起来。他报出拜访对象的名字后，女子用内线电话通知对方有一名男客来访。他早就预约好了，不怕遭拒。放下听筒后，女子彬彬有礼地向男子指出接待室的位置，让他在那里稍候。他朝两名女子分别微笑致意，道谢后离去。

他在只是用毛玻璃隔出的接待室里等待，大约五分钟后，一阵敲门声传来。一名西装革履、三十岁左右的男子走了进来。男子身材修长，肤色很白，三七分的头发看上去也很干净。

"在百忙之中打扰，十分抱歉。我是搜查一科的香月。"香月递上名片。

对方也一边点头致意一边递上白色的名片。"我是相泽。"相泽的名片上横着印有"日本中央电子株式会社技术本部系统开发部设计科　相泽高显"的字样，背面则用英文印着同样内容。"想必您跟开发科的人也见过面了吧？"相泽一坐下便问道，"因为杉本是那边的人。"

"不是我，应该是辖区的侦查员经办的。"香月一边掏出警察手册，一边回答，"怎么，有问题吗？"

"啊，没……"相泽欲言又止地蹭了蹭鼻子下方，"只是想问问都问了些什么。"

香月看着相泽，坐回椅子上，反问道："您觉得会问些什么内容？"

相泽有点不知所措。"啊，我也不知道。"

"但您可以猜，"香月说，"侦查员问什么问题还是能够猜出来的，比如杉本润也为人如何、关于被杀一事有没有线索之类。反正也不会问一些特别离奇的问题。"

"也会因人而异吧。如果一个是前上司，一个是前同事，看法当然也会随之改变。"

"那就请设想一下双方的情况。"香月说，"上司肯定就是小宫科长了，同事代表就选津久见。如果询问这两个人，您能想象出他们陈述的内容吗？"说着，香月点点头，做了个"请"的姿势。

相泽为难地挠挠头，然后抬起头来。"若是小宫科长，我想他大概会用'杉本的事记不太清了'等措辞。他恐怕会回答说研究员那么多——但其实也就十多人——对其中一个没有特别的印象，至于案件的线索之类当然也没有头绪。若是津久见，估计会讲一些'很听话、很能干'之类的话，毕竟他们是项目经理与助理之间的关系。"

香月惊讶地多次摇头。"您太让我吃惊了，简直是如出一辙。再补充一点，小宫科长再三强调杉本从公司辞职以后大家就再没联系过，所以案件与他们无关。基本上是同一个意思。"

"这点小事,谁都猜得出来。"

"那么,即使从旁观者的角度来说,杉本先生也是为人低调、服从命令、默默工作的类型?"

"这个问题很难回答。"相泽抱起胳膊,意味深长地说,"他的确没有给上司留下什么印象,因为他只是个助理。领导重视的会议一直都是由小宫科长和津久见出席的,从这方面说他的确不起眼。不过,在其他部门也有很多人知道杉本这个人,不仅是因为像我一样和他是朋友,还因为他作为一名技术人员也很出名,大家都说他是计算机方面的天才。"

"那他还只是一名助理?"

"因为主要负责人是津久见。"不知为何,相泽降低了语调,"津久见跟杉本组成了一对搭档。一般情况下,当助理具备了一定的实力后,公司就会让其独当一面,可杉本似乎永远都没能获得独立。从一个旁观者的角度来看——当然这只是我的猜测——津久见似乎不想放杉本。"

"于是杉本先生十分不满?"

"怎么说呢,大概是吧。辞职时他说只是个人原因,不过我想还是不满的情绪爆发了吧。"

"有导火索吗?"香月略微探出身子。

相泽想了一会儿,说:"没注意。听到他辞职的消息时,我们很惊讶,不过都不清楚具体情况。"

"关于辞职一事,杉本先生也没跟您商量过,是吗?"

"没有。我们关系不错,但他很少跟我倒苦水。简单地说,他是那种意志力超强的男人。"

香月点点头,似乎在梳理什么,用圆珠笔敲了敲警察手册。"您知道杉本先生使用假名一事吗?"

"听说了,我很惊讶。他好像自称松木吧。"

"一般来说,人们使用假名都是为了躲起来不让别人找到,您觉得杉本先生有必要这么做吗?"

"难以想象。"相泽当即否定,"他给人的感觉有些吊儿郎当,但不是一个会隐姓埋名的人。"

"这样啊。"香月思考了一会儿,抬起头来,"杉本先生当时做的是什么工作?"可能因为改变了话题,香月连语调都不一样了。

相泽想了想,说:"他当时应该已经加入人工智能开发团队了。"

"人工智能……是 AI 吧?"

相泽露出惊讶的表情。"您竟然也知道啊。Artificial Intelligence,简称 AI。"

"我只知道名字而已。具体是什么情况?"

"具体情况……"相泽刚说了半句又闭上了嘴,抬眼盯着香月,"这个恕我无法奉告。谁在做什么研究之类,这个我是不能透露的。"

"相泽先生,"香月突然发出低沉而严肃的声音,"这可是在调查杀人案。我也知道是企业机密,不过还是请您设法配合一下。说实话,开发科那边无论如何都不肯透露。"

相泽看上去认可了香月的话。"如果议论起来是谁泄密,那就麻烦了。"

"我们当然不会暴露您的名字,这个我保证。"

相泽点点头,闭上眼睛思忖了一下,说:"好吧,在不触及机密的前提下,我就给您讲讲吧。"

香月点点头。

"杉本所承担的任务,从领域上说属于专家系统的开发。专家系统需要解释吗？"

"请解释一下。"香月轻轻点点头。

相泽舔舔嘴唇，调整了一下呼吸。"一言以蔽之，就是一个计算机系统，拥有专家所具有的知识。说得严谨一些，就是让计算机记住某个特定领域的原理和法则，以及该领域专家所具有的技术知识，然后根据这些知识来进行推论和判断，从而谋求解决问题的方法的系统。"

"由计算机做判断？"

"没错。"

"比如哪些情况？"

"这个……"相泽拢了拢刘海，抬头扫了一下天花板，"在日本，主要是在故障诊断、室内布局、设计和管理等领域进行尝试。"

"计算机拥有这些领域的相关专业知识？"

"不仅拥有知识，还用其进行判断。"作为技术人员的相泽对香月的看法做着补充。

"如此一来，专家不就没用了吗？"

"表面上看，极易被认为是在朝这种方向发展……"相泽含糊地说完，又继续说道，"并不是计算机要取代人类。归根结底，计算机只是帮助或者辅助人类做决定的一种工具。"

"做人类的助手？"

"没错。比如，医疗诊断专家系统现在备受瞩目。这是一个根据各个患者的症状来确定疾病和治疗方案的系统。但是，医生不应被这种建议所左右。对于医生，专家系统应该只是以'我是这样认为的，您认为如何'的态度来给出建议。系统越是高级，就越需要加强与医生的协同作业，最终决定还是交由医生来做。可见，医疗诊断专家系统只是弥补医生的专业性,并不具备否定医生决策的权威。因此,无论 AI 再怎么发达,医生也要不断磨炼自己,以防止被专家系统左右。"

"原来如此。"香月不住地点头,仿佛流畅的解释让他完全明白了,"的确,若只是让计算机来诊断,患者也会感到不安。"

"这种情感方面的部分,今后也应多加考虑。"看到对方与自己意见一致,相泽断然说道,"只不过,由于专家的人数不足,在很多情况下都是用专家系统来代替专家。比如,当工业发达的国家向发展中国家出口产品,通过给予专家系统,也能使之适应该地区。GE 公司的'机车故障诊断专家系统'便是一例。不过,像这种情况也应该认定为人类的辅助,而不应产生'既然有了这个系统,就不需要掌握基础知识'的想法。"

"即使使用了专家系统,也不能被机器操控,对吧?我明白了。那么,杉本先生的工作内容都是些什么呢?"

"内容……"相泽犹豫了一下,"好吧,只要您能保密,那我就说说吧。反正杉本已经死了,估计不会有什么问题。"相泽自我安慰般地喃喃道,"要想说明这一点,我得先解释一下被称为'KE'的这类人。KE 是 Knowledge Engineer 的缩写,是专家系统中一类不可或缺的群体。因为要想制造专家系统,就需要探讨如何提取专家所具备的知识,并将其变成一种计算机能够处理的形式,以及如何使用,实际操作这一切的就是 KE。"

"那么,"香月按着太阳穴问道,"这类被称为 KE 的人就是处于专家与计算机之间的一个中介?"

"没错。"

"杉本先生就是这种 KE?"

相泽微微摊了摊手。"是的,确切地说是助理。"

"当被委托制作该系统的时候,这些被称为 KE 的人就要到客户的公司,将对方提供的专家的知识封装进计算机?"香月读完笔记后观察了一下相泽的表情。

"是的。具体来说,不只是装入知识,还要使其高效判断。"

"这真是一项困难的工作。"香月长舒了一口气,表情略微放松下来。

"有关杉本的工作内容我只能说这么多,况且其他情况我也不清楚。"

"已经足够了,谢谢您的配合。"香月合上警察手册,站起身来,"只是,我最后还想再问一个问题。相泽先生,对于这次的案子,您本人是什么看法?就是对于杉本先生被杀一事。"

相泽抱起胳膊,低吟了一下,抬头望着香月。"说实话,我总觉得有点意外,这就是我的真实感受。他被杀一事无疑令我很意外,但他会在那种街上过着低调的生活让我更意外,毕竟他是一个总想一夜暴富的人。"

开车从中央电子返回总部途中,香月心血来潮,顺便去了一趟学生街。他看看表,已经五点多了。

驶入大学前面的那条路后,一大群学生正从正门出来,他们大多直奔车站。这里便是新学生街。

香月把车停在 MORGUE 前,下车朝店里走去。门口挂着"准备中"的牌子,但他并没有在意,径直打开店门。

纯子正独坐在吧台旁抽烟。看到香月的身影,她愣了一下,然后立刻从圆润的嘴唇中吐出一道烟。

"啊。"香月一边打招呼一边走近，在纯子旁边坐下。

"什么事？"纯子的声音毫无感情。

香月的唇角浮出一丝苦笑。"拜托你别这么冷淡好不好？我只是来说句话。"

"喝点什么吗？"

香月略微想了想，说"日本茶"。

纯子泡茶时，香月慢悠悠地环视店内，点上了一支烟。

"调查得怎么样了？"纯子问。

"进展缓慢。"香月掸掉烟灰，从纯子用托盘端来的两碗茶中拿起一碗，说了句"谢谢"。

纯子在香月旁边重新坐下来，一时间双方都没有说话。白色的热气从面前的两个茶碗中升起。

香月再次把目光投向店内的装饰。"她在这儿上过班，总让人觉得有点奇怪。"

纯子喝了一口茶，目光仍直视着前方，问："为什么？"

"不清楚，"香月回答说，"大概是从小就了解她吧。第一次见面的时候，她还是个初中生。"

"弹弹钢琴，画些画——是不是就是这种印象？"

"也不是……不知从什么时候起我就看不懂她这个人了。"

"包括拒绝你求婚？"

面对纯子的疑问，香月未作任何回答，而是说："你跟她来往了有十二三年吧？居然能相处这么久。"

"神奇的缘分。"纯子回答，"我们第一次见面的时候还是高中，我觉得她跟我是完全不同的人。她既有魅力，学习又好，家境也富裕，要是能跟这种人做朋友该有多好。她简直就是我崇拜的对象。"

"然后你们就成了好朋友？"

"我们脾气特别合得来，这超出了我的预想。无论是时装、音乐，还是喜欢的男生，都像姐妹俩一样不谋而合。要说不同点，就是她是个大家闺秀，而我只是个不起眼的女孩。"

"但你们仍一起支撑着同一个店，一起去买醉。的确是一段奇缘。"

纯子微笑着，用手掌捧着茶碗，似乎在温暖冰冷的手。"以前啊，我一直是她的陪衬。包括你在内，我们身边的男人没一个不喜欢她的。不过，随着和她相处的时间越来越长，也逐渐有一些人夸我漂亮了。是她给我带来了好影响，一定是。"

"我第一次看到你的时候，就发现你是个美女。"

大概是香月一本正经的表情有点滑稽，纯子不禁扑哧一声笑了出来。但这笑容立刻就消失了，她又换上黯淡的神情，说："不过，我跟她搭档是错误的。"

"为什么？"香月问。

纯子把玩了一会儿手中的茶碗，叹了口气说："因为她终究是大家闺秀啊，真的是……温柔得让人有些不耐烦。"

5

给并不美观的松树修剪完，再挂上一些像废品一样的装饰，做成一棵巨大的圣诞树，这个完全出乎光平等人意料的计划，竟真的被付诸实施了。

广美葬礼后的第二个晚上，光平邀请沙绪里等人前去参观那个无聊的尝试。

"要是能变成一个起死回生的满垒本垒打来逆转局面就好了。"时田把红色贝雷帽拉得很低,脖子缩进夹克里,仰望着被不断挂上装饰物的松树喃喃道。

"我看这根本就是个丑陋的东西。"光平面无表情地朝时田的侧脸说道。

"不管丑陋与否,只要能招来客人就是胜利,高雅在商海里是行不通的。如果你真心想赚钱,就会明白。"

光平无言以对,只好沉默。

"这么多电线啊。"沙绪里端详着树下说。那里捆着大量的灯饰软线,像缠了上百份意大利面。

"灯饰发光后,肯定会很漂亮。"圣诞树计划的提议者——点心店老板岛本来到光平的旁边说。

"不过,老亮着也没意思。说不定还没等圣诞节这个重头戏来临,人们就烦腻了。"时田担心地说。

"这一点我们早就考虑到了。我们打算从六点钟起每隔两个小时让它亮一次,这样就会有很多顾客看准时间聚集过来。在等待的时间里,他们自然会在这一带的商店消费。"

"哟,还真有你的啊。"时田喜笑颜开,"真想看一看圣诞树亮起来的样子啊。"

"我们待会儿会试验一下,因为也要确认计时器的情况。"

"大约几点试验?"沙绪里问。

"时间太早的话,那些看热闹的人会很烦人,总之,差不多是夜里十二点吧。那个时间亮起来也很时尚。"岛本露出一副得意的样子。

参观了一会儿后,光平与沙绪里、时田一起朝 MORGUE 走去。广美的葬礼已经办完,纯子单独的经营也终于开始步入正轨。据说时田等人几乎每天都会露面。

打开店门,纯子没有摆出待客时的职业笑容,而是更加亲切地把光平等人迎进来。

"我们去看圣诞树了。"沙绪里说,"说是十二点左右会点亮灯饰。老板娘也一起去看吧。"

"是吗?那我得早点关门。"

"不用。亮起来之后我来叫你。"大概是怕别人笑话,时田按捺着兴奋,故意板起脸说。

光平挨着沙绪里等人在吧台旁坐下。除了他们,店里只有三名客人。其中两名是年轻的情侣,坐在角落的桌子旁。还有一名男子则坐在吧台旁。光平扫了一眼那名男子的侧脸,不由得一愣,竟然是上次那个穿皮夹克的男子。

光平正用余光偷偷观察男子时,发现他似乎很讨厌刚才兴高采烈地进来的他们,一边从兜里掏钱包一边问纯子:"多少钱?"粗鲁地结完账后,他围上围巾便离去了。门上铃铛的丁零声已经停止,光平仍呆呆地望着门口。

"那个人经常来吗?"光平试着问纯子。

纯子诧异地抬起头。"谁?"

"就是刚才那个穿皮夹克的男人。我以前也看见过。"

"啊,经常来啊。"纯子笑答。

"他好像是医院的人吧?"说话的是时田。

光平朝他扭过头。"医院?他是医生?"

"这个不大清楚……反正我在那边铁路旁的医院里看见过他。不过,从未在这边的店里遇到。"时田纳闷地说。

"他是医生啊。"纯子说,"他每次都来得很晚,而且只喝一小会儿就回去,所以跟时田先生碰不上面。"

"怪不得。我向来都来得比较早。"时田应道。

"那个人是不是跟广美和老板娘住在同一栋公寓?"光平一边喝兑水威士忌一边问。

"为什么这么问?"纯子问。

"我见过他,就在去广美家的途中。"

"是吗……"纯子垂下头,想了一会儿,又恢复了笑容,"你大概认错了吧。"

不久,装饰圣诞树的男人们进来了,店里顿时热闹起来。话题集中到了圣诞树能招揽多少客人上,点心店老板岛本的声音最大。

"哟,怎么回事?今晚怎么这么热闹啊。"井原带着太田走进来,对眼前的热闹场面感到十分惊奇。

不久,钟表的指针走过了十一点三十分。大家怕计时器不准,便决定提前出门去看圣诞树。

"哦,原来是圣诞树啊。听着倒挺有趣的。"

"简、简直就像是过节一样。"

井原和太田边说边往外走,光平等人也跟着出了店门。

树前漆黑一片。那里原本连街灯都没有,又处在两栋建筑之间,刮过的冷风格外刺骨。

不知是谁说了一句"看来还是来早了",大家对此都很赞同。

十一点五十五分,装饰在圣诞树最下面的八音盒响起了《白色圣诞》的旋律,顶端的星星也随之点亮,周围的灯饰则自上而下依次闪烁起来。

观众中有人发出了欢呼声,不久掌声雷动,甚至还有人吹起了口哨。

"好美啊!"沙绪里兴奋地说。

寄托着旧学生街店主们厚望的灯光盛宴持续了约十分钟。其间,似乎是被时田叫来的纯子也来到光平等人身旁,欣赏着圣诞老人人偶和花形灯饰。

"好冷啊。要不要再去一趟我店里?"光平跟沙绪里准备回去时,纯子从身后招呼道,"喝点热酒,暖暖身子后再回去吧。"

"不是马上要关门了吗?"

MORGUE 最晚十二点打烊。

"没事。其实是我自己想喝点。"

光平与沙绪里对视一下。"那就喝一点吧。"三人于是朝店里走去。

隔着吧台对坐下来,纯子取出一瓶未打开的三得利老牌威士忌,用布仔细地擦过后打开瓶塞。齿孔线开裂的声音清脆悦耳。

"那东西真的能招来客人?"纯子一边往威士忌里兑热水一边说。

"或许多少能招来一些吧。"光平说,"可这终归只是权宜之计,关键是对这件事怎么认识。"

"无论玩什么花样,学生一转眼就会厌烦的。"沙绪里转着杯垫说道。

光平想,若是松木还在,看到这圣诞树后他会怎么说呢?是喝彩还是嗤之以鼻?恐怕还是无视吧。烧再多的香,死人也不能复活——他可能会说这种话。

当大家的身体终于暖和起来的时候,冻得瑟瑟发抖的时田跑了进来。"哦,果然开着。你们也都在啊。"他在吧台旁坐下,不住地搓起腿来。"老板娘,给我也来一杯。"

"灯饰的效果看似不错。"光平说。

"嗯。虽然不能保证让所有人都满意,不过还算可以吧。"时田满意地蹭着下巴。

快凌晨一点的时候,四人终于站起身来。已经很久没在不提松木和广美的情况下聊这么长时间了。

光平公寓的位置与大家相反,但他还是决定护送沙绪里回去,大家便一起从旧学生街往南走。路过圣诞树时,四人驻足停留。

"做得还挺像那么回事。"时田仿佛在说和自己毫无关系的事,口中呼出白气。

"这可是临时征收了商业街的会费制作的,完全是背水一战。"

听到光平这么说,时田笑着附和"没错"。

就在这时,一个声响忽然掠过大家耳畔。安装在树顶的星星装饰突然亮了起来,圣诞老人人偶也开始闪烁。

光平呆呆地凝望着眼前的情景。另外三人也不例外,全都被眼前的景象惊呆了。

"这不还亮着嘛。"沙绪里第一个说道。此时,圣诞树已经通体闪亮起来,《白色圣诞》的旋律传入了光平等人的耳朵。

"怎么回事!"时田一路小跑,朝圣诞树冲去。光平等人也追了过去。不一会儿,时田、光平、沙绪里和纯子一下子都停住了,不,是像冻住了一样,动弹不得。

一名男子正站在圣诞树下,确切地说是倚在圣诞树上。男子目光失焦地望向半空,嘴巴无力地张开,五颜六色的灯饰让他的脸色也不断发生着变化。他仿佛是一个正在倾听《白色圣诞》的粗劣人偶。可他并非人偶,因为一把匕首正扎在他的胸口上,暗红色的血染透了西装的前胸。

几秒钟后,沙绪里的尖叫响彻学生街。

6

警察赶到时,学生街一片骚动。听到尖叫,附近的人们纷纷出来,看到沦为行刑台的圣诞树后,都吓得呆住了。骚乱的样子又引来一群群的围观者。

为了逃离围观人群,光平等人再次回到MORGUE,这次随行的还有两名警察。其中一名较为年长,个头像相扑力士一样粗壮,相貌看上去很善良。他的脸和五官也格外大,与其高大的身躯十分协调。年轻的那名警察脸色较差,个头矮小,似乎有些近视,不时眯起眼睛观察光平等人。

光平等人坐在桌子旁,胖警察坐在吧台旁的椅子上开始调查。年轻警察则站在一旁,拿着警察手册准备记录。

时田代表大家说明了发现尸体时的情形。他平时底气十足的语气彻底消失,还不时蹦出几句毫无必要的敬语,甚至连说"放着一棵圣诞树"时也用了敬语,大概是因为紧张过度。但他说话条理清晰,旁听的光平等人也没有感到不耐烦。

询问一番后,胖警察深深地叹了口气,说:"真是一桩奇怪的案子。"他环视着四人,咕哝道,"这可是这条街上的第三个被害人了。"

"可是,那名男子我们连见都没见过。"时田仿佛在抗议胖警察嘲讽的语气。

"大家也都一样吗?"胖警察把大眼睛转向光平等人。

"不认识。"纯子回答,光平和沙绪里也点头赞同。

"嗯。"胖警察扭了扭短粗的脖子,左手揉揉右肩,目光再次落到时田身上,"圣诞树第一次亮起来是午夜十二点,对吗?"

"确切地说是十一点五十五分。"时田回答。

"第二次亮起是凌晨一点?"

"凌晨一点。"时田重复道。

"这么说来,"胖警察把脸扭向一旁的年轻警察,"案件就发生在十二点到一点之间。"

"是的。"年轻警察发出细细的声音。

"凶手在十二点到一点之间捅死男子,"胖警察用自动铅笔当匕首,模仿凶手的样子做了一个向前捅的动作,"然后又把他装饰在了圣诞树上。"

"先捅死,然后装饰。"年轻警察点着头。

胖警察一下子扭过脸来,再次盯着光平等人。"在此期间你们有没有注意到什么,比如听到有动静之类?"

纯子看看光平和沙绪里,好像在问他们有没有注意到。

"什么都没注意到。"光平说。

"是啊。"沙绪里也答道。

"好的。"警察在手册上写了些什么,然后抬起头,"圣诞树凌晨一点亮起来一事,你们事先并不知情,是吗?"

"一点都不知道。"时田摆摆手。

"那么,你们的实际安排是什么?难道一切都是在你们不知情的情况下安排好的?"

"我问过点心店的岛本了,他说完全没有这样的安排。"

得知出事后,岛本也赶到了现场。最吃惊的恐怕就是他了,光平想。

"那为什么会亮起来?"警察问。

"大概是有人设置了计时器吧。"

"设置它很简单吗?"

"树根处藏着一个计时器。如果真想搞鬼,很容易就能找到。由于操作简单,很容易被人动手脚,我们原本还想加上把锁什么的,可没想到这么快就有人行动。"

"原来如此,操作简单……"

警察记下后,仿佛要确认自己的记录情况,又看了一遍警察手册,说了一句跟刚才一样的话:"真是一桩奇怪的案子。"

"哪里奇怪?"光平问。

警察的脸仍朝着手册,斜眼看向光平。"弄不清凶手的意图,完全不明白凶手为什么要搞一个这么花哨的表演。难道这是圣诞老人提前送给大家的礼物?"

"要不要住下来?"沙绪里问。

光平摇摇头。"没心情。我想一个人静静地思考一下。"

"是吗?那好吧。"

确认她的身影进入了房间之后,光平向右拐去。需要考虑的事情太多了,大脑甚至快要容纳不下。

第三桩案件可以说完全以一种意外的方式出现在了光平的面前。

没想到他会被杀……这是目前占据光平大脑的最大谜题。在它的冲击下,其他谜题的影子一时间都被冲淡了。

光平对警察撒了谎,其实他知道那个被装饰在圣诞树上的死者是谁。那个人为什么会被杀呢?光平仰望着夜空。今夜的星空十分璀璨,令人不由得想起那棵圣诞树上的灯饰。谜团像点点繁星般遍布在光平的脑海里。

他为什么会被……男子的面容清晰起来，光平伫立在夜半的学生街上。男子正是绣球花学园的园长——堀江。

7

一阵猛烈的敲门声传来，那架势似乎要把门砸烂。正裹着毛毯睡觉的光平爬到门口，伸手打开门锁。

开门的是气势汹汹的悦子。她两眼充血，嘴唇紧抿。光平甚至不由得做出防备的架势。

"你看电视了吧？"悦子张口就问，语气咄咄逼人。

"没看。"光平回答说，"我刚起来。"

"都九点了啊。快起来看看电视。"

"你等一下。"光平叠好被子，塞进壁橱。

悦子走进房间，一边说着"好臭啊，有没有打扫"，一边打开电视。

"我想换衣服。"

"换吧，我不介意。"悦子一边换频道一边说。

光平叹了口气，开始脱睡衣。

"嗯，没播新闻。"她把频道换了两遍，喃喃道。电视画面上正在播放厨艺节目，一个系着围裙的女人似乎在做南瓜汤。

"难道，"光平坐到悦子身旁，看着主持人品尝的镜头说道，"你说的是昨晚在学生街发生的那个案子？"

悦子瞬间屏住了呼吸，眼睛瞪得更大，盯着光平。"你知道？"

"我看到尸体了。"光平说，"顺便说一下，我还是第一发现人呢。这样一来我就是接连三桩命案的尸体发现者了。坦白说，照这样下去我觉得太恐怖了。"

"那你知道是谁被杀了？"悦子揪住光平的衣袖。

"你好像也知道了。"

"我从新闻上看到的。真把我吓坏了，我就飞奔了过来。你有没有把他跟姐姐的关系告诉警察？"

"没说。"

悦子舒了口气，撇了撇嘴瞪着光平。"你也真够顽固的。你应该知道，一个人的力量是有限的。"

"昨天我要是说出他跟广美的关系，事情恐怕早就乱成一团，不可收拾了。我不想因此被喋喋不休地逼问。"

悦子无奈地摊开双手。"那你是怎么认为的，对这次的案子？"

"非常不可思议。本来前面的案子就让人一头雾水了，这样一来就更搞不懂了。"

"不过，姐姐跟园长堀江之间是有关联的。难道园长知道些什么？"

"什么？"

"我也不清楚……比如，杀死姐姐的凶手之类。"悦子说完，挺起胸，仿佛对自己的想法十分满意，"没错，肯定知道。说不定是姐姐知道杀害松木的凶手，然后告诉了园长。因为姐姐和园长都是知情者，所以反被灭口了。"

"那广美为什么要告诉园长呢？"

"这个嘛，"悦子耸耸肩，"肯定是经常跟园长倾诉烦恼之类。"

光平站起来，往水壶里注入水后放到煤气炉上。水槽里堆满了待洗的餐具，看着都让人发愁。这些餐具大部分都是广美带来的。"那为什么就不告诉我呢？"光平喃喃着。

"那是因为……"悦子刚说了一半,便把剩下的话咽了下去。

"因为什么?"

"因为……她不想把凶手的名字告诉你。"

"你的意思是说,凶手就是我身边的人?"

"这只是我的推理。"

"我知道,怎样想象是你的自由。"

二人沉默了一会儿。光平没有任何证据可以反驳悦子。他目前所拥有的,充其量也只是一些脱离现实的期待和没有存在价值的感伤而已。

看到热气从水壶里冒出来,光平再次站起身。"来杯红茶?"他问。

"谢谢。"

"如果真像你想象的那样,"光平一边把茶包分别放进两个杯子,一边说,"园长昨晚来见凶手了?"

"大概吧。"悦子小声回答。

"为什么?"光平更加疑惑,"既然知道凶手是谁,只要报警不就行了?"

"也许并没有确凿的证据,才来跟凶手决斗的。"

"决斗?"光平回想起堀江温厚的面孔。虽只有一面之缘,可"决斗"一词与当时的印象似乎很难画上等号。"堀江园长与广美到底是什么关系呢?"光平自言自语道。

悦子只字未答。

光平和悦子约定近期去一趟绣球花学园后,便与悦子道别,去了青木。一楼咖啡厅的客人比以往任何时候都多,沙绪里正独自忙碌着。几乎所有的顾客都是学生,还不时把沙绪里喊过去搭讪几句。光平觉得肯定都是邀她约会的,但似乎并非如此。

"人气爆棚的秘密似乎是圣诞树。"沙绪里一边冲咖啡一边说,"学生们似乎是从新闻中得知了案子,从车站绕路赶来的,他们还以为那尸体仍被装饰在圣诞树上呢。"

"刚才好像还跟你聊了些什么?"

"他们是问我圣诞树灯饰点亮的时间,问我今晚几点会亮,可我一点都不清楚。"

"如此说来,招揽顾客的目的倒真是完全实现了。"

"案发后,点心店的大叔喜出望外。"说着,沙绪里吐了吐舌头。

整个上午台球厅都没有人光顾,光平便帮沙绪里为楼下的顾客点单或端饮品。顾客们的谈论声自然会传入耳朵,他们的确正在谈论圣诞树异样的装饰。

下午,光平坐回了三楼的收银台旁,仍没有顾客。随着年末临近,学生顾客逐渐减少,一般的客人也不光顾了。看来,今天就连时田等商业街上的老主顾们都没工夫打台球了。

光平无奈,只好从抽屉里拿出文库本侦探小说读了起来。这是一部阿加莎·克里斯蒂的作品。由于他读得时断时续,要想回忆起故事情节还得往回读两三页。

读到小说中出现的第二个被害者时,光平耳边忽然传来玻璃门打开的声音。光平含糊地应了一声,抬起头来,随即抿紧了嘴唇。

"好冷啊。"一名男子一边反手关门一边说。他穿着一身与时令完全不符的白色西装,今天加了一条灰色的围巾。"一个客人都没有的台球厅真是冷清。"男子走向墙边的球杆架,从中间挑了一根。他一会儿握几下球杆,一会儿做几个击球的动作,然后说道:"作为台球厅的球杆还算凑合,连我都能给个及格分。"

"谢谢。"光平一边说一边思考着这句话的意思。

"既不弯曲也没有翘起，重心也不错。"

"谢谢。"光平又说了一遍。

"皮头也是，还不错。"男子闭起一只眼睛，检查着球杆顶端用皮革制成的部分。

"我们都是用锉刀来修护的。"

"真有心。"男子又拿起放在球桌边缘上的巧克，在皮头上蹭了蹭。巧克的作用是防滑。

"香月警官。"光平叫着男子的名字。

男子停下手，犀利的目光转向他。"你是从悦子小姐那儿听说我的名字的吧？"

光平叉着腰，不服气地回瞪他。"找我有事，还是说想打台球？"

男子向一边歪着嘴角，笑了。"哪个都行。"

"我没空跟你开玩笑。有事直说——"

还没等光平说完，男子竟突然把手中的球杆向他戳了过来，指着他的喉咙。他的身子往后一仰，后背撞到了墙上。男子像击剑选手一样用球杆顶着光平的喉咙，盯着他，目光依旧如猎犬盯着猎物般锐利。光平的眼底就是杆头，皮头上涂着一层薄薄的蓝色巧克粉。"你都知道些什么？"男子问。与逼人的目光截然相反，他的语气十分平静，气息也没有一丝紊乱。

"什么都不……"光平的声音都变了调，"什么都、不知道。"

"撒谎可不好，"男子轻轻抬起球杆，忽然在光平的眉心停住，"我希望你把知道的情况全都说出来。这也是为了你好。"

光平并未开口。他紧握双手，回瞪着男子的眼睛。一滴汗珠从腋下流出。

二人僵持了几秒钟，香月打破了沉默。他抿嘴一笑，放下球杆。

光平长舒了一口气。

"悦子小姐说过,你很顽固。"

"我不知道你在说什么。"光平咽下积在口中的唾液,对香月说,"我了解的情况悦子基本上也都知道,你为什么不去问她?"

"我就是想问你。"香月饶有兴致地说完,取下盖在旁边球桌上的罩子,"怎么样,咱俩比一局?玩法你定。"

"然后呢?"

"如果我赢了,就请你老老实实地回答问题。当然,我也可以回答你的提问。"

"要是我赢了呢?"

"随你便。"

"好,要是我赢了,那可就不是一点,而是把你的想法全都告诉我了,怎么样?"

香月搓着球杆沉吟了一会儿,点头答应。"不过,游戏的钱谁付?"

"谁输了谁付。"

"好。"香月面露喜色。

二人决定用轮换玩法的"呼叫撞击制"一决胜负。

所谓轮换玩法,指的是使用带号码的十五个目标球,即一号到十五号和一个主球进行游戏。玩家用主球击打目标球,如果目标球落入球袋,那么目标球上的号码将直接成为玩家的得分。要撞击的目标球必须从一号开始,依次进行。玩家轮流击球,如果得分则可以连续击球。呼叫撞击制的意思是玩家在出杆击球前必须指定目标球和要落入的球袋,只有指定的球落入了指定的球袋才能得分,侥幸得分的情况将会非常少。

平常的玩法一般都不采用这种严格的规则,而是误打误撞也能得分，即"非呼叫撞击制"。使用呼叫撞击制就相当于是正式比赛了。

二人商定，率先拿下一百二十分者获胜。

光平选好球杆，游戏开始。他平时一直用这根，得心应手，光凭这一点他应该就已占据十分有利的地位。"谁先开球？"光平问。

"BANKING。"香月当即答道，"用真正的BANKING进行。"

"真正的？"光平拿起白色主球和一号黄球，放在球桌上。

BANKING即决定开球权。双方在开球线后分别放置一颗规格统一的主球，然后同时击打该球，球碰到对面的库边，弹回后静止，离靠近开球线一侧的短库较近者即获得开球权。

BANKING的结果是香月率先开球。虽然只差一点，光平还是输在了手臂的回缩上。他心里清楚，是自己太紧张了。

十五颗球被摆成三角形，开局击球的目标是前面的一号球。香月双腿自然分开，略微压低身子，左手食指和拇指架住球杆做了一个标准的手桥。

击球堪称完美。球杆并未左右晃动，呈直线稳稳推出，随势出杆也很漂亮。被推出的白球几乎命中一号球的中心。伴随着清脆的撞击声，三角形被完美打散。

目标球的号码是从一到十五，所以只有全部落袋才能得到一百二十分。不过，由于一百二十比零的比分几乎是不可能的，因此必须设置两局比赛。目标球被排好的状态叫作"RACK"。

游戏进入第二局。第一局光平仅以微弱优势领先，过程也一点都不轻松。香月在前半局犯了一个低级失误，光平才得以抓住机会，连续得分。而在后半局中，香月巧妙地采取了安全打法，不以得分为目的，而是频繁给对方制造困局。光平也想以安全打法脱身，球却没有碰到库边，违反了规则。这一失误十分致命，让他葬送了大好的领先优势。

在第二局中，直到打到五号球，比赛都进行得波澜不惊。由于开球结果不佳，球落袋后，难以找准下一个目标球的下球点，因此双方都很谨慎，努力从对方的出球中寻求破绽。比如，香月轻松地让四号球落入了球袋，可由于四号球是指定安全球，基于安全打法，这种情况是不得分的，只能将四号球重新放回靠近顶库的置球点上。为大局而放弃眼前的得分，真可谓高招。

轮到光平击球，当他把六号球选为目标球的时候，局势终于迎来了转折。六号球离底袋很近，从主球的位置来看很容易落袋，问题是下一颗七号球的位置——中袋的前面。如果能在六号球落袋后让主球停在其附近，下一杆将会比较好打。只不过，七号球停在靠近它的一侧中袋和十四号球之间，一旦主球停下的位置不好，十四号球就会成为妨碍，加大了打七号球的难度。如果击中六号球后，回弹的主球撞开十四号球，七号球就容易打了，对后面的局势也有利。

光平瞥了香月一眼。香月一边往皮头上涂巧克粉，一边盯着各球的位置。跟光平视线相撞后，他意味深长地笑了笑，仿佛在说"看你的本事喽"。

"六号，右底袋。"光平架好球杆。要想让主球在击中目标球后强力反弹，必须要用拉杆使主球产生逆向旋转。可是，光平尚在犹疑之际，球杆就被推了出去。六号球落袋后，主球呈锐角反弹回来，但因旋转不够，球没有速度。不妙！主球并未碰到十四号球，还与七号球将十四号球夹在中间，三球在一条直线上，形成了一种最糟糕的局面。这正是光平在击球瞬间所担心的。最终，他的下一杆失误了。他想利用库边打七号球，但失败了。

香月用尖锐而短促的声音叫了一声好。"七号，你失手的球袋。"他轻松地将球送入袋中，主球也停到了绝佳位置，"八号，这边的球袋。"

主球在八号球落袋后，碰了一下库边，弹回到球桌中央。

"又回来了。"香月说。光平本以为他说的是主球，可后来才发觉不是，因为九号球落袋后，他又喃喃了一句"好，又回来了"。那是一杆主球并不会"回来"的拉杆。

香月说的似乎是手感回来了。他用完美的一击让最后的十五号球落袋后，意犹未尽似的将拉杆的动作保持了两三秒。胜负早已决出。七号球失误后，光平就再也没有架起球杆的机会。

"一年没打球了。"香月一边检查杆头一边说，"闲着就是不行，体育运动尤其如此，道理和把印章遗忘在橱柜的抽屉里一样。这次花了好大气力才找回来。"

"没想到你是职业选手。"

"不是。"香月苦笑，"哪有这么烂的职业选手。"

光平什么都没说，只是默默地注视着球台。

"你打得也挺不错的。说实话，我甚至还想放点水，还好没这样做。"

"我是完败。"光平终于说，"虽然我没怎么输过。"

"时运问题。"香月说，"当时你如果再使一点劲，沮丧的就该是我了。有一方赢就必然会有一方输。"

"我犹豫了。"

"我知道。"

"什么时候开始打台球的？"

"忘记了。我就是自己随便打打。其实这样并不好，不会有长进，也很难发挥水平。"

"不过，你打得堪称完美，就像在看保罗·纽曼一样。"

"那我还得谢谢你了？"

光平从香月手里接过球杆，跟自己的一起放到球杆架上，然后用对讲机呼叫沙绪里，点了两杯咖啡。沙绪里回复说"现在咖啡厅里没客人，马上就送上去"。随后，光平站在墙边抱起胳膊，问："说吧，什么问题？"

"态度很干脆，难能可贵。"香月穿上上衣，在一旁的椅子上坐下来，"先问问计算机的事吧。说起计算机，松木从前所在的公司好像就是一家计算机公司。你对这方面的事情好像很感兴趣，为此还专门去咨询了大学的朋友。我想知道其中的理由。"

光平有点惊讶，没想到自己去见信息工学专业的朋友一事早就被香月看穿了。看来自己不知不觉中已被他监视。"我也没什么明确的根据，"光平答道，"只是心血来潮。或许跟案件并无关系。"

"没事。"香月点点头，催促着他。

光平把《科学·纪实》杂志以及从广美家中发现杂志的过程告诉了香月，还说明了杂志内容。

香月饶有兴味地探出身子。"这或许会成为连接松木和广美小姐的一把钥匙。"

"也许吧。"光平说。或许这真的是一把钥匙，可究竟对应的是哪一把锁就不清楚了。

"你现在还带着杂志吗？"

光平从夹克衣兜里取出对折的杂志。香月满意地接过去，直接塞进了西装内兜。"下一个问题。"

这时，沙绪里端着咖啡走了上来。她似乎察觉到二人异样的气氛,犹豫着走近,将托盘轻轻放到了收银台上,冲光平使了个眼色。

"谢谢。"光平朝沙绪里微微一笑。她垂下视线,飞快地瞥了香月一眼后,打开玻璃门出去了。

香月听着沙绪里下楼的声音,点上一支烟,吐出一口后,问:"你跟她上过床吗?"他的语气很轻,不带感情。

"上过啊。"光平不甘示弱,轻松地回答,"为什么要问这种事?"

"因为我被她瞪了一眼。"说着,香月别有深意地笑起来,从齿间吐出一缕白烟。他收起笑容,再次说道"下一个问题"。光平也严肃起来。"请把你知道的有关广美小姐和绣球花学园的所有情况都告诉我。你跟悦子小姐去学园的事情我已经确认过了,隐瞒也没有意义。"

"我无意隐瞒,因为我几乎什么都不知道。"光平回答。他把那本小册子和广美每周二都去学园的事也说了出来。

"你跟园长堀江都谈了些什么?"

"没什么。"光平先做了一下铺垫,然后把与园长的对话内容一五一十地讲了一遍。香月看上去并不满意,可光平觉得自己并未撒谎。

"你今后要是能继续跟我合作就好了。"香月喝了一口黑咖啡,说道,"每次都打台球太累了,再说我也不可能每次都能赢。"

"我会考虑的。"光平也呷了一口咖啡,"对了,我记得你好像说过,也可以回答我一些问题。"

香月把杯子贴在嘴唇上,点点头,向光平招了招手。

光平吸了口气。"首先,有关松木的过去,我想问一下你了解了多少?"

"问得好。"香月放下杯子,"听说他曾在中央电子做过程序员之类的工作,为人低调,也没有给人留下过很深的印象。你知道专家系统吗？"

"那本杂志上刊登着相关文章。"光平指指香月的内兜。

香月的面色略显严肃起来，好像越想越苦恼似的说："是吗？还有其他问题吗？"

"我想问问有关密室的调查进展。"光平略微思考了一会儿，说，"就是你上次所说的密室。杀害广美的凶手是怎样逃跑的，你后来知道了吗？"

"目前，在调查本部，"香月用罕见的沉重语气说道，"主流意见是这是发现者的一种错觉。"

"错觉？"

"你漏看了。凶手当时肯定潜藏在途中的某一层，而拼命爬楼梯的你并没有注意到。"

"我没有漏看。"光平说，"你不信就算了。"

香月只是略微动了动嘴。光平觉得他似乎在说"我明白"，不过也可能是自己多虑了。总之，有一点是明确的，即密室之谜仍毫无进展。"就这些问题？"香月说。

光平跺着地板又想了一会儿，抬起头来。"广美为什么要拒绝你的求婚？"

意外的提问让香月有点不知所措。他瞪大了眼睛，似乎愣住了。"这种事情，你让我怎么说？"

"因为你是警察？"

"大概不是。"香月说，"也许是广美小姐讨厌我这种男人吧。"

"她是那样说的？"

"她什么都没说。只说了一句'我拒绝'，没有告诉我理由。"

"听悦子说，广美明明也很爱你。"

香月并未回答,而是把食指伸进左耳挠了起来,仿佛在说"提问就此结束"。"咖啡很好喝,向你的超短裙女友转达我的问候。"香月戴好灰色围巾,走出了玻璃门。

8

圣诞树杀人案过去了三天,警方似乎对堀江的行踪进行了周密的调查。来青木喝咖啡和打台球的店主中,很多都受到了调查。其中在站前经营拉面馆的一名姓儿玉的中年男子的话比较有参考价值,因为那天晚上他曾跟堀江搭过话。

"大概是在案发前半个小时,他来店里吃拉面,要的好像是盐味拉面。吃完后就问我去大学怎么走。我告诉他沿前面那条路一直走就是正门。我当时还觉得这个客人好奇怪,大半夜的去什么大学。"儿玉动作笨拙地打着台球,纳闷地说,"可是,当我把这件事告诉警察之后,警察的眼神都变了。说不定我就是最后一个看到那男子的人呢。"

再无其他人看见过堀江,也许真的被儿玉说中了。园长不可能去大学办事,大学可能只是一个记号,他很可能是来见某个人的。而且第一案发现场似乎也是警方正在调查的一个问题。沙绪里对此了解得比较详细,听说是点心店的岛本来咖啡厅时告诉她的。

"据说,目前警方认为堀江是在圣诞树旁被杀的。因为就算是半夜三更,凶手也无法扛着尸体在学生街上走。不过凶器尚未发现,警方也很着急。"

堀江的胸口插着一把匕首,但沙绪里所说的"凶器"并非那把匕首。因为根据案发两天后的新闻报道,堀江的死因是后脑遭受了钝器的重击,匕首则是死后被插上的。凶器其实是那个钝器。

比较可信的看法是:堀江要在圣诞树前跟某人碰头,而这个人偷偷溜到他背后,重击了他的后脑,又把匕首插在了他的胸口。

"真是桩离奇的案子。"下了班的井原端着咖啡杯低头说道。松木死后,他就不怎么打台球了,而是经常在咖啡厅喝杯咖啡便回去。"松木、广美小姐,还有这次的男人,真猜不透他们之间到底能有什么联系。"

"这三个案子真的有关联?"沙绪里问。

"当然。"井原板着脸说,"至少凶手是同一个人,连用匕首的手法都一样,世上哪有那么多的巧合。"

"问题是动机。"光平说。

"没错,要想查明这一点,就必须找出三人间的关联。"

"比如,凶手最初只想杀一个人,结果由于某种机缘巧合,另两个人也知道了其罪行,迫不得已,凶手只好也将他们灭口,有没有这种可能呢?"

光平说出悦子的推理后,井原点了点头。"完全有可能。可无论如何,凶手肯定是跟那三人以某种方式相识的人。"

也许吧,光平想。"对了,井原先生,你知道专家系统吗?"光平问。

由于话题突然转变,井原露出困惑的眼神。"什么啊,怎么突然说这个?"

"专家系统,你知道吗?"

"名字还是知道的,就是让计算机来代替专家的一种东西吧。怎么了?"

"松木在从前的公司时,做的似乎就是与之相关的工作,而且和这次的案子好像也有联系。"

"哦?"井原放下咖啡杯,靠在椅子上,打量着光平,"什么意思?你能不能仔细讲讲?"

光平便把《科学·纪实》杂志以及上面刊登的专家系统的报道,还有松木从事这种工作的情况等依次做了说明。

井原把冷掉的咖啡丢在一边,认真地听着,耳根逐渐发红,足见他对此十分感兴趣。"津村,这个话题非常有意思。"他兴奋地说,"这种话题我一个门外汉懂什么,最好叫专家来。我立刻打电话。"井原起身抓起收银台旁的公用电话,打给了大学研究室的副教授,他似乎知道副教授的夜间直通电话。"……总之,具体情况等你到这边后再谈。你马上来一趟就行,听明白没有?"井原语气强硬地说完,搓着手回到桌边。"副教授等会儿就来。他一来肯定能给我们讲些有趣的话题。"

光平点头赞同。

大约二十分钟后,干瘦的太田果然出现了。他身穿一件肥大的双排扣短大衣,腰带紧紧地系在腰上。

他脱下大衣,等待咖啡端上来的时候,井原把从光平那里听来的话重复了一遍。他眼神不安地来回打量着井原和光平,听完后点了点头。

"专、专家系统的话,我倒是懂一点。"他挺了挺单薄的胸脯,"毕竟现在十分流行,起因便是三里岛核事故。据说,那起事故的原因在于设备故障初期,一名老练的操作人员慌了神,导致操作失误。假、假如事故发生时有一台能够冷静思考原因的计算机,并服从计算机指令,就能防患于未然了。"

"你有没有跟松木聊过和专家系统有关的话题?"井原问。

太田摇摇头。"没有……我也是第一次听说他以前从事的是这种工作。"

既然松木都隐姓埋名了，太田不了解也是理所当然的，光平想。

"你想象不出松木的工作与这次案子之间的联系吗？"

太田发出打鼾般的呻吟声，摇了摇头，说："想象不出来。"

"比如，"井原压低声音说，"在从事这种工作的过程中，无意间偷看到了某个人物名单之类。你就不能想象一下类似的情况？"

"人物……名、名单？"

"是啊，记载着个人的过去或简历的名单。假如有这种机会，很可能看到了不想暴露过去之人的资料。如此一来，自然就有了生命危险。"

"如果是这样……"光平一边回忆松木的侧脸一边说，"松木有可能会威胁这个人？"

"会不会直接威胁还不好说，但如果真有这种情况，松木很可能会去接近那个人。"

太田皱起眉说："可能性、还是有的。比如公司里有一种人才配置系统之类的东西，个人信息全都保存在里面，说不定里面还有详尽的不良记录。只不过，具有这种不良记录的人，是不可能在体面的公司里长期工作的。"

的确，纵然是杀人灭口也想拼命隐瞒的过去被输入电脑，这种情况实在难以想象。如果真有这种员工，恐怕当即就会被解雇。

井原说："松木未必会只用资料本身来威胁。比如松木偷看了某个熟人的个人信息，可上面所写的经历与实际不符。而事实上，那个人由于个人原因只能撒谎。于是，松木就做了调查并以此来胁迫那个人……"

"太、太棒了！"干瘦的副教授佩服地抬头看了看井原,"简直就是小说家。"

绅士苦笑着挠挠太阳穴。"你就别挖苦我了。如果照这个思路想下去,应该还会有其他用来威胁的手段。"

"有、有可能。"副教授慢慢地品着咖啡,思考着,不久便意识到什么似的抬起眼睛,"顺着这个思路往下走,如果有一个会计管理的专家系统之类,说不定会挺、挺好玩的。"

"对啊,"井原说,"如果能从数据中发现有人侵吞公款,就可以来威胁了。"

"可是,"光平插话道,"我们身边并没有这种可以威胁的对象。"

井原抱着胳膊哼了一声:"倒也是。"

"如果非要找出一个人,只能是你。"副教授望着井原笑着说,"因为在公司上班的就只有你一个。"

"开什么玩笑。"井原一副无奈的样子,"我们公司是不可能委托中央电子做业务的。再说我也不在会计部,也不记得把个人信息存入过系统。"

"我只是说,如果非、非要从我们中间找一个人的话。"副教授仍笑嘻嘻的。

"可说到底,我们也只能在这儿议论议论而已,其他的都无法干涉。"

听到光平这么说,井原也点点头。"说得也是,剩下的就只能交给警察了。"

关于松木的事,香月等警察掌握的情报要远比光平等人多。像大家现在这样的议论,在搜查本部应该也会进行。虽然井原和太田的话让人很感兴趣,光平仍无法释怀。无论怎么解释,他也想不出广美怎么会与松木的暗中活动有关。难道她只是单纯地被卷进来并遇害？

悦子打来电话是在此后不久。今晚她似乎很慌乱，声音里没有了往日的温柔，震得光平的耳朵嗡嗡直响。

悦子让光平赶紧来自己的住处一趟。光平说青木离打烊还有将近两个小时，她却回答道："那我就自己一个人去。"

"等一下。你要去哪儿？"

"绣球花学园啊，还用说吗？我们不是早就说好要一起去的吗？"

"这也太突然了吧？"

"这是考虑对方的时间后定下的。怎么样，去不去？"

"我饭还没吃呢。"

"那我给你准备些三明治之类的吧。吃饭的时间还是有的。"

"知道了，我想想办法。"

挂断电话后，光平向老板和沙绪里解释了一下情况，希望早退。老板一时面露不快，沙绪里说了句"小气鬼"后，他还是答应了。

"得到情报后，一定得告诉我们哪。"井原一本正经地说。

光平点点头，离开青木，朝悦子住的公寓赶去。

他走进房间，只见悦子系着一条可爱的围裙，刚做完一大盘三明治。

"你就边吃边听吧。"悦子匆匆为光平倒上一杯红茶，连围裙都没摘下，就在椅子上坐下来。围裙上有一幅刺绣画，画着一个打伞的女人在空中飞翔。"警察调查过了，还是没弄清姐姐为什么要去绣球花学园，说是大概只有堀江园长知道理由，还有，松木与绣球花学园的关系，目前也仍未有任何发现。"

正往嘴里送火腿三明治的光平停下手来。"这是从香月那儿得到的情报？"

"是啊。怎么，不满意？"

光平摇摇头，大口嚼着三明治。面包表面的纹理很细腻，黄芥末也放得恰到好处，口感跟便利店里卖的袋装三明治大不相同。

"还有，堀江园长这个人十分善良，似乎完全没有被杀的理由。据说，没有一个人说他不好。"

"是给人这种印象。"光平回忆着堀江说。

"这就是目前得到的所有情报。我们需要在这个基础上先想一想到了那边之后该问些什么。"

"这么急？"

"肯定急啊。这还是考虑过让你少请假了呢。"

"这也是香月帮的忙？"

"不是，你想到哪儿去了？你就这么讨厌警察？"

"最初是这样的，"光平咽下三明治，说，"不过现在已经不讨厌了。我想自己来解决这个问题，差不多就是这种心情吧。我可以说得夸张些吗？"

"请便。"

"说得夸张些，如果只是让别人来解决，那么案子在我心中是始终无法结案的。你擅长数学吗？"

"还行吧。"

"我也挺擅长的。比如学习的时候，遇到自己怎么也解不开的问题时，只是找个人解释一下，就算当时明白了，事后也会立刻忘掉，根本不能变成自己的东西。而自己花大量时间辛辛苦苦解开的问题，至少是不会忘记的。差不多就是这么回事吧。"

"我有点懂了。"悦子歪歪头,舔了舔下嘴唇,"不过跟我的想法还是有很大出入,虽然我自己也说不清楚。"

"当然会不一样了,每个人都有自己的原则。"光平又咬起一个三明治,这个里面夹的是黄瓜和奶酪。

"而且香月先生也爱着姐姐,还说你也是个好男人。"

"我跟他毫无关系。广美并非我俩的黏合剂。"

悦子露出放弃般的笑容,伸手拿起三明治。

二人跟朋友借了辆丰田Soarer,驱车驶向绣球花学园。悦子开车很猛,坐在副驾驶座上的光平有好几次需要用力蹬脚,以稳住身体。而身为司机的她却毫不在意,左脚还跟着车载音响播放的杜兰杜兰乐队的歌打着拍子。

学园周围的各家窗户里早已亮起灯,学园里只有一个房间亮着微弱的灯光。二人按指示从正门旁的便门进去,玄关左侧便是传达室。光平探头看了看,里面有个戴眼镜的女人。发现他们后,对方轻轻点点头,朝他们走过来。

"这么晚打扰,不好意思。"悦子致歉道。

女人微笑着点头还礼,请他们去接待室,即上次跟堀江园长见面的那个房间。

接待室里有一张小茶几,上面放着两个茶碗。碗底还略微残留着一点淡绿色液体。在光平二人之前似乎还有客人来过。

二人等了五分多钟,女人端着茶走了进来。她的音容笑貌让光平想起上次跟园长谈话时也是她来上的茶。

"啊,不好意思,失礼了。"看到茶几上残留的茶碗,她不好意思地说道,随即利索地将桌面收拾好,在二人面前放上新茶碗。茶很热,正冒着热气。"刚才有客人突然造访。"坐下后,她仍一再解释,

"两位知道佐伯女士吧？访客就是她。"

"在友爱生命做外勤的那位？"

听到光平这么问，女人深深地点点头。"她是因为园长先生去世一事而来，看得出她也十分悲伤。"

"是吗？"光平一本正经地回答。

随后，双方做了自我介绍。女人叫田边澄子，在这学园里的工龄最长。

"我们也不知道园长为什么要去那条街上。"她神情严肃地讲述起来，"他那天好像在学园待到很晚。"

"那他有没有说起过要见什么人之类？"光平问。

"没有。现在想来，他那天似乎有点魂不守舍。"

"那他有没有接到什么电话？"悦子问。

澄子略微想了一下，摇摇头。"有可能接到过吧。但园长室里有电话，我们这些人也不太清楚。"

"是吗？"悦子失落地回答。

"什么都没法答复您，真的十分抱歉。"澄子微微弯弯腰，"说实话，二位问的问题，佐伯女士刚才也问过。当时我也没能回答她。"

"佐伯也……"这到底是怎么回事？光平不由得陷入思考。难道她也在寻找凶手？

"对了，我姐姐被杀的事您知道吗？"悦子问。

澄子用力点点头。"您姐姐真是个好人。有关她的事，警察也问过我不少。"

"您有线索吗？"光平问。

"没有。"

"那您有没有见过她跟堀江园长商量过什么？"

澄子想了一会儿,说:"不记得了。"

"关于那条学生街,堀江园长以前有没有说起过什么?"悦子问。

澄子的回答跟前面几乎一样。

光平与悦子对视了一下。这样是找不到任何线索的。本打算只要能有一丝头绪,也要努力追查,可如此一来,也无法深入地问下去了。

"姐姐在这儿给人一种什么印象呢?"悦子问了一个与刚才完全不同的问题,"她做志愿者时只是在尽义务,还是看上去很享受?"

"她很开朗地在帮助我们。"仿佛刻意强调似的,澄子用尽全力点点头,"当然,毕竟是这种工作性质,所以她应该也觉得是在做义工。不过,她自己很愿意跟孩子们相处。否则,孩子们也不会打开心扉的。"说到这里,澄子啪地拍了下手,"对了,给二位看样东西吧。"说着,澄子起身出去了。两三分钟后,拿回一本大影集。"我偶尔也会照照相。"她打开相册,拿出一张广美和十几个孩子站在一起的合影。照片中的广美跟在 MORGUE 时完全不同,像换了个人一样,穿着一身运动服,好像在做体操,还唱着歌。

"啊,钢琴。"悦子指着一张照片说。照片上的广美正在弹钢琴,脸上洋溢着光平从未见过的灿烂表情。她真正的样子竟然是在这里啊,光平想。

"那么好的一个人为什么会被杀了呢……"大概是看照片时又触动了情绪,澄子擦拭着眼角,声音略微颤抖起来。

有广美的照片不是很多,照片似乎都是以学园的员工为中心拍的,有远足的、做游戏的,还有讲连环画故事的……

光平的视线忽然停了下来。他发现了一张熟悉的面孔,心里不由得敲起了警钟,脸也涨红了。

那似乎是一张孩子们体检时的照片。上面有两个出诊医生的身影，其中之一就是那个皮夹克男人。他并未穿夹克，而是身着白大褂，正笑着说着什么。

"这个人……不、不是我们附近医院的医生吗？"光平不禁口吃起来。悦子狐疑地看向他。

澄子看看照片，回答："对，没错。那家医院是我们学园的指定医院。这位是斋藤医生，从很年轻时起就一直为我们出诊了。"

"斋藤……"

"他怎么了？"

"没什么，我只是曾经见过他。他最近是什么时候来这儿的？"

澄子低头想了想，回答说："他最近没怎么来，来的都是其他大夫……最近的一次大概是在春天吧。"

"春天？"光平也有点纳闷。

"他人很好。"澄子说，"对孩子们比任何人都尽心尽力。每当治疗不见效果，他都会十分自责。"

"是吗……"光平再次看看照片。照片中的男人正在笑，眼睛里的确透着医生的那种眼神。

离开学园，刚钻进车里，悦子就拧住光平的胳膊。

"疼疼疼！"

"快说！那照片里的男人是谁？"

"还不知道，是一个来历不明的男人。别拧了，我告诉你还不行吗？"

悦子松了手，被拧的地方仍钻心地疼。

"你姐姐可从来不像你这样。"光平抱怨了一句后，说出了皮夹克男人的情况，比如没人意识到他是 MORGUE 的常客、广美被杀那晚他曾从公寓出来等。

"这和案件有关系吗?"悦子一边转动车钥匙一边喃喃自语。引擎装有电控燃油喷射系统,发动机一转动起来,车便可快速起步。

"目前尚不清楚,打算再调查一下。"

"怎么调查?直接去问本人?问人家跟案子有没有关系?"

"当然不能这么做,我们可以问问他绣球花学园跟广美的事,然后观察他的反应。"

"又不是电视剧,这个办法可行吗?"说着,悦子猛地开动了车子。

随着轮胎嗡的一声,光平被推到了椅背上。"总之我们必须要跟他谈一次,至于怀疑之类的事以后再说。明天先去接触一下。"

"我也跟你去。"

"行是行……可你还打算告诉那个警察吗?"

悦子沉默了一会儿,说:"先等等再说。我并不想跟警察较劲,但把注押在你身上也不错。这不是挺好玩的吗?"

"嗯……好玩。"

"交给香月先生,把握的确大一些,不过不好玩。只要有情报,他就能冷静处理,得出正确答案。"

"就像机器一样?"光平问。

"没错,像机器一样。他天生就是当警察的人,机器警察。"

"如果将来真能造出一种具有完美侦查能力的电脑,"说着,光平在挡风玻璃上写下"computer","那他怎么办?"

"还能怎么办?"悦子说,"他肯定会说'我总比无能的人有用吧',很可能还会去跟电脑打招呼,说'友好地相处下去吧'。"

"原来如此,这下明白了。"

"明白什么了?"

"台球比赛啊。我赢不了他。"

悦子想了想，呵呵地笑起来。

9

走出地铁站的台阶，眼前是一座七层建筑，那家店就在三楼。

香月与年轻警察站在楼前。

这里离繁华商业街的主干道有点远。时间还不到六点，但上班族模样的男人们一会儿从某处出现，一会儿又消失在附近的店里，大概是因为正值年末聚会的高峰期吧。

"COLOR BALL"是目标店铺的名字。二人走进大楼，按下电梯。

"松木也会出入这种店？"等电梯的时候，香月对后辈田所说道。田所个头很高，颇为精悍，毕业于一流大学的法学系。

"听说他还是上班族时经常一个人来这儿。"

"一个人来打台球？"

"是啊。"

电梯来了。二人走进去，按下三楼的按键。

"科长说过，'香月是有实力，可就是有点哗众取宠'。"

"他对我评价不好？"

"那倒也不是，他心里还是很期待的。只是在这次的案子上，您似乎有点太固执了，其实我也有这种感觉。"

"固执是很重要的。"说着，香月撇嘴一笑。这时，三楼到了。

打开 COLOR BALL 的店门，里面很宽敞。中间有四张罩着蓝色桌布的球桌，其中三张是落袋球桌，另一张是开伦球桌。周围则是餐桌和吧台，客人们可以一边喝酒一边观看别人打球，等待自己上场。

此时四张球桌均已被占，还有好几名客人正在排队。得知有半数以上的客人都是年轻女性后，香月像有了新发现一样。

一名蓄着小胡子的矮个男人走向二人。他身穿白衬衫，外面套着一件黑马甲。

"上次问过的那些话，我们想再仔细地了解一下。"

听田所说明来意后，男人略微皱皱眉，把二人领到吧台一角。

"生意很兴隆啊。"香月说。

"托您的福。"男人答道。

"这个人你认识吧？"香月从内兜里拿出一张照片，递给男人。是松木的半身照。

男人看看照片，又瞥瞥田所，点了点头。"是杉本先生吧。"

"他经常过来？"

"是，但也是到去年为止。"

"后来为什么不来了？"

"这个嘛，"男人低下头，"这种客人偶尔也会有的。一段时间里每天都来，某一天突然就不来了。"

"我听他说，"香月略微朝旁边的田所侧了侧脸，说，"照片上的这名男子似乎向你提出过一个奇怪的请求，想让你给介绍一个大学的工作人员。"

"介绍？啊……"男人不以为然地苦笑了一下，"熟客中会有各种人，对吧？像税务人员啊房地产商啊等等，经常会有人让我帮忙介绍这些人。不过，让我介绍大学工作人员的还是头一次。"

"只是说想认识个在大学工作的人？"

"不，"男人说着，小胡子随之颤动，"好像是想找个做计算机研究的学者。"

"哦……"香月跟田所对视了一下，然后重新把目光拉回男人身上，"你没有问理由？"

"我记得好像问过，不过对方含糊其词。毕竟是很久以前的事了，我真的记不太清了。"

"很久以前？具体是什么时候？"

"嗯……差不多是四年前吧。"

"四年……"

"我想差不多是杉本先生刚开始来我店里的时候吧。"

"你最终还是帮他介绍了？"

"没办成。"男人撇撇嘴，"他的要求太苛刻了。我给他介绍过好几个大学老师，可没有一个是研究计算机的。"

"后来你就再没有接受过这种委托？"

"没有。对了，说不定次郎知道些什么呢。"

"次郎？"

"他去年经常跟杉本先生一起玩。"说完，矮个男人走向最靠角落的一张落袋球桌，跟一名正在教两个女大学生模样的人打球的年轻店员耳语了几句。那人应该就是次郎，是一名眉清目秀的英俊小生。

"杉本先生这人我记得，但不记得他让我帮忙介绍过什么人。"次郎挠着脸颊说，"最主要的是，我这人交际面也不怎么广。就算是有让我帮忙介绍的，大多也是让我介绍好女人。"

"他有没有其他关系比较亲密的人？不是这儿的从业人员也行。"

"这个嘛……"次郎厌烦地皱皱眉，不过仍显出一副认真搜索记忆的样子，不久，他把视线投向了香月，"这么说倒是有一个学生模样的年轻人，去年夏天经常跟杉本先生一起过来，不过台球打得相当烂。"

"学生模样？"香月的大脑里浮出光平的面庞。

"一名个头不高、有点胖的男子。"看来并非津村光平。

"知道是什么人吗？"

"名字不清楚，大概是在这附近打工的人，有一次还曾穿着电器店的工作服来过。"

"在电器店打工？"有什么东西在香月的脑海里回响起来。他把照片装进兜里，满意地拍拍次郎的肩膀，"谢谢，有参考价值。"

"那个……"次郎指指香月的内兜，"那个人怎么了？"

香月叹了口气，说："也没什么，只是被杀了而已。"

10

拜访完绣球花学园的次日上午，悦子又给光平打来电话。

"有没有午休？"悦子上来就问。

"有是有，不过不能离开店里。"

悦子仿佛没听见他的话，用喜欢恶作剧的孩子般的声音说道："这可是捉住那医生的良机。我去医院悄悄地确认过了。他昨晚值夜班，白天应该会离开医院回家，我想尾随去他家。"

听筒里传来嘟的一声。看来她是用公用电话打的，大概是在医院旁边。

光平叹了口气。"你为什么总这样突然袭击？你也该考虑一下我的情况才是。"

"抱歉，我没多余的时间。"虽道了歉，可她的语气里压根就没有认错的感觉。"那怎么办？"

"好吧，我想办法。告诉我地点。"

悦子快速地说出了自己的位置，是医院的候诊室。果不其然，光平想。

"估计二十分钟内能赶到。"

"十五分钟。"

"那我加把劲。"光平挂断电话后，再次拿起听筒，给住在同一公寓的一名落榜生打电话。该男子因落榜次数太多，父母减少了他的生活费。但他仍逃课，总是待在住处混日子。落榜生接起电话后，光平开门见山地说："有个打工的好机会，两小时就能赚一大笔，你干不干？"

光平赶到医院，候诊室里等待叫号的患者多得令人震惊，几乎都是中老年人，甚至令人怀疑，这么多中老年人究竟都藏在学生街这片区域的什么地方。因此，寻找悦子也不是一件易事。

悦子正坐在最里边的椅子上看周刊杂志。看见光平，她挥手示意。"空气太差了。"悦子皱着眉，"大家都在咳嗽。说不定这儿正制造着病人呢。"

"那个皮夹克男人还没出来？"光平在她旁边坐下来，"时间有点紧。"

悦子飞快地看了一眼手表说："马上。"说完，她再次读起杂志。

光平有些无奈，只好端详起坐在对面椅子上的一个五岁左右的男孩来。男孩似乎发烧了，正困倦地倚在一名貌似他母亲的胖女人身上。运动服、围巾、毛线帽，男孩被捂得厚厚的，这似乎让他更难受了。只要他稍微一动，胖女人立刻就用敲铁桶般的声音训斥"老实待着,别乱动",然后再把视线移回娱乐杂志上。这家医院向来拥挤,等几个小时是常事。

"喂。"

悦子突然戳了戳光平的侧腹,他吓了一跳,抬起头来,却没有看到那个男人的身影。

"没有啊。"

"不是。我是说那个女人。"

"啊?"顺着悦子的视线望去,只见出入口处有一个女人,随意束起的头发看上去有点眼熟。"啊,那不是佐伯吗?"女人正是在保险公司做外勤的佐伯良江,据说她在绣球花学园跟广美的关系很亲密。

"她怎么会出现在这种地方?"

"不清楚。不过也不像是来看病的。"

"拉保险?"

"有可能。不过来医院拉保险也有点奇怪啊。"

二人正小声议论时,良江已经走到了外面。光平久久地目送着她的背影,悦子忽然小声叫起来:"啊,来了!是不是那个?"

光平心下一凛。没错,果然是那个皮夹克男人。他今天穿的是西装,外面套着一件黑色毛线外套,戴着一副深色墨镜,正快步走出医院。"走。"光平站起身来。

男子步态大方,走在光平前方二十米处,似乎并未察觉到身后有异样。倘若他跟案件无关,恐怕也不会想到自己会被跟踪。

光平像刑警一样跟在后面,心下纳闷。自己为什么要找这种麻烦?只要叫住对方把话问清楚,问题就解决了,根本没必要找到他的家。不过,那人身上确实有疑点。不仅因为曾在公寓见过,他身上还总透着一种让光平很在意的气息。看不清他的真面目,光平心中的确有点焦躁。

"我住的地方也是这个方向。"大概是想假扮情侣,悦子紧紧挽着光平的胳膊,对他耳语,"他果然住在那栋公寓。"

"嗯……"

来到公寓前,男子稍稍放缓了脚步,略微向后扭扭头。早有准备的光平和悦子立刻躲到停在旁边的一辆面包车后面。

男子用中指把墨镜往上推了推,迅速改变方向,走进了一旁的公寓。二人也从车后冲出。

"果然。"悦子说。

"快!"

二人跑起来。冲进公寓后,二人直奔电梯间,想确认对方是在几楼下的,但电梯仍停在一楼。

"楼梯。"

悦子话音未落,光平已上了楼梯。悦子也立刻追上。

到达三楼时,楼上传来一阵硬邦邦又富有节奏感的声音。光平断定这就是那个男人的脚步声。

声音最终来到了六楼。二人小心翼翼地朝走廊窥探。男人的背影就在旁边,二人立即缩回头。

光平再次探出头,确认他要进入哪一户。男子嗒嗒地在走廊里走了一会儿,然后在一扇门前停下来,按下门铃。

"啊,那里……"

悦子正在光平身旁嘀咕,男子面前的房门打开了。"啊!"光平不由得叫出声来。开门出来的女人也因此发现了他们。

"光平?"

"老板娘，你怎么……"

原来是纯子家。

戴墨镜的男人对于突然出现的一对男女很意外，来回打量着二人和悦子。三个当事人则尴尬地缄默无言。

房间里正播放着蓝调舞曲。

第四章

揭秘 对决 逆转

1

播放舞曲的是一台小型双卡录音机。放在厨房的这台录音机是纯子唯一的音响设备，宽敞的起居室里待客家具的摆放令人感到十分舒适，中间是一张玻璃茶几，两张长沙发隔着茶几对放在两侧。

光平与悦子并排坐在其中一张沙发上，医生坐在二人对面。纯子略显忙乱地在厨房里备茶。

三人对坐下来的时候，墙上挂的木纹图案钟表正指向十二点三十五分。秒针随后又走了一两圈，仍没有一个人出声。彼此窥探着反应，目光刚一接触便立刻避开——类似的情形已反复数次。

医生从上衣兜里摸出一盒健牌香烟，抽出一根叼在嘴里，正要用打火机点上时又停下手，翻着眼睛看着光平二人。"可以抽吗？"他问。这是三人第一次打破沉默。

"请。"光平回答，"只要老板娘不介意就行，毕竟这里是她的家。"

光平发现，纯子正在倒茶的手一瞬间停了下来。

男子一直闷闷地抽着烟。悦子在光平身旁轻微地干咳了一声。

"那么，"男子倚在沙发上，来回打量着这对年轻男女的表情，"到底有什么事？你们跟踪我，肯定是有事吧？"他语调很低，却极具穿透力。

光平慢慢地咽下一口唾液，平复心情后，问："你知道绣球花学园吧？"

男子皱着眉，慢慢地把脸转向他，似乎在思考问题的意思。

"对方给我看过照片了。"光平说，"那个学园的工作人员把广美工作时的照片给我们看了，我们偶然在照片里发现了你的身影。工作人员说，你是综合医院的斋藤医生。"

"没错。"斋藤说，"那又怎么样？我是因为工作才去那家学园的，压根就没有一点个人动机，至少不会成为你们跟踪我的理由吧。"

斋藤语调平缓，没有感情。光平忽然觉得他对待患者的时候大概也是如此。

纯子趁谈话中断的间隙把茶端了过来。焙茶的香气从圆润平滑的茶碗里飘出来。光平喝了一口，问："你知道广美去绣球花学园的事吧？"

斋藤往烟灰缸里弹了弹烟灰，不快地叹口气，回答："知道。"

"那么，你跟堀江园长和广美都有关系？"

"算是吧。"斋藤噘起下嘴唇，"不过我跟那起杀人案没有关系。我刚才也说过，我与绣球花学园间只是医患关系，并无其他。"

"你恐怕不能证明这一点吧？"悦子从一旁插嘴道。

斋藤有点措手不及，但立刻恢复了镇定，反击道："但也应该没理由否定。而且那个园长被杀当晚，我跟医院的同事们在一起。"

沉默又持续了一会儿。纯子在斋藤的旁边坐下来，注视着手里的茶碗。在光平看来，她似乎在审视着事态的发展。"我可以说一下我的猜测吗？"光平问。

"请。"男人回答。

"你跟老板娘是恋人吧？不过出于某种原因不能公开这件事。因此就以普通客人与老板娘的身份见面，来公寓的时候也避人耳目。"

斋藤瞥了纯子一眼，紧闭的嘴唇松弛下来，似乎断了某种念头。"既然都被你们看见了，我也很难否认。不过，这件事跟你们似乎没有任何关系吧？"

"你为什么要隐瞒你们二人的关系？"

"我恐怕没义务解释。"斋藤的语气依然十分镇定，悠闲地靠在沙发上。倒是纯子有话要说似的望着光平。

光平于是朝她回过头来。

"这都是因为我，"她说，"因为我才隐瞒了我们俩的关系。由于经营着那样的店，我觉得公开恋爱关系不大好。"

"广美可没有隐瞒跟我的关系。"

"情况不一样。"纯子沉着地说。

光平又沉默了一小会儿，再次望着纯子。"广美每周二去绣球花学园的事，你也是知道的吧？"

"算是吧。"纯子的嘴唇略微动了动。

"那为什么不告诉我？为什么我每次问你都回答说不知道？"

"我以前也说过，对吧？"她说，"不要什么事情都想知道。既然那是她不想让人知道的秘密，我也不能随便说出来，而且我也不清楚她为什么要去那种残障儿童学校。"

"你难道不觉得纳闷吗？"

"当然觉得。我也曾问过她一次理由，但是她不告诉我，从那以后我也不想再提这事。"

"谁都会有一些不想让别人知道的事。年龄越大,这种事就越多。"

斋藤从一旁插话道。他似乎在嘲讽不但跟踪自己,现在还咄咄逼人地质问纯子的光平。

"我也有话要问。"光平有点退缩时,悦子说道。纯子与斋藤的目光转移到她身上。"请给我讲一下你们二人是怎么认识的。"她继续说道,"姐姐跟纯子是好友,也是同一家店铺的经营者。姐姐还跟斋藤先生在同一所残障儿童学校里碰过面,斋藤先生与纯子又是恋人关系。如此一来,我觉得你们三人间的关系是不是有点太亲密了?"

问得好,光平不禁想。

纯子与斋藤略显为难地对视一下,随后斋藤点点头说:"那就由我来说吧。"毕竟对方是广美的妹妹,他们还是不敢强硬地说"少管闲事"。他把烟蒂摁灭在烟灰缸里,两手交叠着放在膝盖上。"我们俩相识缘于在那家学园跟广美小姐的邂逅。因为住得很近,彼此就相熟起来,广美小姐邀请我无论如何要到店里去坐坐。当然,学园的事情要帮她保密。"

"于是,你就去了店里,接着就遇上了纯子?"悦子问。

斋藤微微点点头。"我们并未立刻就怎么样。我们相遇是在春季,发展成现在的关系则是在过了夏天后。"

"姐姐知道你们的事吗?"

"当然知道。"

悦子看向光平。光平的表情似乎显得有些无奈。

"你们,"纯子说,"在怀疑我们?怀疑我们是杀死广美的凶手?"她的语气很和善,眼神却分明在指责光平二人。

光平慌忙摇摇头。"不是的,老板娘。"

"那你们为什么总问这样的问题?"

"我们只是觉得这样说不定能找到一点线索。我们从未怀疑你是凶手,因为广美被杀当晚,你就在店里,这件事我是知道的,而且你也不可能有杀害广美的动机。"

"可是你们对我这么感兴趣,肯定是有特殊根据的,"斋藤说,"毕竟都跟踪起我来了。如果你们的根据只是我曾在广美小姐去的学园工作过,以及我是这条街上的人,那你们的行为怎么说都有点离谱吧。"

"给你带来了不快,我表示歉意。"光平低头致歉,"之所以对你感兴趣,我们当然还有别的理由。"

于是,光平把发现广美尸体那晚在公寓入口遇到斋藤的事说了出来。

斋藤却不记得曾跟光平打过照面。"是吗?"他低着头,看上去有些纳闷。

"是的。不过那天你没有穿皮夹克。"

"是吗?"他再次扭了扭头,看着光平,煞有介事地调整了一下坐姿,"原来如此,所以你就怀疑我是凶手了。"

"不,并非怀疑。案发前后我曾数次在 MORGUE 看到你,所以只是有点想不通。而且你是不可能成为凶手的。"

"为什么?"斋藤反倒显得有些不解。

"我遇到你之后,电梯才来到一楼。广美应该就是在那时进电梯的,所以你不可能是凶手。"

斋藤仍未理解光平的意思,有点诧异,脸上还带着想不通的表情,问:"为什么说她是从一楼进电梯的?"

"综合各种情况做出的判断。"光平答道,"警方也这么说,这已经是确凿的事实,解释起来一言难尽。"

"不可能。"斋藤不容分辩地说道,"她并不是从一楼进的电梯。"

光平愕然地看向他。对方太过自信，令光平一下子无言以对。

斋藤继续说道："那天，我到这里来取一件遗忘的东西，然后立刻就出去了。我想你们大概也能猜到，我在这栋公寓一直都是走楼梯的，目的就是为了尽量减少跟其他住户碰面。那天晚上也一样。"

光平与悦子一起点点头。

"下到一楼后，我忽然又想起点事来，想赶紧再返回这里。我当时嫌麻烦，就从一楼按了电梯。等待电梯的时候，我又放弃了，最终还是直接离开了公寓。你所说的遇到你，大概就是那时吧。总之，我在一楼等电梯的时候，根本就没有看见其他任何人。当然，由于跟广美小姐认识，如果她在那里，我当然应该记得，所以她并非是从一楼进了电梯。"

2

三天后，香月终于查清了COLOR BALL的次郎所说的那个与杉本即松木关系密切、学生模样的男人的真实身份。经过对COLOR BALL周边电器店进行摸排，他总共找到三名去年夏天曾在附近打过工的学生模样的男子。其中一名仍在那家店打工，不过其本人说自己从未打过台球；给另一人打电话核实时，对方说根本就不知道COLOR BALL。这样，最终就只剩下一名曾在冲田电器店打工的姓长谷部的男子。根据店主介绍，其体貌特征跟次郎所说完全一致。

"简历之类的东西我们也索要过，不过去年的都扔了，联系地址还是知道的。"说着，店主交出一个备忘录，上面记着长谷部的电话号码和住址，他的全名叫长谷部贤一。

趁田所用公用电话跟长谷部联系，香月去附近的书店看了看。店里摆放着各种科学杂志。香月将其中一本拿在手里，推测起松木刻意接触计算机学者的原因。

莫非他是想推销什么？这是香月最近三天思索出的结论。比如，他在中央电子获取了某种划时代的研究成果或发现，想兜售这种情报？可是，同样是兜售，卖给企业应该更划算。而且虽说都是计算机研究，大学与企业的研究态度和目的还是存在很大差别的。

看来还是不对……就在香月要否定自己想法的时候，田所打完电话回来了。

"这个电话号码已经停用了。我让电话局那边查了查，说是在上月末才刚刚注销的。"

"注销……那很可能是搬家了。"

"去看看？"田所递过备忘录。

看到上面记录的住址后，香月的目光变得冷峻起来。"这个住址……就在那学生街附近。"

虽说是学生街附近，却要在前两站下电车。站前是一条以圆花坛为中心的转盘路，环绕周围的小店鳞次栉比。正面连着一条宽阔笔直的马路，看来前面的车流量很大。小店之间也有一些放射状的小道，各自形成一条条小商业街。香月跟田所走进其中一条。

小商业街尽头是一座三层公寓。田所在前面停下来，跟备忘录上的住址对照了一下后说："就是这儿了。"

楼房白色的混凝土还很新，不像松木住的公寓那样墙上到处是斑驳的裂纹。长谷部贤一住在三楼的最边上，没有门牌。按了下门铃，也没有任何反应。

"可能真的搬家了。如果是学生，毕业的可能性也很大。"说着，田所按了按隔壁住户的门铃。

里面传来声响，门锁随即被打开。一个二十岁左右的短发女人从防盗链后面露出头来。她妆化得很漂亮，却睡眼惺忪。"哪位？"连声音都有点沙哑。

"警察。"

闻言，她的眼睛似乎清亮了一些。

"想跟您打听下有关隔壁住户的事情。"

"隔壁？"她诧异地皱起眉，"现在没有人住啊。"

"我想以前曾住过一个姓长谷部的人。"

"以前是住过，可现在没有。"

"他搬家了吗？"

"不是。"

"那是怎么了？"

"死了。"

"啊？"田所回头看了看香月，脸上的笑容已完全消失。香月替他问道："什么时候的事？"

年轻女人挠了挠头发，说："两个月前吧。"

"怎么死的？"

"不知道。"她依然用疲倦的声音回答，"我跟他不熟。估计是事故之类吧……总之是不大清楚。可以了吧？"说完，女人关上了房门。

香月与田所愣在那里，盯着门呆站了半天。

有关长谷部贤一的死因，辖区警察局进行过简单的调查。他是醉酒后掉进附近的运河淹死的，据说当时好像是在桥上小便，裤裆处是开着的。

"听他的家人说,他不太擅长游泳。而且还喝了很多酒,血液中检测出了相当高的酒精含量。毕竟是半夜三更,附近的住户也完全没有察觉。"当时负责该案的侦查员说。这名侦查员是一名年轻刑警,脸色黝黑,面颊瘦削。

"走到桥上之前的行踪能够确定吗?"香月问。

"基本可以。死者当天参加过一个同学聚会,在大学附近的店里喝到很晚,连末班电车都没有了,只好步行回家,结果途中就掉到了运河里。"

"这么说,长谷部贤一也在那所大学上学?"

"是的。"年轻的侦查员点点头。

香月与田所对视一下。说不定这与松木来学生街一事有关联。

"正在就读?"

"不是,今年好像毕业了。只是他不愿就业,就一边打工一边过着学生般的生活。"

香月想起了津村光平。这跟光平的情况有点相似。"没有他杀的嫌疑吗?"

"我们当然也考虑过,不过现场没有这种迹象,也查不到动机。对参加同学聚会的人也调查过作案时间,结果所有人都很清白。"

"原来如此。"虽然嘴上这么说,香月心里却想着别的事,"知道那个同学聚会都去了哪些人吗?"

"知道。"辖区刑警调查了记录,"都是研究室的同伴。具体来说,是电气工学专业太田研究室的同学。"

3

  干冷的风不断地吹着,甚至连迎风睁眼都很困难。大概是都被风吹散了,到了晚上,天空中没有留下一丝云彩。

  下班后光平慢慢地走在路上,步行回公寓,他已跟悦子约好要见面。途中经过 MORGUE 的门前,一阵阵男人的笑声从木门内侧传来。或许是时田在里面,也可能是那个自称斋藤的皮夹克男人也来了。总之,光平今晚没事,不必进店。他径直走了过去。

  风依然很大,吹过旧学生街时变成了低沉可怕的声音。在光平听来,就像许多上了年纪的小丑在集体叹息一样。他也叹了一口气,叹息化成一团白气消失在了身后。

  光平不知道该思考些什么,也不知道该如何思考。关于广美的死,各种事实和疑问反复浮上大脑又瞬间消逝,他却看不透其中哪一个是案子的关键,哪一个又与案子无关。说不定一切都是徒劳,他手上并没有可以否定这一点的材料,而令他尤为混乱的则是今天白天斋藤说的那番话。广美小姐并不是从一楼进了电梯——这是斋藤的证词。

  广美不是从一楼乘坐的电梯,那她到底是从几楼乘的呢?光平思索着,她回公寓前先去了一趟花店,买了秋水仙,然后被杀死在了电梯里。难道广美是临时在三楼下了电梯,然后又去了六楼?这又是为了什么?

  光平边想边走,来到那棵圣诞树前面的时候停了下来,因为他在圣诞树旁发现了一个认识的人。那人身穿一件淡褐色的雨衣,正呆呆地站着,正是保险公司的佐伯良江!

这个时候她为什么要……

纤弱的她正站在树旁,透着忧愁和沮丧。只可惜松树被装饰得太过粗劣,否则这就像一幅竹久梦二的画了,光平想。正要上前打招呼时,她先发现了光平,吃惊地张开了嘴,又平静地点点头。

"工作到这么晚?"光平问。

良江优雅地笑了笑,说:"正好来到了这附近。"

虽然答非所问,光平没有再追问。"这棵树怎么了?"

光平抬头望起松树,良江也同样仰起脸来。"听说园长先生就是在这儿去世的。"

"嗯,"光平说,"就是我们发现的。真是个不可思议的案子。"

"园长先生……"良江像在选择措辞似的略微思考了一下,继续说道,"那天晚上为什么要来这儿呢?"

"不清楚。"光平歪了歪头,"如果能知道,大概案子也就解决了。"

良江似乎没有在听,两手插在雨衣兜里,默默地仰视着那棵松树。

光平觉得,眼前的良江跟自己第一次在绣球花学园见到的以及参加葬礼的时候明显不一样,但他又不知道到底哪里不同。"您对案子很感兴趣吗?"光平试着问。

良江把失焦的目光转向他,反问道:"兴趣?"

"不对吗?"

良江再次仰望着松树,说:"我自己也不清楚。"

光平还想再说什么,良江把右手从兜里抽出来,将挎包重新在肩上背好。"那,我走了。"说完,她脚步坚定地离开了。浅色的雨衣摇曳着消失在夜色中,这一光景深深地印在了光平心里。

按下门铃后,门立刻开了,悦子现出身来,仍系着光平上次看到的那条带有《欢乐满人间》刺绣的围裙。

"肚子饿了吧?"悦子径直问道。

"有点。晚饭是两小时前吃的。"

"那正好,我正准备吃呢。"

"准备?你刚才出去了?"

"出去了一小会儿。"悦子眨眨眼。厨房里弥漫着一股意大利面的香味,水槽旁放着一个空的番茄酱罐子和很多蛤蜊壳。"密室之谜解开了?"悦子背对着光平问。

"没有。"光平回答,"我一直在思考,还是没有一丝进展。我感觉斋藤的证言让问题变得更复杂了。"

"你可是学理科的,对这种问题应该很擅长。"

"你高看我了。"光平一边翻弄放在桌子上的大学笔记一边说道。

"第一个疑问是姐姐是从哪层进的电梯,对吧?"悦子转过身来,把食指按在唇上,略微思考了一下,"是不是从三楼?"

"就是说,当时凶手也一起进了电梯,在电梯到六楼前就把她杀了。就目前来看也只能这么认为。不过,凶手的逃跑路线依然不明。五楼那边已经有个女人说在等电梯了,所以如果凶手走楼梯下楼,立刻就会被那人发现。"

"要是凶手的住处在六楼就说得通了。"悦子平静地说着。

光平抬起头。"老板娘和斋藤不可能是凶手,因为没有作案时间,证人是我。"

"我只是说要是住在六楼就说得通了。"她哼着歌继续做饭,随后从锅里捏起一根面条,送进嘴里。

光平再次把目光移回笔记上。"喂,有件事我一直想问你,你最近去过大学吗？"

她和着曲子摆动的腰臀停了下来。"为什么问这种事？"

"你是学生吧？可我怎么从未见过你去大学？"

"也是啊。"悦子尝了尝酱的味道，"因为我一直没去，我决定不去了。"

"能行吗？"

"什么？"

"我是说……毕业考试啊就业活动啊之类的，短大二年级就得开始了吧？"

悦子对此感到无趣，用穿着拖鞋的脚跺了跺地板。"我又不就业，毕不了业也无所谓。因为这些都不是我上学的目的。"

"那你的目的是什么？"

"我只是想见识一下大学是一种什么地方而已，也算是一种体验旅行吧。现在我已经知道了，所以就不再需要了，再去就是浪费时间。"

"浪费时间"这一说法多少刺激了光平的内心深处。或许，说穿了真的是这样吧，光平想。"工作怎么办？"

"这个嘛，如果能找到想干的那就干。不过不急，我现在可正是收集各种人生菜单的阶段，时间有的是。你不也是因为这个才没就业的吗？"

"我跟你有点不一样。说实话，我也觉得得赶快找到自己的路，赶快认清自己真正想干什么，否则就是对不起自己，然后就会焦虑。"

"这样不是活脱脱变成修行僧了？"悦子笑道，似乎真的是在嘲笑光平的愚蠢，"你这么较劲会很累的，人可不是为了受苦才活在世上的。"

光平扭了扭脖子，他感到肩膀上的肌肉很是僵硬。"你太厉害了，真了不起。"

"谢谢,你以前也这么夸过我。"悦子高兴地重新转向煤气炉,麻利地把煮好的意大利面盛到盘子里,浇上番茄酱汁。

"好香啊。"光平说,"广美就不怎么吃意大利面。"

"她本来就不喜欢,而且还要减肥。"说着,悦子伸手拿过旁边的一个小瓶,把一些绿色粉末撒到面上。光平纳闷地望着她。她告诉光平:"这是荷兰芹啊。你好像是第一次见?"

"我头一次知道,原来荷兰芹还可以剁碎了装在瓶子里卖。"光平感慨地说,"我终究还是一无所知,不知道广美苦恼什么,也不知道松木为什么要来到这条学生街,连荷兰芹可以剁碎了卖都不知道。"

"你喜欢意大利面吗?"

"喜欢。可不知为什么,感觉好像很多年没有吃过了。"

"肯定是因为没碰上好吃的意大利面。"悦子把一个盘子递到光平面前,示意他吃。被番茄染红的面条间点缀着淡黄色的蛤蜊,瓶装的荷兰芹粉撒得很均匀,颜色诱人。味道非常棒,口感无可挑剔。他一边吃一边竖起拇指。"谢谢。"悦子眯起眼睛,"看来我们挺合得来。"

"你做的三明治也很好吃。"

"案子调查完后咱俩去旅行吧?澳大利亚什么的很不错的。"

光平吓了一跳。"跟你?"

"跟我。"悦子满不在乎地说,"没必要想太多。我一个人也行,不过我想两个人一起肯定更快乐,所以才会这么提议,而且你也不招人讨厌。"

"可是男女有别啊。"

"傻瓜。"悦子发出惊讶的声音,"这有什么不好?如果是同性,那就没有任何可能性了。"

光平嚼着意大利面摇摇头。

"还是说,你怕那个做服务员的女孩生气?"悦子别有深意地看着他。

光平喝了口杯子里的水。"你是听那个警察说的吧?"

"你没必要吓成那样,这又不是坏事。你跟谁上床是你的自由,我不在乎。你跟她也不是恋人关系,对吧?"

"送她回去那晚跟她上床了。"

"这是常有的事。"悦子说。

"有个男人纠缠她,在她回家的路上埋伏,拿着刀子扑了上来。她胳膊肘上受了点轻伤。"

"难道就是因有杀害松木的嫌疑而被警察逮捕的那个研究生?"悦子停下往叉子上卷面的手问。看到光平点了点头,她微微叹了口气。"看来她是反遭怨恨了。不过还好,研究生院好像没教人杀人的方法。"

光平不解地抬起头来。"杀人的方法?"

"匕首的用法啊。"她说,"杀人的时候砍是不行的。就像这次的案子,捅才是最好的方法。砍会流很多血,看上去很吓人,却没什么效果;捅的话出血量少,却能造成致命伤。"

"这也是听香月说的?"

"这是常识,这么点事。"

"捅伤不怎么出血?"

"当然,如果碰到了手腕或是颈动脉,砍也会造成致命伤。喂,你怎么了?"

叉子从光平的右手中滑落。他慢慢抬起目光,盯着悦子的眼睛。

"你怎么了？"悦子又问了一遍。

"明白了。"光平说，"密室之谜解开了。"

4

光平解开密室之谜的时候，香月等人正在中央电子附近的咖啡厅里与相泽高显会面。相泽是松木上班时的同事，香月以前跟他见过面。

"今天必须要问您一件不愉快的事。"香月先做了个开场白。

相泽直了直身子，担心地看着两名警察。"案子的原因果然跟他上班时有关？"

"现在还无法断定。所以才要和您会面。"

"明白了。"相泽左右动了动黑眼珠，说，"能回答的我都回答。"

"好的。"香月说，"首先，我们来谈谈四年前的松木——不，是杉本先生的行为吧。"香月把松木请COLOR BALL的店长等人介绍一个计算机学者的事告诉了相泽。

相泽听后，喝了一口水，又把开始变凉的柠檬茶端到嘴边。看到对方在思考，香月将肉桂棒伸进杯子里搅动，静静地等待。

"那么，"这位技术人员终于缓缓地开了口，"是杉本想跟某个大学的研究室接触？"

"没错。"

香月回答后，相泽又陷入沉默，随后喝了口红茶。

"我们……"香月盯着对方的眼睛，"怀疑杉本先生想把当时的研究数据或其他东西透露给另外的研究机构。"

"为什么？"

"不清楚，也可能是想捞一笔报酬吧。"

相泽放下茶杯，身体倚到靠背上，慢慢地摇摇头。"难以置信。干这种事，一旦被公司知道将是灭顶之灾，而且败露的可能性极高。"

"那对于杉本先生的行为我们该如何解释？他为什么想要接触其他研究机构？"

相泽从香月身上移开目光，用食指按着太阳穴，然后抬起眼睛。"四年前……是吗？"

"对。"香月点点头，"想起什么了？"

相泽并未立即回答，而是两手挠着头发，十分为难地皱起眉，发出细微的呻吟声。

香月一直端详着他的动作，不久便意识到他是在犹豫。"相泽先生，"香月轻轻地唤道，"如果想起什么，请务必告诉我们。当然，我们绝不会跟任何人透露是您说的。"

相泽睁开微闭的眼睛，为难地撇了撇嘴，但心里似乎早就在等香月的这句话。"那就拜托了。"他说。

"啊？"

"就是……保守秘密啊。"

"啊，那是当然。"香月向旁边使了个眼色，年轻的田所用力点点头。

相泽喝了口水，微微探出身子。"四年前，杉本应该参加过一个与某大学的合作研究。"

"合作研究？"

"是一个语音识别技术的研究。简言之，就是能理解人类语言的人工智能研究。让机器听人类说的话，然后将其变成文字之类。"

"这种文字处理机在电视上也看到过啊。"田所停下记笔记的手。

相泽高兴地点点头。"可研究性强，实用前景也很广，所以就采取了与大学合作研究的形式。这项研究现在仍在继续，直到三年前接受KE训练为止，杉本一直都在从事这项工作。"

"这项研究怎么了？"香月带着某种预感问道。

"大概是在四年前吧，这项研究曾取得过巨大成果，其实是大学那边的新发明。当时他就曾透露，如果是自己发明的，肯定会以此为见面礼跳槽到某所大学。这当然只是玩笑，却被我无意间记在了心里，直到现在。"

"跳槽进某所大学？"

"他很在意自己的学历，对将来也感到不安，不知自己能否就这样继续下去，所以才无意间说出那种话来吧。"

"那么，"香月用指尖敲着桌面，"他想把这项研究成果的情报私自送给某所大学，以此迈进大学的门槛？"

"他有可能是这样想的，"相泽谨慎地说，"可实际上很难实现。没有大学敢进行这种危险交易，即便从研究者的操守来说也不允许。而且当时虽然没有官方发表，但研究成果很快就被公布出来了，他根本没有时间和其他大学接触。"

"实际接触似乎也很困难。"香月说，"不过，这样就能解释他的行为了。"

"只能说有这种可能性。"

两名警察点点头。

"我还有个问题想请教一下。"香月说。

"还有问题？"相泽露出不满的眼神。

"现在开始才是关键。"香月回以锐利的目光，"事实上，杉本先生最近也跟某大学接触过。"

"他？怎么会呢？"

"真的。因此我们才猜测他是不是又做出了跟四年前同样的行为。四年前未遂，这次却实现了。"

相泽惊讶地摇摇头，说道："难以置信。"

"这是真的。"还死了一个学生——香月并未提及此事。

"难以置信。"相泽表情扭曲地重复道，"本来他所做的工作只是编程，并非研究，大学也不会对他表现出浓厚兴趣。专家系统在人工智能的实用化方面走在前头，在学界却并未得到重视。"

"或许也有一些大学需要他的情报吧。"

"不可能。"相泽断然否定，"不只是专家系统，大学对我们企业在做的内容基本都不感兴趣。我们首先考虑的是实用化，他们看重的则是十年、二十年之后。"

"那对于杉本先生再次跟大学接触一事，您怎么看？"

相泽兴致索然地摇摇头。"我想，这跟工作和研究无关。我已经说过多次，就算是四年前的事，我也只能说他可能有那种企图。从一名研究者的职业操守来说，是绝不能容忍这种暗中活动的。"

与相泽分手后，香月和田所驾驶着白色轿车行驶在夜路上，遇到了交通拥堵，就像他们的推理，陷入了进退两难的境地。手握方向盘的田所连连咂舌，副驾驶座上的香月只好将视线投向车窗外的景色。

"难道……太田是清白的？"香月喃喃自语，"我怀疑他先是让松木倒卖中央电子的研究成果，然后杀人灭口，可是又缺少证据。"

"目前还难以断定。"田所说，"不过也并非完全不可能。更重要的是，松木跟长谷部过往甚密是事实，而长谷部就是太田研究室的一员，这一点也绝非偶然。"

"可是，"香月无精打采地说，"假如长谷部不是死于事故，而是他杀，你觉得凶手的动机会是什么？"

"那还用说？肯定是杀人灭口。为防止他说出与松木的关系，就来了个先下手为强。"

"但我们是先对长谷部的死怀有疑问，然后才开始怀疑太田的。如果太田真是凶手，他应该会更加慎重。"

"也可能是别无选择了吧。"

"是吗……"

道路依然拥挤不堪。堵在前面的是一辆卡车，香月不知道拥堵究竟会持续到什么时候。外面的景色与刚才几乎没有差别，不仅前后的车都走不动，就连并行在相邻车道上的车也寸步难行。

长谷部并非死于事故而是死于他杀，香月等人对此坚信不疑。如果仅从尸体本身和现场状况来看，的确没有他杀的嫌疑。不过，假如凶手事先知晓长谷部会参加同学聚会并在他落水的桥附近伏击，就另当别论了，因为将一名醉汉推下桥并不困难。而且若长谷部真的在桥上小便，那就更顺利了，只须从身后轻轻一推即可，任何证据都不会留下。香月怀疑太田的理由也在于此，因为他自然会对同学会的情况一清二楚。莫非其中有差错？

香月拿起放在后排座位上的杂志，唰啦唰啦地翻着。杂志是跟津村光平要的那本《科学·纪实》。"专家系统……"杂志介绍了利用计算机取代各领域专家的有效性，准确、客观、高效。

"应该再加上一句，没有人性。"香月自言自语道，田所似乎并未听到。

实用事例有 M 公司的 IC 设计专家系统、S 公司的生产技术专家系统、D 公司的公司经营专家系统等。

"奇怪。"香月咕哝道。

这一次,声音传入了田所的耳朵。"什么?"

"其他技术的实例,比如智能机器人等,一般都刊登公司全称,可唯独专家系统的实例,公司名只用首字母表示。这是为什么?"

"嗯……"前面的卡车终于往前挪了挪,田所也把车稍微向前移动,然后立刻刹住。"也没什么特殊用意吧。"

"不,不对。有用意。"香月用手指弹着杂志,"掉头,再去一趟中央电子。"

"喂,这么堵,你让我怎么掉头?"

"不好掉也得掉。"

案子终于变得有意思起来了——香月握紧杂志。

5

光平轻轻推开 MORGUE 的门,门合页处传来一阵令人讨厌的吱呀声。光平有点意外,进门后仍不住地打量着发出声音的地方。

"怎么了?"身后的纯子问。

光平朝正在吧台里纳闷的她回过头来,答道:"啊,没什么。好冷啊。"

"来杯兑水威士忌?"

"算了,啤酒吧。"

光平看见斋藤正坐在吧台最里面。斋藤扶了扶平光眼镜,轻轻抬起没端酒杯的那只手。"嗨。"

"你好。"光平应了一声,在他旁边坐下来。除斋藤外,只有两名学生模样的男顾客。

斋藤一手端着兑水威士忌,一手翻看着一本精装书。光平瞥了一眼,似乎是一本经济学方面的书。他想不通一名医生怎么会学起经济,不过斋藤看得很投入。

暖气的温度适宜,冰冷的啤酒喝起来格外舒爽。光平默默地喝完一杯,然后一边倒第二杯一边看向旁边的医生。"咱俩最近经常见面。"

"是吗?"斋藤没有从书中抬起头,扶了扶眼镜,"相互了解的前后,感觉上是完全不一样的。"

"也许吧。"光平没有刻意反驳,默默地喝下第二杯啤酒。倒第三杯的时候,杯中的泡沫略微多了一些。

"我想问你点事。"光平对吧台里的纯子说。她似乎并未注意到光平是在跟自己说话。光平一直盯着她,她呆呆地望了光平一眼,才掩饰般地连忙赔笑。"什么?"

"我想问一下广美家的备用钥匙。"

"备用钥匙?"

"嗯。"光平点点头。旁边的斋藤也抬起头,似乎留意起他的话。光平接着说:"我记得有一次我感冒了,正在广美家睡觉时,你突然闯了进来,有这回事吧?当时你说门没锁,可你其实是用配好的备用钥匙开门进去的,对不对?"

纯子欲言又止,低头犹豫了一下,脸上浮现出僵硬的笑容。"你怎么忽然问起这个来?"

"因为有需要。"

"是吗？"纯子垂下眼神，犹豫了一会儿，"你听谁说我有备用钥匙的？"

"不，"光平摇摇头，"是我经过了认真思考后得出的结论。"

"是吗……"纯子仍低着头，右手摩挲着左手手背，不久才小声回答，"你说得没错。"

"备用钥匙是一直放在你这儿？"

"现在是。"纯子说，"不过当时不是。广美家的门牌后面有一道缝，钥匙一直藏在那儿。因为多配一把钥匙更方便，这样我也能自由出入，广美也能解决经常忘带钥匙的问题。当然这件事不能告诉别人，只是广美跟我的秘密。"

"可是不至于连我都要隐瞒吧？甚至不惜撒谎。"

"……嗯。"她拨弄了一会儿吧台上的白兰地酒杯，抬起头来，"是广美求我这么做的，她希望对你也要保密，说是不想招致你不必要的误解。"

光平哼了一声，又扭扭脖子。"是吗？所以现在就由你保管了？"

"是的，我怕警察知道后会问来问去。那把钥匙就放在我家里。"

"还有没有其他人知道藏钥匙的地方？"

"应该没有。只有我跟广美两个人知道。"

"那你有没有跟别人说起过？"

"也没有，"纯子略微想了想后回答，"至少我不记得了。这有问题吗？"

"嗯，有点。"光平握着酒杯，端详杯子里的白色泡沫，同时确认自己对密室之谜的想法并没有错。

"你的问题真奇怪啊。"斋藤突然开口道。

光平早预料到他会插话，并不吃惊。

"你这个奇怪的问题跟我上次说的广美小姐并非是从一楼乘坐电梯一事有关系吗？"

当时光平惊讶的样子似乎给斋藤留下了很深的印象。

"算是有吧。"光平回答，"你的那番话对我非常有帮助，要不然谜底恐怕永远都无法解开了。"

"谜？"斋藤反问道，"什么谜？"

到底该不该把密室的事情告诉斋藤？光平犹豫了片刻，还是决定放弃。一旦告诉他，就得不厌其烦地加以解释和说明，而如今光平根本就没有这个心情。"就是有关广美被杀之谜。"光平说，"可以说，凶手的一部分行为已经搞清楚了。"

"别卖关子。"斋藤仿佛看穿光平心思似的说道，接着撇撇嘴，"算了。你如果知道什么，别忘了也告诉我们一声。"

"啊，那是当然。"光平说，"当然会告诉你们。"

"那就拜托了。"说完，斋藤的目光又回到书上，忽然，他又想起什么似的抬起头来，用略显郑重的语气问道，"你有没有打算过跟广美小姐结婚？"

光平吃惊地转过头看着他，他似乎是认真的。光平又要了一瓶啤酒，略微想了想后摇摇头。"不知道。我没怎么想过。"

"因为觉得自己还太年轻？"

"也许是吧。你怎么突然问起这个问题？"

"也没什么……"斋藤露出和他并不相称的微笑，光平摸不透这笑容背后究竟藏着什么。

不久，换回严肃表情的斋藤合上书，喝了一口兑水威士忌，清了清嗓子。"我见过广美小姐在学园的样子，她绝对会是一个无私奉献的妻子。当然，这只是我的想象。"

光平对此未作任何回答，但他也觉得，假如两人结婚，广美很可能会像斋藤所说的那样。不过，她的牺牲精神究竟来自哪里，完全是一个谜。"说起学园，听说斋藤先生你可是个热心的医生，我从学园的工作人员田边那儿听到的。"

斋藤闻言不以为然地把脸扭向一旁，露出洁白的牙齿笑道："这算不上什么，谁都能做到。可能看上去是有点夸张，不过也就仅此而已。"

"可你还是想努力帮助那些可怜的孩子。"

"用医学手段几乎无能为力。如果不铭记这一点，作为一个医生则是不称职的。因为无论何时，能医治自己的只有自己。"

"你很自信嘛。"光平说，"没有自信是说不出这种话来的。你很从容。"

"我哪有什么自信。"斋藤自嘲地说完，喝光杯子里的酒，又倒了一些威士忌，没加水直接喝了下去。"我一点自信都没有。"他平静地重复，"干什么都提心吊胆，甚至连我自己都觉得讨厌。"

光平不知如何回答，只好喝起啤酒。斋藤点上一支烟，慢悠悠地吸起来。乳白色的烟雾掠过光平眼前，朝站在吧台里发呆的纯子飘去。

"你怎么样？"光平的视线正追逐烟雾时，斋藤问道，"对自己有信心吗？"

"根本没有。"光平回答，"没有一技之长，哪谈得上自信。"

没等他说完，斋藤就摇起头来。"你误解了我的意思。"

"误解？"

"没错。你现在既没有得到任何东西，也没有失去任何东西，所以根本没必要丧失自信。"

斋藤的语气中透着三分之一的安慰、三分之一的指责，剩下的三分之一则是羡慕。光平注视着沾在杯底的白沫，思考这番话。如果斋藤说的是事实，那么他所坚信的失去的东西究竟是什么呢？

"从前……"斋藤说道。

"啊？"光平正在发呆，没听到他说了什么。

"从前……"斋藤停顿了一下，把酒杯端到嘴边晃动着，轻轻叹了口气。"从前，应该说是几年前，我曾负责治疗过一个女孩。她的大脑因事故受损，手脚无法自由活动。"

光平默默地点点头。不知为何，一个手脚不能自由活动的女孩在他的想象中多了一丝神圣的印象。

"我们花了很长时间为她治疗，想运用治疗加训练两种手段帮她恢复到原先的健康状态。她本人也很努力，不久她的身体机能恢复得很不错。我高兴极了，自负地以为拯救了一个不幸的女孩。"斋藤语气平淡地说到这里，摘下平光眼镜，仔细地折叠起来装进上衣兜里，然后用指尖轻揉着鼻梁，又叹了一口气。"第二年，"他声音沙哑，"第二年春天我们得到消息，说女孩一直沉睡不醒。我们很焦急，努力想让她恢复意识。我们运用了最新的医学技术和知识，她仍未醒过来。就像烟花熄灭一样，她的脑电波突然停止了。我们只能束手无策地看着。"

"突然？"光平问，"那女孩突然就醒不过来了？毫无前兆？"

"突然，"斋藤说，"没有任何前兆。就算是有，我们应该也无能为力。我当时就想，医生不是万能的啊。世上既有可以拯救的，也有无力回天的。人的生死就属于不可控的范畴。"

"所以你就失去了自信？"

"我决定再也不要什么自信。这都是些小事，而且是极小的。"

极小的小事——

"斋藤先生很喜欢那个女孩吧?"

斋藤闻言略微垂下眼神,双肘支在吧台上,两手托腮。"身体略微好转时,她曾经送了我一件礼物,是一个用红色折纸做的风车,不难想象她是如何用那双不灵便的手来做的。我不由得暗下决心,一定要让这个女孩恢复健康——看我说到哪儿去了。"他抿嘴一笑,说,"明明是别人的往事,一点也不精彩。"

"不,"光平说,"很有参考价值。"

斋藤把酒杯里剩余的威士忌喝完,取过放在旁边椅子上的外套,把那本书夹在腋下。"广美小姐的事,"他把手搭在光平的肩上,"有需要帮忙的地方你尽管说,我会尽力帮你的。"

"有劳了。"光平回答。

斋藤经过吧台旁时,一直默默倾听二人对话的纯子问他:"今晚?"似乎是在问今晚还来不来她家。

斋藤将外套和书夹在腋下想了想,轻轻地摇摇头。"今晚就算了。"

"是吗……"

"没心情了。"

"是吗?"她又重复了一次,这次的声音格外小。

斋藤离开后,光平默默地喝着啤酒。不知不觉间其他客人都离开了。纯子一边抽烟一边翻看时装杂志。夜静悄悄的,连香烟燃烧的声音都听得见。

光平的脑海中浮现出那个红色风车来。不知为何,风一吹就旋转起来的风车居然也能给人一种很幸福的感觉。

尽管单喝啤酒很少会醉,回公寓的时候,光平的脚步还是有些踉跄,浑身燥热。他打开房门,面包屑的气味夹杂着汗臭味迎面扑来。

一直铺在那里的被褥从黑暗中浮现出来，像一片巨大的纸屑。

光平打开荧光灯，衣服都没脱就倒在了被子上，花了很长时间才把深深的叹息缓缓吐出来。白气在他的眼前弥漫开来，随即消失。

躺了一会儿后，光平坐起来，伸手拿过晚报。这时，滚落在水槽下面的一个小茶壶映入他眼帘。

小茶壶怎么会滚到那里？

光平心下一凛，怀疑有人进入过这里。有人闯了进来，想找东西。

不过，他紧张的心情立刻就放松了下来，因为他想起小茶壶是今早他自己打落的。现在的他生活散漫到了极点，连掉在地上的茶壶都懒得去捡。

他再次环视周围，最近的生活状态似乎完全凸显了出来。杂志和书散落一地，像被地震震落的屋顶瓦片一样，一直放在那里的餐具上落着厚厚的灰尘。待洗的衣服和洗好的已经区别不开了，最近他几乎就没有正经洗过衣服。照这个样子，就算有人溜进来也很难发现。

光平自嘲地笑笑，然后打开晚报，但立刻又把报纸推到了一旁。

是吗？那么凶手……

我知道了——光平在心中喊着。

6

要去新日电机株式会社的中央研究所，只须乘坐私铁到邻县，在第一站下车即可。站在月台上，香月看了看表，确认距离约定的时间还早，他满意地点点头。

车站附近挤满了小商店。遭弃的自行车阻碍着行人的脚步。人们行色匆匆，挤在人潮中的香月感受到了年关的临近。

索性在离车站稍远处叫辆出租车吧。说出目的地后，司机表示知道路线。

委托中央电子做专家系统的就是新日电机，没想到这点很容易就查到了。作为实例刊登在《科学·纪实》上的三家公司，即M公司（IC设计专家系统）、S公司（生产技术专家系统）、D公司（公司经营专家系统）的确切名称是从出版社打听来的，各家公司使用的是哪家计算机公司的系统，通过直接向各公司查询后，也弄清楚了。

当然，这种情况只有在调查犯罪的时候才有可能实现，并且还得跟对方约定，决不向第三方泄露情报才行。结果正如香月所料，引进专家系统的一方极力想隐瞒该事实，所以杂志上也只是登载了首字母。从这些调查中得知，S公司即大型家电厂商新日电机，该公司最近引进的生产技术专家系统就跟中央电子有关。

出租车抵达了新日电机中央研究所。围墙里有一座白色的四层建筑，比香月预想的要小。

香月在前台报出身份和名字后，未满二十岁的接待小姐神色紧张地望着香月。这大概是她进公司以来第一次碰到警察来访吧。

香月在这里要会见的对象早已确定。由于要询问一些公司机密，对方必须得是一个相当熟悉情况的人才行，而这个人也的确是新日电机一方慎重选择的。

香月在接待室等待着。透过接待室的窗户可以看到运动场和一座小山丘。高级皮沙发十分宽大，甚至坐上个相扑力士都绰绰有余，柔软度也恰到好处。

约好的人很快出现了，是一名年过四十的男子，头发已开始变得稀疏，气色却很好，身体也很结实。男子自称姓山野。"没想到警察先生也会来咨询那个系统的事。"交换名片后，山野晃着硕大的身体笑着说。

"前来咨询系统的人很多吗？"香月问。

"很多。原本我公司想对使用专家系统一事完全保密，一位董事却在一次聚会上说漏了嘴，高层中也不乏一些傻子。从那以来，各种咨询就纷至沓来。比如是否使用推理方法之类——啊，我说专业术语没问题吧？"

"略懂一点。听说内容是绝密？"

山野深深地点点头，回答"绝密"。

"比如，对像我这样的无关人员也要保密吗？"

"没有例外，因为这是保守秘密最简单的方法。显然，警察就算了解了我们开发的系统，也毫无好处或坏处。"

"那么让哪些人知道后会有坏处呢？"香月话锋一转。

"当然是同行。我们为此开发了各种专用软件，一旦这些软件被与专家系统有关的人盗取就糟了。"

"与专家系统有关的人……是指计算机相关的公司吗？"香月问。

"不光是这些。我们这次应用成功的是生产技术专家系统，安装到该系统的知识本身也是我们公司宝贵的财产，一旦流入其他家电厂商，将会造成重大损失……"

"不好意思。"香月抬起握着自动铅笔的手，打断了山野，"如果您能就专家系统做一下说明，我会非常感激。"

山野盯着香月的脸凝视了几秒，然后点了点头，表示同意。"好吧。简言之，生产技术专家系统就是计算机就生产方法向设计者提供建议的一种东西。"

"比如说？"

"比如说……某设计者要设计一种新型发动机,由于想实现小型轻量化,就需要使用新材料。但此时就会遇到一些问题,比如生产时新材料的可塑性如何、能否焊接、热变形如何等。设计者一般都是根据资料或标准进行设计的,可是在实际设计过程中会产生诸多问题,光靠这些教科书之类的规定无法应付。在这种情况下,按照以往的做法,设计者需要一一咨询各领域的专家以做参考。这样比较浪费时间,也容易产生疏漏。"

"因此就设一个计算机顾问?"

"没错。"山野像机器人偶似的点点头,"今后我们将会进入一个多品种少量生产的时代,必须快速设计新产品,快速制造,再快速设计下一个。为此,设计者最好成为生产技术的专家,而人工智能则为此提供了可能性。即使优秀的生产技术人员退休了,他们的知识和技能也能被完美地保存在公司内,传承也极容易。"

"那么不久的将来就不需要生产技术专家了?"

山野闻言瞪大眼睛摇摇头,只差说出"荒唐"二字。"知识和技能从来就没有终点线,系统也需要我们今后不断地输入数据才行。因此,具有前瞻性的研究人员永远都需要,被淘汰的只是那些只会单纯记忆知识、缺乏创造力的人,虽然最近新员工中有不少都是这类人。"

"这样啊。"香月想起中央电子的技术人员也说过同样的话。就算是引入了医疗专家系统,医生也不能被其操控,自己必须要掌握使用系统的专业知识。"明白了。这是贵公司的技术结晶,决不能让其他公司看到,是吧?"

"没错。因为生产技术专家系统被盗,就意味着我们公司所有生产技术的专利都将被别人吸收。当然,不只是这些,面对设计者的疑问，系统如何高效准确地做出判断，与之相关的一些技术也是不能被盗的。"

"为了保密，你们煞费苦心？"

"没错。"山野用力说道，"不输入自己的账号是无法使用系统的。为防范黑客从外网入侵，设置了两三重保护程序。"

"比如，"香月语气变得郑重，从沙发里略微欠了欠身，"了解该系统全部内容的人员，例如参与过制作该系统的人员将情报泄露给其他公司之类，这种情况会不会出现？"

山野脸上从容的笑容消失了，取而代之的是冷峻的神色。"我不敢肯定绝对没有这种隐患。"他慎重地说，"这种隐患不仅限于该系统，甚至关系到所有的公司机密。如果有内奸，谁也没办法，只能平日里多加防范。"

香月理解般地点了点头。"我还有一个问题，有关系统制作的步骤。"

"请说。"

"关于专家系统的制作，你们请求了中央电子的帮助，具体是什么情况？"香月谨慎地说道，因为今天的调查格外重要。

山野舔舔嘴唇。"首先，新日电机需要向中央电子购买开发工具和工作站等用来架构专家系统的工具，再利用这些工具，由我们公司的技术人员跟中央电子的技术人员共同推进作业。"

"我想了解一下这种共同作业的内容。不需要做专业性说明，介绍一下大致的作业分配即可，可以吗？"

"应该没问题。"山野一口气把冷掉的茶水倒进喉咙，"一言以蔽之，我们公司的生产技术人员负责提供知识数据，中央电子那边的技术人员则负责将其装入计算机。那边的技术人员是知识工程师，简称KE，是人和机器的中介。"

香月想起松木也曾是KE。

山野继续介绍："具体来说，首先KE要采访生产技术专家，目的是通过这种方式弄清楚专家是通过什么样的过程来运用知识解决问题的，即把人类的思想转变为井然有序的程序。"

"实现这些后就能够输入计算机了吗？"

"理论上是这样，不过实际没有那么简单，因为有时还涉及专家心理的潜在部分，从某种意味上来说既是哲学也是心理学。这种作业需要恒心和毅力，要坚持不懈。说到生产技术，还会涉及诸如切削、冲压、焊接等加工技术以及金属、树脂等相关的材料技术等，范围很广，需要各个领域的专家参与。我们这次的作业中，至少也应该有十位以上的专家与KE对话过。"

"花费了很长时间？"香月问。

山野想了想，说："应该是花了一年多。"

"如果说是这样来推进作业，那么KE即中央电子的技术人员就会接触到贵公司大量的机密，是吗？"

"从某种意义上来说，他们是知道得最详细的，虽然这种说法有点奇怪。"

"那么，你们不担心中央电子会泄露情报？比如，当其他公司委托他们制作类似的专家系统时，也未必不会参照你们公司的成果。"

"的确，这一点是我们非常担心的问题，"山野目光严肃地看向香月，"因为我们无法为人的记忆上锁。剩下的就只能依靠我们公司与中央电子的互信关系了，光是有关保密的协议应该就多达数项。"

"这样就能万无一失了？"

山野略微放松了表情，轻轻摇摇头。"谁也不敢保证万无一失。

不过,如果发现情报泄露,并且原因在于中央电子,那么他们以后也就无法生存了。我们公司自然会索要巨额赔偿,而作为一家计算机服务公司,一旦失去信用就完了。他们也不会做那样的傻事。"

"这样啊,原来如此……"香月用铅笔敲着桌子,"您知道当时中央电子那边的技术人员也就是 KE 的名字吗?"

"当然知道。"他说,"急需吗?"

"不好意思,是得麻烦您尽快。"香月点头致意。

山野想了想,说了句"稍候",站起身来。大约十分钟后,他回到香月面前,手里拿着一个黑色文件夹。"有三名 KE。"山野边看文件夹边说。

"可以让我看一下吗?"

山野略微犹豫了一下。"这是绝密。"说着,他打开文件夹,放在了桌子上。

里面装着一些 A4 大小的简历。简历的左上角贴有名片大小的照片,是参与专家系统的 KE 的半身照。

当看到第三个人的资料时,香月的目光停了下来,因为他发现了杉本润也的名字。"果然。"他咕哝了一句。

山野看了看,显得有点诧异。

"您记得此人吗?"香月问。

"记得啊。我跟他打了一年的交道。"山野回答,"不过,我记得他好像只是个助理。当时另有负责人,他做助手。这个人怎么了?"

"被人杀了。"香月说,"一刀致命。"

山野吃惊得瞪大了眼睛。

7

周一，光平读完阿加莎·克里斯蒂的短篇，在收银台旁伸了个大大的懒腰，来回扭了扭脖子。随着小树枝折断般的声音，光平感到肩膀舒坦了一些。他按着眼角，微微舒了口气，回味起刚读过的小说内容。他对小说中的诡计有点疑问，不过并不是大问题。

将小说的内容温习过一遍后，光平再次思考起现实中的案子来：此前的推理有没有疏漏？自己有没有看漏什么？

没有，思考的结果是没有。推理堪称完美，剩下的只是去确认了。

问题是确认的方法。光平既非警察也非侦探，对此一点底都没有。他知道找香月是最稳妥的办法，可同时他也最不愿意这样做。虽然他自信地认为谜底几乎已全部解开，可还是心事重重。他很久都没有体会过这种难受的感觉了，这比自己欺骗父母说正在读研究生更加不快。

不知不觉间嗓子干渴起来，光平勉强挤出一口唾液，直接咽到喉咙里，感到一阵温热，有种铅一般的味道。

傍晚时分，很久没来的时田出现了。他两手插在夹克的兜里，歪戴着那顶标志性的红色贝雷帽。"光平，陪我打两局。"时田朝一张球桌努努嘴。

光平从球杆架上取下平时用的球杆。

"你是不是还有秘密瞒着我？"时田猛地开球后，用闹别扭般的语气说道。

"秘密？没有啊。"光平瞄准一号球出杆，球并未落袋。

"别给我装糊涂。"时田架好球杆，"老板娘谈了一个当医生的男朋友，叫斋藤，这你该知道吧？"

"啊，那个男人？"光平明白了，"我也是最近才知道的，哪有空跟你们说。"

"好吧。"时田击出主球，被击中的一号球完美地落入球袋。"听说他们要结婚了。"他面无表情地说道。

光平吃惊地看着他的侧脸。"老板娘说的？"

时田点点头，又瞄准了下一个目标球。

"是吗……要结婚了啊。"可能是因光平知道了斋藤和老板娘的关系，反倒促使他们下定了决心。不祥的事情接连发生，纯子肯定也想找个依靠。"你这大老板被甩了？"光平努力开玩笑。

"别胡说，"时田用球杆敲敲光平的屁股，"我只是她的一个粉丝，别胡说八道。快打球，该你了。"

光平觉得时田的声音有点沮丧。"对了，老爷子，我想问你一点事。"光平将二号球打进后说道，"广美家的钥匙藏在某处的事，你有没有听人说起过？这种情况也是常有的，对吧？将备用钥匙藏在牛奶箱或煤气表箱里之类。"

"备用钥匙？"时田皱了皱眉，"不知道。关键是这么重要的事不可能让别人知道。"

"一点耳闻也没有？"

"没有。快打啊。"

在时田的催促下，光平随便捅了一下主球，结果犯规了。

"你为什么问这种事？"时田把主球放到开球线内，一边瞄准目标球一边问。当对手犯规时，可以移动主球或任意一个目标球，而移动目标球时，则要放到靠近顶库的置球点或中心置球点。

"应该是有人擅闯了广美家。由于房门上了锁，没有钥匙是无法进入的。"

"那个人就是凶手？"随着猛烈的碰撞声，两颗球落入球袋。时田吹了声口哨，蹭了蹭鼻子下方。

"还不能确定。"光平说，"不过可能性很大。"

"幸亏我不知道钥匙的事。"时田清了清喉咙，再次摆好击球的姿势。

"我可以再问个问题吗？"

时田直起身，说："什么？"

"广美被杀的那晚，你在哪儿？"

听到光平的问题，时田的脸颊微微抽动了一下，他挺直腰板和光平对峙起来，肩部的晃动可以看出他呼吸紊乱。"你怀疑我？"

"抱歉。"光平从嗓子里挤出声音，"我不能只让你一个人例外。"

时田的表情瞬间痛苦地扭曲起来，他从兜里掏出七星香烟，抽出一根叼在嘴里，然后用售价一百日元的打火机点上，很难抽似的吐出一口浓烟。"我说光平，"他像发低烧了一样懒懒地说，"算了吧，罢手吧。反正一切都会结束的。"

"还没有结束。"

"结束了，"时田说，"已经结束了。现在无论做什么，死者都不能复生，只会给生者徒增烦恼。"

"老爷子，你知道凶手是谁？"

"我不是这个意思。"

"那你为什么突然说起这些来？"

"我是为你着想。你跟我们不一样，你早晚会舍弃这条破败透顶的街到外面去闯的。所以你最好忘掉发生在这里的这个案子，为自己的明天做打算。"

"我无所谓。"光平说，"这些我会考虑的。不过现在，我希望你回答我的问题。"

时田一下子泄了气，把还剩大半的香烟掐灭在烟灰缸里，瘫倒在一旁的沙发上。"我那天晚上一直待在店里。"

这样的答案光平早就预料到了。"抱歉。"他又说了一遍，"我只是想问问。"

"可以打了吗？"时田朝球桌努努下巴。

光平伸出手掌示意继续。

光平去一楼把其他客人点的咖啡和红茶取来时，井原正在陪时田打台球。光平觉得井原已经很久没在这里露面了。

"有没有新情报？"井原一看到光平便问道。

回答他的是时田："说是有人擅自闯入了广美小姐的住处。"

"哦……"井原保持着口型，打量了一下光平。

光平只好作答："闲聊嘛。"然后，他开始思考如何切换到一个更有趣的话题上。

就在这时，窗边的一名客人忽然欢呼起来。

下雪了。

时田与井原一直打到快关门。他们今晚的战况是七比三，时田领先。

光平站在窗边，一边凝望飘落的雪花，一边等待他们打进最后的十五号球。玻璃窗上映出他们的身影，窗外的细雪仍纷飞不停。

最终还是由时田获胜，比赛结束。"被你打败了。"井原叹息道。

"你今天状态不佳啊。身体不舒服？"

"谁都有这种时候，对吧，光平？"井原向光平寻求赞同。

"是啊。"光平笑着回答，"陪你们走一段吧。"

三人离开青木时，雪略微小了一些，但人行道上已经积了薄薄的一层。三人走在上面，立刻留下了清晰的脚印。

"看。"时田朝前方努努下巴，"脚印屈指可数，就算时间很晚了，也不像是大学旁的街道。站前大街可不是这样，雪都没机会积起来。"

井原没有回应，默默地移动着脚步。光平自然也沉默无言。

三人在MORGUE前面停住。

"怎么，不喝点？"时田不满地看着光平。

"今天没心情。不过，店还是要进的，我找老板娘有点事。"

"那我也陪陪光平吧，但不能待到太晚。"

"连你都这样？真不够意思。"时田绷着脸。

三人走进店内，纯子的职业笑容立刻消失，换上了亲切的微笑，但看上去有些不自然。她招呼道："好久没见到你们，三人一起过来了啊。"

店里有两名客人，一名是点心店的岛本，另一名是医生斋藤。斋藤依然坐在吧台的最边上，默默地喝着酒。光平猜测，纯子的态度之所以有点慌乱，大概是他在这里的缘故。

"你男朋友也在啊？"时田看看斋藤说道。

纯子低下头，斋藤则装作没注意到他。

"别这样说。"岛本一边让时田坐下一边说，"老板娘也有追求幸福的权利嘛。和时田老板你在一起的话，年龄差有点大。"

"我可没说这个，"时田噘起嘴，"只要老板娘幸福就行。只不过——你是姓斋藤吧？老板娘可就拜托你了。我也会帮你的。"话到

225

一半时，他竟朝斋藤说了起来，当说到"拜托"，他甚至还摘下了红色贝雷帽。斋藤微笑起来，轻轻点头回应。

纯子似乎略微安心下来，意识到光平等人仍站着，她露出一副纳闷的表情。"不坐吗？"

"嗯。"光平轻轻点点头，随即抬起头来，"其实，我来是想问你一些事。"

8

香月与年轻警察走出那家公司的大门时，雪花再次飞舞起来。年轻警察不由得竖起衣领，喃喃地说"下起来还真是没完没了"。"怎么办？去哪儿？"年轻警察问。

"是啊……"香月看着亮起前灯的车一辆辆疾驰而过，说，"你先回去吧。"

"那香月前辈您怎么办？"

"我想顺便去个地方。"

"学生街？"年轻警察问。

"……差不多。"

"去看凶手的动静？"

香月瞪了年轻警察一眼，轻轻摇摇头。"还没确定是凶手。"

年轻警察并没有退缩。"动机不是已经很清楚了吗？"他转过头望着刚离开的地方说道。

"光靠这些还不行，我需要证据。"

"从他和松木的联系入手怎么样？他肯定立刻就会招供。"

"没那么容易。我先走了。"香月离开年轻警察,轻轻抬起右手。一辆摆动着雨刷的出租车刚好路过,停在了路边。

"要不要我去科长那边说一声?"年轻警察问道。

香月钻进出租车,朝他点点头。"小心点。"

年轻警察格外礼貌地点头回应。

香月说出目的地后,司机通过后视镜看了看他的脸。"那里是不是最近发生杀人案的地方?"

"是吗?"香月含糊其词。

"是啊。听说尸体被装饰在了圣诞树上,还成了有名的一景呢。"司机是一名长发年轻男子。收音机里播放着马勒的音乐,略带和风的旋律竟与窗外的雪景格外和谐。

"被杀的只有一个人吗?"香月脑中忽然闪过一个念头,便试探着问道。

司机摇了摇头。"应该是,不过具体情况我也不记得了。"

香月的视线回到窗外。他再次认识到人死后便是如此。就算人们能记得关于圣诞树的案子,松木和广美的死恐怕早就被忘到九霄云外,谁也不会认为这其中有何关联。对别人来说,这些都无所谓。

收音机开始播放低俗的谈话节目时,司机放慢了车速,问道:"是停在这儿吗?"他们来到了大学正面的大街,即新学生街。

"不是这边,是旧学生街。"

司机纳闷地想了一会儿,才连连点头。"啊,是后街那边啊。那里还有店铺?"

"还有几家。"香月说。

香月在 MORGUE 前面下了出租车。店前的路上也积了雪,地上有几个脚印,虽散乱,却保持着方向。街上空无一人。仿佛一切声音都被雪吸收了，静谧覆盖着整条街道。香月故意咳了一声，想刻意打破这种静谧。声音仿佛撕裂了寂静的四周。他打开店门，面带微笑的纯子转过身，表情立刻僵硬起来。

"客人好像依然很少啊。"香月环视店内说道。

吧台旁只坐着三名男子，其中二人很面熟，一个是姓时田的书店老板，一个则是策划巨大圣诞树这一愚蠢活动的点心店店主，似乎姓岛本。二人看向香月的目光中都怀有敌意。

"您来点什么？"纯子不带感情地问道。

"有点事想问你。"香月说，"你知道一本叫《科学·纪实》的科学杂志吧？"

纯子生硬地看了看吧台旁的客人们，又把目光转回香月身上。"知道又怎样？"

"听说是松木交给广美小姐的，是吗？"

"……那又怎么了？"

"当时，除了杂志，有没有给其他东西？"香月直直地盯着纯子。

纯子低下头避开那锐利的目光，唇角挂着微笑擦起酒杯。"忘记了。"

"你能想起来的，应该是给了什么。"

"这有什么问题吗？"时田突然在一旁插话道。他对突然出现的香月怒目而视。

香月苦笑了一下。"和你无关，抱歉，请少插嘴。"

"和我是没有关系，我只是看不惯你这种奇怪的做事方式。其他人也是，一杯酒都不喝，还净问些奇怪的问题。"

"其他人？"香月纳闷地问。

"刚才还有两个人，也是只提问不喝酒，"点心店老板告诉香月，"而且问的问题也和你的一样。是吧，老板娘？"

纯子无奈地点点头。

香月朝吧台探身。"谁来问过？"

纯子轻轻抬起头，把擦亮的酒杯倒扣过来。"光平啊。"

"果然。"香月说，"看来他也逐渐接近真相了。这是自然，毕竟他的行动开始得更早。"

"我跟那孩子也是这么说的，我说'很遗憾，记不清了'。"

"想起来之后请通知我。"香月转身，打开门走到外面，脚印立刻清晰地印在了雪地上。见此情形，他忽然一愣，迅速回过身来打开门，盯着店内的人们。"刚才说的是'两个人'吧。"他对所有人问道，"说有两个人只问不喝，是吗？"

"是啊。"岛本回答。

"是津村光平跟谁？"

"绅士啊。"时田不屑地说，"估计你也认识，就是平时总穿着西装来打台球的那个人。"

"什么时候来的？"

"我不是说了吗，就在刚才。"

"现在去哪儿了？"

"不知道啊。"

香月像猎犬一样冲出店门。

9

雪又下起来了，光平和井原一起离开 MORGUE，在雪中慢慢走着。十二月很少会下这么大的雪，连不时经过的汽车都行驶得很小心。

"好安静的夜晚啊。"撑着黑色大伞的井原平静地说。口中吐出的气息格外白,仿佛直接被冻住了似的。

"是啊。"

"方便的话,到我家去坐坐?"井原说,"请你喝点热的。"

"不了。"光平摇摇缩在棒球衫里的头,"今晚就先算了,我还有个地方想去。"

"是吗?"井原微微点头,脸上露出温和的笑容,转身向前走去。皮鞋踏在积雪上的声音极富节奏。

二人来到道口附近,拐角处的西装店里传来了《铃儿响叮当》的旋律。橱窗的玻璃总是模糊不清,仿佛这家店睡迷糊了一样。光平略微放缓了脚步,倾听着音乐。一阵嘈杂声突然响起,是道口的警报响了。

"我要去广美家,"光平对和他一样放慢了脚步的井原说,"有件事想确认一下。"

"嗯……"井原挠了挠鼻侧,"和案件有关吗?比如广美小姐被杀的状况之类。"

"是的,"光平望着井原的眼睛回答,"正如你所说。其实,现场就是一个密室。"

"密室?"

"对。凶手杀死广美后,应该无处可逃。"

"有意思。"井原的声音变大了,"啊,抱歉,我不应该说有意思……不过你一定要详细地和我说说。"

"那你能稍微陪我一下吗?"光平问。

井原用力点了点头。"当然可以。为此回家晚点也没办法。"

"那我就边走边给你讲吧。"

二人朝公寓走去。光平向井原解释了一下密室的情况。井原不时佩服地点头，发出惊讶的声音。在光平眼里，此时的井原看起来就像一名纯真的少年。

"原来如此，的确是密室，没想到这种推理小说般的事情居然会在现实中发生。你解开谜底了？"

"基本上。"

"嗯，所以你才打算去确认你的推理？我也想起了一件事。"

"你也解开谜底了？"光平平复着心中的不安问。

"当然了。"井原语气平和地说道，"或许和你一样，我也是心中突然闪过一个念头。"

"能不能让我也听听你的推理？"

"好啊，让我们来个推理大战。"井原看上去真的很高兴。

光平和井原进入公寓，乘电梯来到六楼，在广美被害的电梯间相对而立。

"广美小姐就是倒在这里的，凶手的身影却忽然消失了……是这样吧？"井原确认般地问道。

光平点点头。

"可是，你会不会漏掉了一点？凶手未必总往下逃。"

"楼顶？"光平看向上方。电梯能上到六楼，如果继续走楼梯还可以到楼顶。

"凶手在上面一直躲到事态平息，这种情况也并非不可能。"

"可是，警察应该调查过。"

"总之，我们上去看看再说。"井原啪地拍了一下光平的肩膀，走上楼梯。

上面有一个小小的楼梯间，门从另一侧锁住了。假如有人从这里出去，锁应该是开着的，但光平并不清楚广美被杀时的情况如何。

光平第一次爬上这座公寓的楼顶。没有灯，只能隐约看到积雪的白色影子。走在上面时，就像半夜离开山中小屋的感觉，心里非常不安。

雪仍在下，眼前是一片寂静的黑暗，仿佛连雪一片片落下的声音都能听到。远处传来汽车的喇叭声，随即消失。

"凶手能不能藏在这儿呢？"走在前面的井原突然回头问。

光平停住脚步，用力摇头。"不可能。"

"为什么？"

"警察应该调查过了。若楼梯间的锁是打开的，他们不可能发现不了。而且躲在这种地方对凶手也没有任何好处，那时候最重要的应该是及早逃脱。在这里一旦被发现，那就全完了。"

"言之有理。"井原迅速转过身，"我的推理不合格？"

"很遗憾。我想凶手是不会这么做的。"

"嗯。"井原又向前走了走，踩在雪上的声音随即传来，"下面就让我听听你的推理吧。"他继续说道。

光平的视线从井原宽阔的后背移向他擦得锃亮的皮鞋，又看向清晰地印着鞋印的雪面。"最重要的是，"光平低下头说道，"广美到底是在哪儿被杀的。"

"在哪儿？"井原的声音很低沉，"我不明白。为什么这一点很重要？她不是在电梯里被杀的吗？"

"只是尸体在电梯里而已。"光平语气平静地说。

"这么说……凶手转移了尸体？可就算如此，凶手逃脱的方法才是最重要的啊。"

"不。"光平挺起胸，深吸了一口气。冰冷的空气穿过喉咙，刺激着肺部。"凶手并未转移尸体。"

"那你说是谁转移的尸体?"井原回过头来。二人在夹着小雪的风中相对而立。

"这里有好几个疑点。"光平说,"首先,广美跟凶手都不是从一楼上的电梯,而且广美最后并未把家门钥匙装进包里。"

"钥匙?"井原露出不解的表情,"那又怎么样?"

"广美应该总是会把钥匙放在包里的。虽然包被盗了,钥匙却掉落在她身旁。"那把钥匙如今在悦子手里。

"我不懂你到底想说什么。"井原的声音中带有一丝焦躁。

"不懂?因为她需要从包里拿出钥匙。为什么?理由只有一个,为了进自己的家。可见,她是打开锁走进去后被害的,当时,她手里恐怕还握着钥匙吧。凶手行凶后就逃走了。这些都发生在我赶到公寓之前。"

"既然这样,尸体应该在她家里啊。"

"如果就这样死掉……"

因为逆着光,光平看不清井原的表情。不过,他的嘴角一瞬间抽搐了一下,这一点仍没有逃过光平的眼睛。

光平继续说道:"如果就这样死掉,那她应该倒在那里。可是,她使出最后的力气站了起来。在凶手离去后,她出了家门,走过走廊,然后上了电梯。我在一楼的时候,上行的电梯之所以停在了三楼,其实就是她按的。她要去的当然是六楼,所以电梯又在六楼停下了。"

"为什么?"井原问,"她为什么要做这些事?"

"当然是为了求救。"光平回答,"因为 MORGUE 的老板娘就住在六楼。老板娘去了店里,但意识模糊的广美产生了一个错觉,以为走到那儿就能获救。"

"可是，这样应该会留下血迹。"

"人被捅伤，尤其是凶器仍扎在上面的时候，血几乎不会流。可是，她的生命力也到此为止——到达六楼前，她就在电梯里咽气了。电梯门打开的同时，她的身体随之倒下，倒地瞬间使凶器更深地刺入，这才从伤口中流出大量的血来。"

悦子无意中的一句话，让光平得到了启发。

那时，广美还抱着花束，穿着外套，都是被刺后拼命求生的样子。

"原来如此。"井原又转身背对光平，缓缓地迈出脚步。光平跟在后面。

井原说："凶手逃走后，是广美小姐独自乘电梯移动的，是吗？的确，若是这样，就合乎情理了。"

"不过，"光平对着井原的后背说，"问题是我们要解的并不是这个谜。重要的是凶手为什么会在广美家。"

"哦？"井原的语气没有变化，"为什么？"

"在说这个之前，我们需要先把这一连串案子梳理一下。首先是松木被杀一案，他的住处曾被翻乱。"

"好像是。"

"也可以说，对方是在寻找某样东西。此后不久，青木的沙绪里家也出现了被人潜入的迹象。"

"我怎么不知道？"井原露出一丝意外的表情，不过光平并不清楚他为什么感到意外。

"凶手在杀死松木后想拿到什么东西，却没有找到，于是闯进了与之关系亲密的沙绪里的家。如此一来，凶手出现在广美家的原因也就不言自明了。"

"你是说，凶手是在找某样东西？"

光平点点头。"此前我一直认为广美是在电梯里被杀的,所以把注意力放在了凶手杀死她的动机上。但如果凶手事先就已潜入她家,事情就完全不一样了。因为被她发现,凶手无奈之下才杀害了她。"

"可是,凶手侵入沙绪里家的行为可以理解,他有必要潜入广美小姐的家吗?松木和她没有联系吧?"

"没有,"光平回答,"这一点我待会儿再说明。总之,凶手在她家里的理由可以解释清楚了。但让我不解的是,无论我如何检查广美家,都没有发现有人翻找过的痕迹。因为她的家跟沙绪里的不同,十分宽敞,不可能一下子就能找到某样东西。如此一来,可能性就只剩下一个,即凶手事先早已知道那东西藏在哪儿。"

井原似乎说了句什么,光平并未听见。

"不,藏在哪儿的说法并不恰当,或许说他知道那东西的标志更为确切。那么,那个标志是什么呢?其实就留在案发当晚的广美的家里——那本《科学·纪实》的创刊号。"

膝盖在不停地发抖,光平的脸却涨得通红。不知不觉间,雪停了,井原也停下了脚步,静静地俯视着夜晚的街道。

光平做了个深呼吸后再次开口:"我不清楚凶手为什么会知道那本杂志是标志,但从刚才的推理来看,知道广美有那本杂志的人便是凶手。会是谁呢?综合各种情况,只有三人。第一个便是目击松木把杂志交给广美的 MORGUE 的老板娘。"

"还有两个是听说过这件事的时田老板跟我,是吗?"

"没错。"光平紧张起来,"老板娘有不在场证明,这一点我知道。时田老板也没有作案时间。"

"那么我就是凶手喽?"

啪嗒一声,有什么东西掉到了雪地上。光平定睛一看,黑伞倒在了井原脚边。光平感到他似乎要准备行动了。

"动机是什么？你在寻找的东西到底是什么？虽然这些我都不知道，但除了你，凶手不可能是别人。以我的猜测，这大概和松木以前从事的工作有关吧。"

井原并未回答，仍注视着霓虹灯闪烁的站前一带，仿佛真的在欣赏那里的风景一样。就这样过了一会儿，井原轻微地咳嗽了一下。光平不由得紧张起来。

"我和松木啊，"井原背对着光平，缓缓开口，"是在一家台球厅兼酒吧的小店里认识的。墙上安着液晶电视，总在播放一部名叫《赌徒》的电影。"

"你们并不是在青木认识的，是吗？"光平想咽一口唾液，可是口中干燥得连一丝水分都挤不出来。

"这是他来这条街之前的事了。当时我在公司的处境有点不妙，想赶紧干一件能让我大放异彩的工作来挽回颓势。这时，太田副教授身边的一个学生把松木介绍给了我。我和他见面聊了聊，发现他的工作内容对我非常有帮助，我便想和他联手。"

"就像间谍一样？"光平问。

井原微微笑了。"你真聪明。你这种能力用在别处该有多好。"

"于是，松木就从公司辞职了，是吗？"

"也是为了掩盖泄露情报的事实，需要一个恰当的空白期，他便选了这条学生街作为藏身地。这儿离我家近，还能以打台球为借口，随时碰头。"

光平终于明白了松木来到这条街的理由，也理解了他经常挂在嘴边的"逃离"的意思。"泄露情报的补偿是什么？"光平问。

"把他招到我们公司来，给予特殊待遇。但他真正的目的是以此来敲诈我和公司。"

"所以你就把他杀了？"

"我只能说这是无奈之举。"井原转向光平。在车站灯光的映照下，他的眼睛熠熠闪光，表情却像能乐面具一样毫无变化。

"你所要寻找的，就是你们合作的证据？"

"没错，可以说是字据。为了取回它，那天我和松木约好见面。"井原将身体正对着光平，右手慢慢地从外套的兜里抽了出来，手里紧紧握着一把匕首。

"不过，松木没有犯错，他并未把东西放在自己的住处，而是在和你见面之前交给了别人。"

光平一点点往后退，运动鞋的鞋底磨蹭着地面。他感到井原已经做好了攻击的准备，一旦自己动作过大，井原随时都会扑上来。

"到底交给谁了呢？我十分害怕。如果不赶紧拿回来，后果将无可挽回。我最先想到的是沙绪里，可是字据并未在她那里。"

"这时你得知了科学杂志的事？"

井原面无表情地点了点头。"松木没理由将这种科学杂志交给小酒吧的一个女人。于是我恍然大悟，也许字据就夹在那里面。剩下的就是我什么时候、如何潜入将其取回的问题了。"

"你知道广美家有备用钥匙？"

"没错。"井原说，"也许纯子不记得了。有一天，她身体不舒服提早打烊，我们就谈到了这个。她说要顺便去广美小姐家一趟，我就试探着问'广美小姐大概不在家吧'，结果她说'有办法进去'。我当然就跟踪了她，然后知道了藏钥匙的地方。"

光平感冒卧床的时候，纯子突然闯了进来。原来，当时还有一个人也来到了公寓。

"剩下的就只是尽早拿回字据了。为防万一，我决定在周五这天行动。"

"周五？"

"你不知道？这座公寓的管理员周五肯定是不在的。万一被他看到相貌就糟了。"

光平终于明白了。他知道公寓里有一个管理员，却一直没有在意。"你只是潜入，没想过杀人？"光平问。

"那得以拿到东西为先决条件，不过最终恐怕还是要杀掉的。"井原回答。

"对我也一样？"

"没错。"井原露出深邃阴险的微笑，"对你也一样。"

"我可以问一下吗？"

"什么？"

"你平时都是这样随身带着刀子吗？"

井原笑了，鼻子里冒出阵阵白气。他边笑边向前迈步，果断地占据了有利位置，看上去无懈可击。"并非总是这样。不过，我有一种莫名的不安，觉得快要用到这东西了。你刚才在MORGUE问老板娘了吧？你问除了科学杂志，松木还交给了广美小姐什么。听到那句时，我暗自庆幸准备好了匕首。而且，关于密室的那番话也给了我压力。"

"其实这一切都是刺激你的手段。"

"是的，因为你早就猜到了凶手是谁。你选择了一条豁上性命也要和我对决的道路。可是，我只能说你太鲁莽了。我的手里握有王牌，你手里却一无所有。"

井原巧妙地和光平互换了位置，光平背靠着护栏。

井原持刀步步逼近。"只要你死了，谁也不会怀疑到我。从这种意义上说，我真是太幸运了。只是，对你的推理我要做一个补充，广美小姐被刺后出去求救时，似乎没有锁门。当然，意识模糊的时候谁还顾得上做这种事。如果门就那么开着，警察和你恐怕早就发现真相了。因为我忘记把钥匙放回门牌后面，当时我回到了她家，顺便锁上门离去。巧合的是，当时好像正是你听到女人尖叫后冲上楼梯的时候。于是我径直逃走，真幸运，竟没有被任何人撞见。"

"好运总有一天会到头的。"

"不过这并不适用于我。"

匕首凶狠地刺来，井原那看似笨重的身体爆发出超乎想象的速度。光平勉强躲开，夹克的领子却被井原用左手揪住。

"我再告诉你一点，别看我这样，我可是练过柔道的。你也许会想，如果动起手来，自己是不可能输的。可是你错了，松木也错了。"

"啊！"光平惊呼声未落，身体已被扔到了雪地上，衣领却仍被揪着，无法挣脱。匕首随即挥了过来。光平拼命抵住井原持刀的手。刀尖掠过手背，鲜血滴到了胸口上。

井原将全身的重量都压在匕首上，力气很大，光平的胳膊快被压断了。他拼命抵住，左脚狠狠地朝井原的腹部踢去。随着一声呻吟，压在他身上的身体终于离开。

光平刚站起来，井原就已调整好了姿势，重新握紧匕首，正要发起第二次攻击。

"住手！"这时，一个声音忽然从光平背后传来。他回过头，看见香月正站在那里。

"好了，快住手吧。这样谁都得不到好处，在这样的雪天里大闹也没什么意思。"香月慢慢地靠近。来到光平身旁后，他叹了口气看着井原。"你恐怕也没有得到任何好处吧，人杀了好几个，钱却一点

239

都没赚到。"

"你们是不会明白的。"井原平静地说。刚才的动作那么剧烈,他的气息却丝毫没有紊乱。"你们知道我们有多辛苦吗?先看看你脚下吧。"

光平闻言不由得目光下移。

井原说:"你们脚下的地基,你们以为都是谁支撑起来的?是不断生产着享誉世界的产品的制造业工人们。你们只会在我们所搭建的地基上自说自话,什么向往自由生活,什么讨厌制造业,都是胡扯。像你们这种任性的人怎么能理解凝聚着我们鲜血的奋斗!"

光平没有抬起视线,只是注视着被踩乱的积雪。

"随你怎么说。"香月说道,"扔掉你的匕首,过来让我逮捕你,这样我又能多一件功劳。"

井原再次发出他那奇怪的笑声。"你的想法很有意思,但我是不会让你抓住的。"

一切发生在瞬间,甚至还没等光平叫出声来,井原便敏锐地翻越了楼顶的护栏,径直跳下。他的身体在光平二人的注视中旋转半圈,随即消失在黑暗中。

只有脚印留在雪他上。

10

警察处理井原的尸体时,光平在广美的家里与悦子相对而坐。录像机里一直在播放卓别林的老电影,却没有人观赏,只有独特的背景音乐回荡在空旷的房子里。

"真是乱来。"悦子喝了口白葡萄酒说,"你既然都猜出凶手是谁了,为什么不先告诉我一声?这不是你一个人的案子。"

"是我错了,我向你道歉。"光平抚摩着邋遢的胡子低下头。融化的雪早已打湿他的头发。

"总之,不许你一个人自我表现。不仅凶手死了,你还差点送命。"

"因为我没有任何证据,只能穷追猛打,让他自取灭亡,而今晚也正是绝好的机会。"

"下着雪,又有氛围?"

"对,"光平认真地点点头,"下着雪。"

"荒唐。"悦子猛地举起酒杯,浅金黄色的液体随着泡沫一起灌进了她的喉咙。看到她的样子,光平想起了深夜电影插播的广告。

"这么说,姐姐终究还是受松木的牵连才被杀害的?"悦子托着腮说。听声音,她好像在拼命压抑着感情。

"从结果上来说是的。"光平说,"不过我想,所有非自然死亡都是因受某种形式的牵连导致的,无论是飞机事故还是大楼火灾都不例外。若是被真正的电梯魔杀害,那恐怕连这一说法都没有了,只剩下一种结果。"说着说着,光平意识到自己的语气似乎带着辩解的意味。自己到底是在辩解什么呢?

"可是,松木为什么要把那个字据交给姐姐?交给你也行,让沙绪里保管应该也可以。"

"他是不是觉得,那样会立刻被井原发现?如果是个难以料想到的人,这对井原也会形成一种威胁。其实井原的确搜过沙绪里家。"

"姐姐恐怕也不知道杂志里夹着那么重要的东西吧。我觉得她一定连自己为什么会被刺都不清楚。"说完,悦子沉默下来,似乎在透过空酒杯看着什么。

光平一时找不到合适的话，也像她一样沉默下来。

打破沉默的是门铃声。悦子出去后，先传来了开门声，继而一个熟悉的声音响起。"原来主角在这儿啊。"香月环顾室内，思考片刻后倚在了沙发的靠背上。大概是因为他常坐的地方已被光平占了。

"我是不是也应该向你道歉？"

香月惊诧地皱起眉。"道歉？为什么？"

"因为我让凶手死掉了啊。你肯定会觉得自己能独自处理得更好。"

香月抿嘴一笑。"是他自己想死的，这样的人谁都拦不住，而且他只有这一条路。"他的声音越来越大，来回打量着光平和悦子，"总之，案子告一段落。我也想加入庆祝的行列。"

"有酒啊。"悦子从架子上拿出一个空酒杯，"不过我事先说明，虽然光平已经把大致情况都告诉我了，有关案子的背景仍有很多不明之处。"

香月无奈地苦笑了一下，拢了拢微微濡湿的头发，露出工作结束时的疲态。

"你是怎么知道井原是凶手的？"光平问。

香月点上香烟，美美地吸了一口，然后拿过茶几上的烟灰缸，弹了弹烟灰，终于无奈地开了口："你给我的那本杂志，最终让我抓住了关键。"

"……果然。"

"当然，我也走了很多弯路。"香月讲述了松木企图靠和某大学的共同研究情报混进另一所大学，并于一年前与一名姓长谷部的学生接触。

"长谷部曾在太田副教授的研究室待过，最近死了。"

"被人杀了？"

"也许吧,我们当然会怀疑太田副教授。因为从松木以往的行为来看,比较合理的推理就是松木把某个情报泄露给了太田。不过,这种推理也存在着各种问题。我们便猜测松木兜售情报的对象会不会不是大学,而是企业。于是,我们开始关注刊登在那本科学杂志上的专家系统使用案例。"

"你是说,松木参与了那些案例?"

香月点点头。"我们调查了杂志报道中和松木曾工作过的中央电子有关的公司,结果一家名叫新日电机的公司浮出了水面。对了,新日电机你知道吗?"

"知道,一家大型家电公司。"

光平回答后,香月点点头,好像在说"好的"。"新日电机为了调整公司结构,应对即将到来的人工智能时代,开始了一项名为生产技术专家系统的开发。这个词解释起来太长了,我能不能省略?"

"只要和正题无关就行。"光平说。

"你把它当成一种新的计算机系统即可。这种系统一旦开发成功,将会成为公司的重大成果。同时,这也是一项绝密工程,绝对不能让竞争对手知道。"说到"绝密"时,香月刻意加重了语气。

"松木也跟这项工作有关?"

"开发这个系统需要工具,而这个工具就是由中央电子公司提供的。松木作为一名技术指导曾出入过新日电机。查明这一点后,我顿时眼前一亮。井原所在的东和电机是新日电机的强大竞争对手。松木的情报对井原非常重要,对吧?而且井原与太田来往密切,松木又与太田的学生长谷部接触频繁。于是,井原和松木之间也有了连接点。"

跟井原所说的完全一致,光平想。"于是,他们就勾结起来,开始了间谍行动？"

"我并没有确凿的证据，就去东和电机调查了一下，结果发现了一件有趣的事。当时井原在公司业绩不佳，差点就要被派到承包公司去。说得好听点是外派，其实就是降职。可就在这节骨眼上，他突然提出了一个计算机应用的新项目，并运用该项目极大提高了工作效率。最终，他的工作成绩得到了高度评价，降职处理也被取消。对方并未向我透露项目的内容，但我认为，恐怕跟新日电机的生产技术专家系统是同一种东西。"

"大概是参考松木的情报改进的。"

"我也是这么推理的。如此一来，今后对井原形成威胁的就是松木了。虽不清楚二人之间到底达成了什么样的交易，井原蓄谋杀害松木是完全有可能的。而长谷部的死，据我推理，井原也是为了灭口，怕他说出自己和松木的关系。"

"这是什么人啊！"光平咬着嘴唇。

"至于杀害广美小姐一事，我推断是因为她知道了这一秘密，在我思考她为什么会知道时，注意到了松木曾给她科学杂志一事。我便想，说不定松木与井原之间存在勾结，而证据就夹在那本杂志里。"

事实正是如此。也许最初松木只是想把字据单独交给某人，可在看到时田手中的杂志后，很可能觉得把两种东西放在一起会更容易揭露井原的企图。

松木的灵机一动最终起到了效果。如果没有那本杂志，一切都会石沉大海。

"于是我便去找 MORGUE 的老板娘确认情况，没想到竟有人抢先问了同样的事，而且那人还是跟凶手一起去的。"香月望着光平，用揶揄般的口吻说道。

光平缩了缩脖子,无言以对。

"你怎么知道他们会在楼顶上?"悦子问。

光平也有同样的疑问。

香月指指自己的太阳穴说:"警察的直觉。还有一点,下雪天也给你带来了好运。因为地上留下了足迹,在行人稀少的路上,一直延伸向公寓。我便推测可能是你们二人的。"

"真得感谢你。"光平说。

"你还是感谢雪吧。"香月回答。

"对了,"悦子来回打量着光平与香月说,"堀江园长被杀的案子呢?他也是被井原杀死的?"

"目前还不清楚。"光平说,"我当时也想问井原,可他突然袭击我。凶手恐怕也是他吧。或许是堀江从广美那儿听到凶手的名字后,便来见他,结果被杀害。"

悦子并未回答光平,而是径直问香月:"香月先生怎么认为?"

"我现在也一时说不上来。"香月说,"但很快就会水落石出的,因为我们有各种调查手段。总之,你们就不要再插手了。"

"你就是跪地祈求,我们也不会插手的。"悦子说。

11

时间像风一样转瞬即逝,几天过去了。

光平从被窝里醒来,披着毛毯抽出门后信箱中的报纸打开。大量岁末大甩卖的小广告被自暴自弃般夹在报纸里。

有关那件案子的报道,他连只言片语都没有找到,一个新案子填满了版面。被窝里的光平深深感慨道这个世上的案子太多了。

那件案子的善后处理中，最麻烦的是东和电机公司的责任问题。东和坚称间谍行动完全是井原的个人行为，这一点大概是真的。比较棘手的是新日电机向东和提出的公开专家系统内容的要求，东和表示井原只是系统开发项目中的一名成员，他对系统的贡献只是一小部分，拒绝公开。这个问题似乎很难解决，但这跟光平没有任何关系。

光平合上报纸，一咬牙从被窝里跳出来。今天似乎仍十分寒冷。

光平来到青木，咖啡厅里一个客人都没有，只有沙绪里像往常一样在里边的桌子旁剪着指甲。

"新年怎么过？"沙绪里交叠着充满魅力的双腿，问道。

"还没想好。你呢？"

"嗯……有人约我去滑雪。"

"男朋友？"

"算是吧。"沙绪里回答。她到底有几个男朋友，光平完全弄不清楚。

"我大概要在家里睡懒觉吧。"光平说。

"不回老家？"

"回不去，也不太想回。"

沙绪里"嗯"了一声，好像明白了。剪完指甲，她又开始仔细地锉起来。"MORGUE 的老板娘，"锉到拇指的时候，她说道，"说是要结婚了，和一个综合医院的医生。"

"我早知道了。"

"她好厉害，就要成为阔太太喽。估计 MORGUE 也快关门了吧。"

"是啊。"光平也这样想，而且他希望如此。

"最近净是些烦人的事，说不定老板娘结婚能除一除晦气，这样最好不过。"

"是啊。"光平说。

"案子好像也顺利地侦破了。"

光平并未作声。他坐到台球厅的收银台旁后，也一直没有客人来。正值寒假，来大学的一般都是自主训练的体育社团成员。就连他们也无须特意绕一大圈到旧学生街来，因为此时连新学生街的台球厅也空荡荡的。

光平坐在椅子上，望着连日遭受折磨的球台。它们似乎也在以自己的方式回顾着走过的这一年。光平也想学它们的样子，可心里仍无法释然，让他不能痛痛快快地品味即将到来的新年。他知道让自己不平静的根源是什么，是广美的过去。虽然这与广美被杀以及围绕在她身上的各种谜团无关，光平仍不想就这样不明不白地结束。

总是纠结于这些事情究竟有没有意义，就连光平自己都无法给出明确的答案，最终还是沦为一种想了解心爱之人一切的自私想法。他叹了口气。一想到自己还要继续纠结下去，他就不禁叹气。

光平坐回到椅子上，试图去想一些轻松的事情时，香月来了。他两手插在衣兜里，只用眼神打了个招呼。

"怎么像座幽灵城市似的。"香月说。见光平未作声，他又补充道："我是说这条学生街。路上没有行人，所有店铺都像是关张了一样，连一条野狗都没有。"

"因为到年底了吧。"光平说。不过，若对方问起是否一到年底所有学生街都是这样，他还真没有自信肯定，因为他也觉得这种情况是不可能的。

香月并未继续这个话题，而是说："我有点事想问问你。"

"尽管问。"光平回答。他现在已没有理由敌视警察。

"是有关堀江园长被杀的事,有一点我想确认一下。"

"确认?"光平略一思忖,提议让沙绪里也一起来。"因为发现尸体的时候她也在场。去一楼边喝咖啡边聊怎么样?我请客。"

"主意不错。"香月说道,声音听起来却有点沉闷。

来到一楼,生意同样萧条。二人倒上咖啡,边喝边在桌边聊起来。

香月的问题和案发当夜的时间有关。"圣诞树最初亮起的时间是将近午夜十二点,当时井原在场吗?"

光平和沙绪里互相确认后,回答"在场"。

"你们看到他回去的情形了吗?"

光平说"没有",沙绪里也在旁边点点头。

香月长舒一口气,看着他们。"你们从圣诞树前离开的时候是十二点过后吗?"

"是啊。"沙绪里回答,"然后就去了MORGUE。"

"当时圣诞树上没有任何异常吗?"

"没有。"光平说,"至少没有尸体。"

"发现尸体的时候是凌晨一点?"

"没错。具体情况应该都告诉当时出警的警察了。"

"我只是确认。"香月神色不快地说。他来回看了看光平和沙绪里,为难地微微向右歪着头。

光平第一次见他露出这种表情,十分意外。"遇上棘手的事了?"

香月苦笑着微微点点头。"算是吧,反正不太愉快。"说着,他打开警察手册,一边看一边用淡淡的口吻说道,"那天晚上,井原是看完热闹后和商业街的人们一起回去的,而且当晚井原家里来了很多亲戚,一直喝到快天亮。当然,我们也怀疑过这是不是伪证,但提供证词的是关系不算特别紧密的亲戚,事到如今做伪证也没有任何意义。"

"那么,"光平停顿了一下,"他有不在场证明。"

"没错。"香月合上警察手册,脸上露出一副极不情愿的神情。

"看来杀害堀江园长的另有其人了。"

第五章

陵园 教堂 再见

1

再过几天，新的一年就要到来了。学生街有如一条船员全部逃离的废船。

年末的最后几天，光平是借打扫台球厅和浏览放在店内的报纸上的招工广告度过的。他预感到一个时间节点正在向他靠近。

前一阵子，时田和岛本等附近喜欢打台球的人还不时露面，但若仔细看他们打球的样子，都像是刚从睡梦中醒来一样，赢了高兴不起来，输了也无所谓。最近两三天，就连他们也都不来了。

堀江园长被杀一案仍未取得任何进展。井原有不在场证明，对凶手使用的三把匕首进行调查后，发现杀害松木、广美的凶器都是市面上销售的登山刀，而扎在堀江园长胸口的则是一把水果刀。井原袭击光平时所持的也是登山刀。所有情况都表示凶手另有其人，但警方并未掌握其他可以找到真凶的线索。

说到匕首，曾有另一名警察来到光平的住处，拿着一把水果刀问他是否眼熟。那是一把白色塑料柄的刀，十分常见。即便随意说它是某个路人的刀子，恐怕对方也无法立刻否认。既然那把刀是唯一线索，那么寻找凶手就极其困难了，身为外行人的光平也能想到这一点。

悦子来到青木时,光平正在保养球杆。没有客人,早晨擦过的地板依然光可鉴人。三楼的台球厅和二楼的麻将馆从昨天起就进入了休业期,今天只对工具和备用品进行保养。

"没想到你的工作环境这么好。"悦子一进来就做了一个深呼吸,然后说道。她今天穿了一件黑色的短款皮大衣,大概是从广美的衣橱里翻出来的。

"空调高级啊。"光平一边修整杆头的形状一边说,"因为如果来打球的客人冻得打哆嗦或是手心冒汗,都会影响发挥的。"

"这么难啊。"悦子兴味索然地说。

"毕竟是做生意。"说完,光平拿起另一根球杆。

悦子检查了一下长椅上有没有灰尘,然后才坐下来。"纯子要举行婚礼的事,你听说了?"

"嗯。"光平回答。

听说地点是在相邻街区的一座教堂,只邀请亲朋好友,举行一个简单的仪式,而且时间在十二月三十一日。这件事是书店老板时田告诉光平的,据说想出这个离奇主意的也是他。时田刚知道纯子与斋藤两人的事时那副不高兴的神情仍深深地印在光平的脑海里,如今他积极的样子让光平感到非常不自然。

"男方是那个斋藤吗?"

"应该是吧。"

"听说纯子结婚后 MORGUE 就要关门了。"

"因为老板娘是个聪明的女人。"光平一边检查球杆的弯度一边说,"大概会关张的。"

"哪能那么容易就关门,那家店对她可是意义非凡。"

"别人是不会明白的。"光平说。

"是啊。"悦子小声赞同。

光平又默默地用锉刀修整起杆头来。悦子跷着腿,注视他手上的动作。只有锉刀与杆头摩擦的声音回荡在空荡荡的楼层里。

一阵沙沙的声响从耳边传来,是悦子拿过旁边的报纸时发出的。她似乎注意到了折在外面的招工广告,问道:"你也要辞职了?"

"我总不能在这儿磨一辈子杆头啊。"光平展示着修整得很漂亮的杆头说。

"你手艺这么好,真是可惜了,但也没办法。"悦子说,"以前我家附近有一家理发店,理发师剪起头来极富节奏,就像弹奏乐器一样。看着你手上的动作,我不禁想起了那个理发师。"

"谢谢,这对我还算有点鼓励。"

"辞掉后你打算干点什么?"

"还没想好,不过我不想再打工了,想找一份正经的工作。我越来越觉得,加入一个团体也不是什么坏事。"

"变圆滑了嘛。"

"圆滑?"光平重复了一遍,才意识到这句话前面还应该加上一个主语——人。"我一直都是这么想的,要是能发挥自己的个性与才能,不会在团体中随波逐流,这样活下去该多好。在这个广阔的世界里,没有任何人可以替代自己——我一直憧憬着这样的工作。"

"我也是这么想的。"悦子说,"大家都这么想,不是吗?"

光平忽然想起悦子原本也应在明年春天从大学毕业,或许她和朋友经常聊起这个话题。

"我一直讨厌做上班族,尤其是制造业的上班族。虽然不是卓别林的《摩登时代》中那样,不过感觉仍像是系统齿轮的代名词一样。

我一直自负地认为我不想过这样的人生。"

"最近大家都这样想啊。"悦子说,"每个人都崇尚自由。顺便说一句,大家都很自负。"

"可是,我们能过上如此富足的日子,也全托这些人的福。我们只能尊敬他们,完全没资格去侮辱他们,因为他们正在做必须有人去做的工作。需要有人在汽车组装车间里安装方向盘,可是摇滚乐队呢,就算解散一两个也不会影响任何人。"

"可是,粉丝们就寂寞了啊。"

"仅此而已,而且这种情况很快就能习惯。"说完,光平把保养好的球杆一根根仔细地放在球杆架上,在水槽旁洗完手,又扭了扭头缓解肩部的疲劳。

"我今天来,是想请你和我去扫墓的。"说完,悦子莞尔一笑。

光平觉得这好像是安慰的微笑。"扫墓?"

"案子破了,终于可以安心了,不是吗?以前根本没有这种心情。"

"没想到你心思还挺细的啊。"光平一本正经地说。

悦子扑哧一笑,掩住嘴。"这还是第一次有人这么说我呢。不过,谢谢。"

"扫墓什么的,我可从未去过。"

"不需要特别讲究。怎么样?"

"好吧。"光平想象着晚霞中矗立在墓地里的四方石碑,那些想象中的石头似乎要对他诉说些什么。"虽然老套,去问候一下广美也不错。"

听了光平的话,悦子也笑着说:"还真是老套。"

二人离开青木后向车站走去。很多店铺都已关门,且不论咖啡馆、餐馆之类,连时装店都是如此。若在一般商业街,这种时候是不会出现这种情况的。

在悦子的提议下，二人决定先去买花。广美生前经常光顾的那家花店仍在营业。广美就是在从这里买的秋水仙的掩映中死去的。

花店门前摆满了各色鲜花，每一朵都水灵灵的，娇艳欲滴。光平仔细地观察每一种花，因为他几乎都没见过。他一直对花和树的名字很陌生，他试图反思原因，这不是一句不感兴趣就能解释的，他觉得自己像是犯了大罪。

花店店主是一个偏胖的中年女人，脸上一直满是善良的笑容。不是那种职业笑容，而是看得出她打心底里喜欢卖花，甚至让光平有些羡慕。

"啊，你是……"女店主惊叫了一声，诧异地望着悦子，"难道你是那边公寓里去世的那位小姐的……"

悦子点点头。

女店主松了口气。"真的是这样啊。我只是下意识地多问一句，要是弄错了那可就失礼了。不过，你们可真像，你姐姐也很漂亮。"

悦子看看光平，又把视线移回女店主身上。"我们要去给姐姐扫墓。"

女店主颇有感慨地点点头。"真是太可惜了。"

悦子问女店主什么花适合扫墓。女店主在店里转了一圈，帮她挑了几种。悦子付钱时，女店主说可以优惠，便又添上了几朵白花。

"真是好人不长寿啊。"女店主一边把花束交给悦子一边说，"你姐姐生前也是从不忘扫墓的人。"

"是吗？"悦子小声回应。

二人离开花店来到车站，在站台等待电车。悦子说途中还须换乘，到达墓地得花费近一小时。

"你们祖辈的墓地都在那里吗？"

"是啊，挺气派的，也不难找。"

"我连自己家的墓地都没有见过。"光平连它在哪里、是什么形状都不知道。盂兰盆节的时候母亲似乎去扫过墓，不过从未带他。他觉得做这种事很无聊，便只在家里的二楼目送母亲离去。

"我也没见过呢。出了这次的事后，我才第一次去墓地。"

"听花店老板的意思，以前大概都是广美去扫墓吧。"

"是啊。"悦子心事重重地扭过脸去，似乎在想别的事。

不久，驶向广美墓地方向的电车进站了。白天的车厢很空。车门打开的瞬间，光平迈了进去，就在这时，悦子忽然从身后拽住他棒球衫的袖子，他停住脚步。

"喂，"悦子仍愁眉不展地望着光平，"有一件事我怎么也想不通。我最近去墓地的时候，发现我家的墓地荒得很厉害，根本就不像是姐姐经常维护的样子。"

"那她为什么常去买花？"

"她去的会不会是别的墓地？我家以外的。"

光平收回脚步，朝悦子转过身。随着一阵响亮的鸣笛声，电车门在光平背后关闭。"别的墓地……你有线索？"

悦子把两手插在大衣兜里，缩了缩脖子。"不知道，猜不出来。"

"回花店。"光平抓起悦子的手。

二人返回花店询问，但女店主只是一脸茫然，并不知道广美去的究竟是哪里的墓地。

"她大约多久来买一次花？"悦子问。

女店主抱起粗壮的手臂，皱着眉。"差不多一个月一次吧，基本是每月的月初过来。"

二人谢过女店主,离开花店。

"怎么办?"悦子问光平,"没心思去姐姐的墓地了。"

光平也是如此,因为广美身上又出现了一个新的谜团。

"我想好好思索一下,也许我们忽略掉了什么。不,准确地说,是这背后隐藏着某个秘密。"

"去我住的地方?"

光平摇摇头。"我想先一个人思考一下。要不你也帮我想想广美极有可能去祭奠的人是谁?"

"那我翻翻相册找一找。"

"最好连抽屉之类的也检查一下,说不定有陵园门票什么的呢。"

悦子纳闷道:"陵园还要凭票进入?"

"我也不懂……也许不是吧,但最好多检查一下。"

悦子答应下来。

光平回到公寓后,看到信箱里塞着一封信。白色的信封上用蓝墨水写着收信人的姓名和地址,光平只瞥了一眼字迹,就知道信是母亲从老家寄来的,甚至连内容他都猜得出来。光平在门口脱掉网球鞋,棒球衫都没脱就躺了下来。上次收到母亲的来信是在广美告诉自己打掉孩子的那天早晨。现在想想,一连串无法解开的谜团就是从那时开始的。

更令人不解的是那本小册子。光平直起身,拿起一直放在架子上的那本绣球花小册子。堀江园长说过,那是毕业典礼时发给孩子们的。谜团从这里进一步扩散了。

广美本打算向光平解释,就在光平生日那天。她是抱着怎样悲壮的决心等待那一天的到来,通过种种情况不难推断。比如,秋水仙的花语——我最美好的日子结束了。

这是为什么呢？光平想不通。难道说出秘密就意味着美好日子的终结？若真是这样，那又是为什么呢？

想到这里，光平翻动小册子的手停了下来。那是最后一页，上面记有发行时间。原来这并不是今年毕业典礼时发的。

发行年是在五年前，光平一直误以为是今年。如此说来，堀江园长也从未这样说过。

为什么要保留这么旧的东西呢……

光平重新打量起小册子，并未发现什么新的东西。他决定放弃，便把小册子放回原处，然后拿过母亲寄来的信。

信封背面果然字迹工整地写着老家的地址和母亲的名字，就连封口的"缄"字符号都写得一丝不苟。

光平取出信笺，内容和他预想的一样，大致意思是问他新年能不能回去，希望尽可能回去一趟，并未提及研究生的事。

光平叹了口气——连他自己都觉得这叹息显得有点假惺惺——然后把信扔到一边，盯着天花板。那上面有一片很大的污渍，是以前有一次漏雨后留下的。他已经凝望着这片污渍生活很多年了。

光平确信，对自己来说一个时代无疑行将结束，一切讯息都在预示这一点。

2

十二月二十六日。

"让我们为老板娘美好的未来干杯！"

在点心店老板岛本的牵头下，在场的十多人各自端起手中的杯子。吧台里的纯子害羞地露出笑容,把杯中的啤酒喝下了一半。她的脸上有些红晕,似乎并非只是光线的缘故。

今晚是MORGUE营业的最后一天。不只是今年的最后一天,以后纯子永远都不会再站在吧台里了。因此,时田和岛本等商业街的老朋友们便齐聚在一起,为她举办了一个欢送会。

光平在最里面的一张桌子旁与悦子对坐,店主们都依依不舍地望着纯子。有多少相聚就有多少别离,店主们将纯子围在中间,难掩寂寞,但同时他们也对纯子的崭新未来抱有很大期待。最近几年,这条街的没落已让人无法容忍,而这次的杀人事件也让大家感到更加沮丧。可以说,她与斋藤结婚并打算重新开始,是这条街上唯一轻松的话题。每个人都想忘掉一切烦恼,融入这场盛会中。

岛本等人在尽情地喧闹,只有时田坐在吧台一角,小口抿着威士忌,凝望纯子。他是最常来这家店的熟客,对纯子似乎也有一种特别的情愫,对这一天的到来恐怕也是感慨万千。他跟光平交换了一下眼神,只是面无表情地略微举了举酒杯。在光平看来,他板起的面孔背后似乎隐藏着几分羞怯。

"上次的事,"悦子喝了口波本说,"后来有没有进展?"

光平今天才知道,她除了葡萄酒只喝波本。"如果你说的是广美去扫墓的事,"光平说,"目前毫无头绪,估计今后也不会有什么线索。"

"要什么没什么。"悦子无聊地说,"真是走投无路。"

"你那边呢?"

悦子缩了缩脖子。"只弄清楚一点:她的抽屉里并没有陵园的门票。"

"这是唯一的收获?"光平右手握着啤酒杯,左手蹭了蹭脸。

广美去的到底是哪里,祭奠的又是谁呢?光平绞尽脑汁也找不到任何线索，只有萦绕在广美身上的疑团混沌地在脑海里掠过。无论他怎么凝视也看不出方向，连模糊的轮廓都无法确定。

二人谈话时，不知不觉卡拉OK已经开始。岛本连续唱着几年前流行的演歌，大家都用手打起拍子。

光平和悦子的情绪并不高涨，神情淡漠地望着他们，纯子走过来放下一瓶啤酒，在一旁的椅子上坐了下来。"不开心？"她担心地问道，也许是注意到了二人闷闷不乐的表情。

"怎么可能呢，老板娘？"光平说，"没有不开心，只不过得有一个前提条件，就是今后如果还能继续在这里喝酒。能让人这么开心的店今后恐怕再也碰不到了。"

纯子注视着光平，平静地说了声"谢谢"。她又说道："你能这么说，我很高兴。感到一切即将失去，我心里害怕极了。"

"不会失去的。"光平说，"回忆会保留下来，全部都会保留下来。"

"是啊。"纯子小声地说着，把目光转移到自己的手上，似乎在端详那枚蓝宝石戒指。光平最近才知道这戒指是谁送的。

送出戒指的人几分钟后就在店里现身了。斋藤在雷鸣般的掌声中走来，坐在了纯子的旁边。"听说案子终于解决了？"斋藤主动向光平问道。

"是你的证言起了作用。"光平指的是关于电梯的证言。

"你们每天这么辛苦，我们却悠闲自在，真有点过意不去。"斋藤平静地说。

旁边的纯子低头盯着涂了指甲油的指尖。光平想今晚恐怕是她最后一次涂这么红的指甲油了吧。

"斋藤先生，你俩的婚事可以说是这条街上唯一的救赎了。"光平说，"大家都想借着这股劲过年呢。"

"听你这么说,我也获得了救赎。"斋藤露出仿佛真的获救般的表情。

"对了,我有点事想问你。"

闻言,斋藤和纯子看向光平,脸上仍挂着微笑。

"什么事?"斋藤问。

"关于广美去扫墓的事。"

"扫墓?"

"对。"光平便把广美似乎每个月都去某墓地扫墓,以及那墓地并非广美家祖墓的情况告诉了他们。

"这事真是第一次听说。"纯子说,"她从未和我说起过。"

"我也是。"斋藤也摇摇头。

"是吗?我还以为你们知道那墓地在哪儿呢。"

"不知道啊。"

斋藤和纯子相视一下,都再次摇头。

此后,话题转移到了三十一日那天将要举办的婚礼上。二人解释说本不想大张旗鼓,可时田坚决反对。

正聊着,操持婚礼的时田端着酒杯走了过来。他已经独自喝了不少,脚步都不稳了。"喂,光平,"时田搂着光平的肩膀,把脸凑过来,一股酒气扑面而来,"你什么时候离开这条街?"

"离开?为什么?"光平诧异地问。

"为什么?你不是说过吗,这儿不是你这种人待的地方。"

光平故意朝周围的人摆出一副兴味索然的表情。"你醉了。"

周围的人都笑了。

"我没醉!"时田放开光平的脖子,摇摇晃晃地站起来。喝光杯中残留的威士忌后,又把手搭到斋藤的肩上。"拜托,拜托你了。"

斋藤把手掌叠放在时田的手上，仰视着他，用力点点头。

时田见状也点点头。

纯子用小指迅速按了一下眼角，这一举动并未逃过光平的眼睛。

八点多时光平和悦子一起离开了。大概是微醺的缘故，冰冷的空气吹到脸上竟然很舒服。

"如果MORGUE没有了，"光平边走边说，"我待在这条街上的理由也就没有了。"

"因为那里是充满回忆的地方？"

"也有这个原因。"光平答道，"但最主要的理由是，MORGUE是这条街上为数不多仍富有活力的店铺之一。大家都想把自己的梦想寄托在同行的从头再来上，但忘记了一件重要的事——这条街上的火种又熄灭了一个。"

"火种终究要熄灭，生命也终究走向死亡。人如果总为这些事悲伤，那这个世界就没有快乐了。"

"看来我也应该离开这条街了，就像时田老板所说的那样。"

"不要说什么应该不应该的，想走就走吧。"

光平略微放缓脚步，看着悦子的侧脸。她似乎也注意到了光平的视线，回过头来。

"反正我说不过你。"

"当然。"悦子笑着说。

来到岔路口，光平拐向自己家的方向。

"真想做一个好梦。"说着，悦子径直向前走去。

光平来到公寓前，发现家里的灯亮着。外出时关上家里所有的灯，这早已成为他的一个习惯。他纳闷地走上楼梯。

来到门前,他轻轻地转动了一下门把手,门果然没上锁。他以为又是香月进来了。

他猛地推开门,刚要说"你不要太过分了",话还没到嘴边就咽了下去。一名身穿褐色西装的男子正背朝门口坐着,但怎么看都不像是香月。

男子慢慢回过头来,抬头望着光平。"好久不见。"男子说。

光平连门都忘了关,呆站在那里片刻,才终于喊出声来:"爸……"

时隔一年,父子重逢了。

3

光平的故乡是一座交通便利的城市,老家在国道边上经营着一家面馆,在当地十分有名,除了面条类还有火锅等料理,经常被当作聚会的场所。

面馆的店面是一座仿古建筑,有日式和西式房间。包括打工的人在内,员工不下十人。停车场很大,不时还有游客乘坐大巴前来。经营者到了光平的父亲已经是第三代了,父亲退下来后应该是由哥哥继任。

没想到父亲竟突然来到了自己家。

"因为工作原因顺便来到了附近。"父亲拢着头发,用解释般的口吻说。光平的第一感觉是父亲的白发多了。

"怎么不提前跟我说一声。"光平一边泡茶一边说。

"嗯……也没什么要紧的事。"父亲转过身,从黑色的大背包里取出一个纸包。外包装上印有面馆的商标。父亲将纸包放到桌子上。

"这是咱家店要推出的新产品,我给你带了一点。"

光平打开纸包,里面是干乌冬面,还有袋装的汤汁。

"现在这个季节能放很长时间的。知道怎么吃吗?"

"店里的营业情况怎么样?"光平回答了一声"知道"后又问。

"慢慢发展吧,"父亲说,"也谈论过要开分店的事。"

"分店?让哥哥打理?"

"嗯,那样也行。"

这句话不禁让光平有些在意,他望向父亲,父亲避开他的目光,端起茶碗,享受般地轻啜起来,然后双手捧着茶碗,好像在暖手。

"你来做也行。"父亲淡淡地说。

光平仍盯着父亲,父亲也抬起头来。四目相碰,但这一次谁都没有错开目光。

"当然,如果你有其他想做的事,我不勉强你,你自己决定吧。"

"爸……你早就知道了?"

光平没有说是谎称念研究生的事,父亲还是明白了他的意思。父亲垂下视线,露出自然的微笑。"如果连这点事都看不出来,那我还配做一个父亲吗?我自认对你的性格多少还是了解一些的。"

光平的视线落在茶碗上,羞耻感和安心感在心里交替着忽隐忽现。大概父亲所说的工作之余过来看看是假的,他的真正目的是向儿子伸出援手。

二人沉默了良久。这么长时间没见父亲,光平却找不到一个能主动提起的话题。

"现在在做什么?"最终还是父亲先问起来。

"在打工。"光平从水槽下的抽屉里拿出一盒青木的火柴,放在父亲面前,"店里的三楼是一个台球厅,我在那儿做事。"

"台球……这个？"父亲做了一个用球杆撞球的动作。

"是的。"

"那玩意儿以前我经常打，酒馆旁边就有一家。是吗？原来你在做这个啊。"父亲感慨地连连点头。

这天晚上，光平时隔许久再次跟父亲同枕而眠。"我真的可以做自己喜欢的事吗？"关掉荧光灯钻进被窝后，光平问。

"可以。"父亲回答。

"那你就没有什么指示？"

"指示？"

"就是今后的事情。"

父亲似乎忽然在黑暗中露出微笑。"人到底应该怎么活，虽然我一把年纪了，但也没法告诉你，因为连我自己都还没有活明白。"

"是吗？"

父亲似乎点了点头。"无论什么人，只能经历一种人生，只有一种。如果对其他人的生活方式指手画脚，那就是傲慢的表现。"

"那如果选错了道路怎么办？"光平问。黑暗让他们看不清对方的样子，却能让人敞开心扉。

"对错其实也是由自己来决定的。如果你觉得错了，回头即可。人生不就是在重复小错误的过程中结束的吗……"

"可里面也有大错误啊。"

"是的。"父亲感慨地说道，"即使遇到这种情况，自己也不能无视这个事实。要珍惜弥补的心情，并怀着这种心情去面对以后的事，否则人就活不下去。大概就是这样吧。"

光平没有回应。

"睡着了？"

"没有,"光平说,"正要睡呢。晚安。"

"嗯。"

光平感到父亲闭上了眼睛。

第二天早晨,早起的光平煮了父亲带来的土特产——乌冬面做早餐。父亲一起来就开始换衣服,吃饭的时候连领带都已打好。

"这么着急啊?"光平说。

"这就叫'穷忙'。"父亲微笑着说,"面怎么样?"

"嗯……挺好的。很筋道,口感也不错。"

"那是当然。"这可是下了很大一番功夫的——父亲露出欣慰的表情。

吃完面,尴尬的气氛又弥漫开来。光平收拾起餐具,在水槽洗刷干净。父亲则似乎在望着儿子的小书架。

"最近不怎么买杂志了?"父亲自言自语道。

光平停下手,回过头来。"什么?"

"杂志。"父亲说,"你以前不是经常收集吗?什么战斗机、直升机之类的。"

"啊,"光平再次转向水槽,"过了二十岁,就没人去收集那些玩意儿了。"

"是吗……我觉得跟年龄没关系。"

"孩子的梦想就是这样。"随着年龄的增长会风化、消逝的——光平一边擦拭餐具一边在心里喃喃。如果能及早意识到这一点,就不会绕弯路了。

稍事休息后,二人离开公寓前往车站。光平帮父亲拿着包,包很重,像装着铁块一样。父亲一边张望站前大街一边慢慢地走着,俨然一位在观察植物的学者。

"虽然是年末,这一带的生意也不景气啊。"观察片刻后,父亲说出了感想。

"是啊。"光平说,"没有了学生,哪里还有生意。"

"嗯……是吗?真是条半吊子街啊。"

"没错。"半吊子街——这一说法太生动了,光平想。

到达车站,来到售票处前,父亲向儿子要过包。

"再往前送送吧。"

"不用了,到这儿就行了。"父亲接过包,望着儿子,"新年怎么过?回来吗?你妈妈好像一直盼着呢。"

"嗯……"

"你妈妈说了,如果可以,希望你三十一号回来一趟。"父亲努力保持着平静的语气。

"对不起,"光平露出抱歉的表情,"那天我有一件重要的事情,实在脱不开身,而且此后的安排也还不确定。"

"是吗?"父亲望着儿子眨了眨眼,表情并未变化,一字一句地说,"那我就跟你妈妈说你大概不回来了。"

"对不起。"

"没关系。你的脸色好像有点差。"

光平摸摸自己的脸。"没事,有点睡眠不足。"

"你健健康康的就行了。"

父亲在检票口检完票,慢慢地朝站台走去,沉重的包压弯了他的身子。他一次也没有回头。

人生不就是在重复小错误的过程中结束的吗?

目送父亲远去的背影,光平想起了昨夜的话。自己此前到底犯下了多少错?或许其中有许多是无可挽回的。

要珍惜弥补的心情……光平觉得有什么东西打动了自己的心，像浑厚的钟声一样，化作深沉的回音扩散在心里。

光平奔跑起来。

4

悦子用修长的手指按下号码键。她的动作有些僵硬，因为是一边仔细确认一边按下去的。

电话桌上放着一张纸。按完键，悦子将其拿起，一边认真地确认内容，一边听着拨号音。纸上写着几个人的名字。她将记在绣球花小册子上的所有孩子的名字制成了一个表格。

对方接起电话。悦子报出自己的名字，并问田边澄子有没有上班。田边即上次去学园时见到的那个女职员。

田边似乎正巧在电话旁，悦子向光平做了个OK的手势。悦子先为自己突然打电话的行为致歉，然后客气地切入话题。"突然跟您打听这种事，实在抱歉。"她随即询问五年前毕业的孩子们现在是否都还健康。这是一种委婉的说法，其实就是在问有没有死掉的孩子。

因为光平生出一个念头：说不定广美去祭奠的就是记在绣球花小册子上的某一个孩子。促使他这样想的，其实就是昨夜父亲的那句无心之语：要珍惜弥补的心情。

扫墓、做志愿者——如果琢磨一下广美的行为，便会觉得她很可能是在弥补什么。广美还一直珍藏着五年前的绣球花小册子，这也让光平注意到了上面记录的孩子们。

送走父亲后，光平立刻返回公寓，带着小册子来到悦子的住处，说明了想法，悦子表示赞同。

"我同意你的观点。可是，姐姐究竟犯了什么罪？她为什么必须要弥补呢？"

"以我的推测，"光平犹疑地说，"广美会不会是在祭奠自己的孩子？"

"姐姐的孩子？"悦子的声音拔高了，"姐姐怎么会有孩子呢？"

"不清楚。我都说了，这只是我的猜测。假如你姐姐在几年前曾生下过一个孩子，并且那孩子还是一个残障儿，又被临时送到绣球花学园接受照顾，一切就都合乎情理了。"

"而且那孩子已经死了？"

"对。"

"姐姐一直祭奠的就是那个孩子？"

"没错。"

"太荒唐了！"悦子不屑地说，"这么重要的事，我是不可能不知道的。"

"有时候正因为事情很重大才会隐瞒。你和广美曾经分开生活过一段时间，对吧？"

"是的，但这也没有理由隐瞒啊。"说着，悦子再次拿起小册子，"不过，对于墓主就在这些孩子中的猜测我还是比较赞成的。"

二人决定由悦子向学园打电话确认。这的确是最稳妥的办法。

"什么？啊……嗯。的确有孩子去世是吧？名字……对。加藤佐知子。去世的原因是什么……疾病吗？"

果然有去世的孩子。光平一边冷静地思索着，一边在悦子面前的笔记本上写下"父母的名字"。就算是姓不一样，也不能完全否定不是广美的孩子，因为孩子也有可能姓男方的姓氏。

"那……孩子的父母呢？"悦子为难地问着。因为自己净问一些奇怪的情况，对方肯定也在怀疑。"咦、什么……是、是。"悦子的语气突然慌乱起来。光平不安地望着她渐渐没有了血色的脸，她把苍白的脸转向光平，确认般地说："佐伯良江是孩子的母亲，是吗？"

陵园建在一块从树林里开辟出来的平地上，排列整齐、大小不一的墓碑，展示着每个家庭不同的风格和对墓的理解方式。墓地中间有一条小道，铺着漂亮的碎石子，看上去比活着的人生活的街道优美多了。有些墓碑上方还有线香的轻烟缭绕，这种墓的前面一般都放着鲜花。

光平和悦子把车停在树林下面的停车场，看着夕阳映照下的墓碑，缓缓地走在陵园中的小路上。周围没有其他人，在这个季节，而且还是即将日落的时候，几乎没有人来扫墓。

"你怎么认为？"悦子忽然问光平。这是二人进入陵园后的第一句话。

"怎么认为？"光平看着脚下说，"你是在问我，广美和一个女孩的一生是怎么联系到一起的？"

"算是吧。"悦子略微思考了一下，回答，"如果说重点，差不多是。"

"好难的问题，"光平说，"这可不好回答。我既没有证据，内心也想否认。"

"不许掺杂私人感情。"

"知道了。"光平点点头，"不过，我确实缺乏判断依据。我们只能认为广美和那个女孩的悲剧有关，这样推测才合乎一切情理。"光平说完，又反问悦子，"那你呢？"

"当然和你意见相同。"悦子回答，"这个推测很合理。说不定，这样还能把钢琴之谜也解开呢。"

"钢琴之谜?"

"就是姐姐为什么放弃钢琴啊,如果我的直觉没错的话。"

"嗯……"光平不知道为什么还会涉及这个问题。大概悦子手上握有光平没有掌握到的材料,但他并未刻意追问。

陵园比预想中大,光平半天都没找到目标。按照绣球花学园女职员所说,那个名叫加藤佐知子的女孩的墓应该就在这处陵园里。

悦子站到稍高处,环顾整个陵园,说:"这里就好像是一个小街区。"

光平赞同地点点头。

"你觉得存在死后的世界吗?"悦子问。

"我认为没有。"光平当即否定,"人死就像是电池的电量耗尽了一样。"

"电池?听上去好寂寞啊。"

"如果真的有死后的世界,那么人就不必为人生这种无聊的东西苦恼了。"

二人摸索到加藤家的祖墓时,太阳已快落山了。墓比想象中的要小,墓碑的高度比悦子还要矮一截。

"啊,看!"悦子看到碑前放置花束的地方后不禁叫了起来,小心地从那里拈出了什么。拈在指尖上的是一片小小的花瓣,似乎已干枯许久,萎缩得很小了。尽管颜色褪去不少,但看上去似乎接近淡紫色。

"你也明白了吧?"悦子的视线从花瓣转移到光平身上。光平领会了她的意思,却没有勇气说出口,只是静静地回望着她的眼睛。她呼了一口气后说:"这是秋水仙啊。"

5

　　纯子婚礼的前一天早上，光平少见地早早起床，打扫了屋子。现在想想，自从大学毕业以来，他从未打扫过卫生，只有从与广美相识到后来分别的这段时间过得很舒服。

　　光平打开紧闭许久的窗户，把很长时间没有叠过的被子晾晒出去。被子很潮，拿在手里沉甸甸的。如果让金刚像拧抹布一样拧一下他的被子，估计能拧出一铁桶水来。接着，他又把矮桌往旁边挪了挪，将散乱的书和杂志收拾到书架上，报纸和小广告装进垃圾回收专用袋。剩下的主要是空啤酒罐和方便食物的残骸，地上还有薯片的碎屑。他找到两个便利店的袋子，把这些垃圾按照可燃和不可燃的类别分别装了进去。袋子转眼间就装满了。

　　光平又到隔壁落榜生那里借吸尘器，但没借到，因为这个邻居早就回老家了，就算是落榜生也有回故乡的权利。光平只好用小扫帚扫了扫，再用蘸水的纸巾擦拭榻榻米。纸巾蹭在榻榻米上，发出好听的声音。

　　他发现一张名片大小的纸片掉落在屋子的角落，捡起来一看，是医院的挂号单。他不记得自己最近生过病，有点纳闷，不过他很快想了起来，这是今年夏天他为救广美而引发脑震荡时的挂号单，再看看背面，上面列着各科室的名字：儿科、内科、皮肤科、妇产科等。

　　脑外科的地方打着对钩，意思是自己曾在那里就诊。

　　脑外科？光平突然有些不快。为阻止这种情绪蔓延，他晃了晃头，把挂号单塞进垃圾袋。

大致打扫完一遍后,光平离开公寓,走向站前大街即新学生街的方向。他和悦子约好,在一家名叫"摇头小丑"的咖啡馆见面。

他已经很久没去过站前大街的店铺了,喝咖啡都是在青木,想喝酒也可以去MORGUE。

新学生街像拍摄结束后的取景地一样静谧,却不像旧学生街那样毫无生气。每家店铺都铆足了劲,为迎接新年做着准备。

和悦子碰面的店有一个惯例,每年都会营业到十二月三十一日,同客人一起迎接新年。有一次,光平也是这样跨年的。学生就是喜欢这种事。

钻进弯下腰才能通过的低矮入口,右侧是吧台,左侧是四张圆桌。悦子正在最里面的桌子旁朝他挥手。

"我对这家店挺满意的。"光平坐下点过咖啡后,悦子说。

"为什么?"

"因为这里有肉桂茶啊,而且不是那种只撒点肉桂粉的骗人把戏。"

"嗯。"

光平端详着悦子手上的大茶杯,里面装满了略带茶色的奶油色液体。他正想对此表达感想时,点的咖啡被端了上来。咖啡杯只有悦子杯子的一半大小。

"之后的情况怎么样?"光平开门见山地问道。

"有点棘手。"悦子注视着茶杯里的液体说。

"棘手?"

"我被警察盯上了。"

正要喝咖啡的光平差点呛着。"警察?"

"大概是。"悦子面不改色地说,"我上次给绣球花学园打电话,问了些奇怪的问题,对吧?警方恐怕是捕捉到这个情报后行动起来的。"

"是香月指使的吧?"

"可能是。我想他肯定是察觉到我们掌握了某些情况,便在暗中监视,想从我们的行动中推断真相,抢先找出凶手。"

那个人倒真做得出来,光平想。他知道就算直接问光平二人,也不一定能得到答案,于是决定伺机而动。"我只是想知道真相,根本无意说出凶手。"

"我也是。"

"那你昨天去哪儿了?"光平问,"你好像出去了。"

"去图书馆啊。"悦子回答。

"图书馆?去那儿做什么?"

悦子喝了一口红茶,咽下去后呼出一口气,说:"找以前的报纸啊,结果就找到了有关那个案子的报道。"

光平十分诧异。"找到报道了?你真厉害,连日期都查出来了?"

"我是从钢琴这方面猜到的。"

"钢琴?啊,原来如此。"光平佩服地点点头,"还是你的直觉准确。那篇新闻报道现在在你手上?"

"我有复印件。"悦子取出一张叠得很小的白纸,展开后有B4大小,上面复印着一篇从前的新闻报道。"这里和这里。"悦子指着两处地方。

光平瞥了一眼,低吟道:"果然。"

"我们的推理百分之九十九是正确的。"悦子说,"这样终于可以知道姐姐的秘密了。"

"广美的秘密啊……"光平抬起目光,问,"剩下的百分之一呢?"

"那就看你的了。"

"我?"

"就是那个不在场证明啊。"

"啊……"

"确认了?"

"基本上吧。"

光平向左右看了看,确认附近没有其他人,只见白发苍苍的老板正和着扬声器里播放的音乐擦拭着杯子。

"从结论来看,似乎跟我们预想的完全一样。"

"果然是这样。"

"我不动声色地打听了一下,园长被杀的那天晚上,具体地说是在午夜十二点到凌晨一点之间,有作案时间的只有一人。"

"我们预想中的人?"悦子问。

"没错。"光平简短地回答,"预想中的人。"

悦子轻轻地舒了一口气,说:"这样一来就是百分之百了。"

"应该是。"光平无力地回答。

"那你打算怎么办?"

"怎么办?"

"去和本人确认?我想你肯定不会告诉警察的。"

"不知道啊。"光平说,"我现在也不知道该怎么办。你似乎想保持沉默,是吧?"

"有关姐姐的所有疑问都解开了,我再无奢求,虽然有点对不起堀江园长。"

"我也不想去揭露别人的秘密,这不符合我的性格。"

"既然这样就别作声了,否则说不定还会被香月先生察觉。"

"我完全赞成。"光平说。

二人又分别点了一杯饮料,细细品尝后离开了摇头小丑这家名字古怪的咖啡馆。老板自始至终都在擦拭杯子。

"你参加明天的婚礼吗?"二人离开咖啡馆,走了一会儿,悦子问道。

"当然参加了,毕竟是老板娘的婚礼。你呢?"

"我也参加。"悦子说,"不过我完全不知道人家是怎么安排的。"

"我也不知道,毕竟连请帖都没有。要不打电话确认一下?"

路旁有一部红色的公用电话,光平决定用它联系纯子。真的很久没有看到红色的公用电话了,光平感慨地拨下号码。这个时间纯子肯定在家。

拨号声响了五次后,电话接通了。

"喂。"纯子的声音传来。

光平没有回应。

"喂?"

"啊……"

"哪位?"

"啊,老板娘……是我,光平。这么早给你打电话,不好意思。"

"啊。"话筒里传来纯子安心的声音,"怎么了?"

"没什么,刚才有点听不清。现在能听见了吗?"

"嗯……什么事?"

"啊,我有点事想问你一下。"

光平问明天的婚礼是怎么安排的,话筒里传来纯子的轻笑声。"不打算办得很隆重,大家也都不年轻了,所以就想简单地办一下。时间也定得很随意。"然后，她把明天的大致安排告诉了光平。光平也觉得在十二月三十一日举行婚礼这种事本就不多见，所以每个环节都准时开始似乎也没有意义。

"知道了，我尽量不迟到。"

"别太当回事了。"

"嗯……啊，老板娘。"正要挂断电话时，光平又说。

"什么事？"纯子困惑地问。

光平没有开口。

"什么事啊？"

"……算了。"光平停顿了一下，"没什么。本想说句祝福的话，那就明天再说吧。"

"是吗？谢谢。我期待着。"纯子的声音听起来很幸福。

放下听筒，光平呆在原地许久。

"怎么了？"悦子问道，"你的表情怎么像一个考试没考好的孩子一样？"

"考试？"光平反问，又眨眨眼说，"没什么。"然后便把纯子说的婚礼安排告诉了悦子。

"嗯……"悦子神情诧异地仰视了光平一会儿，说，"那好吧。你要不要去我那里？我想做点松饼什么的。"

"松饼？"

"你不想抹上好多黄油吃？"

"不想。"光平摇摇头，"今天就算了，我回去还有事要做。"

"是吗？"悦子狐疑地看着光平，"想事情？"

"差不多吧。"

悦子并未强求，露出白色的牙齿笑着说："那就明天见。"

"明天见。"光平应道。

和悦子分手后,光平故意绕路返回公寓,然后思考起今后的事情。他感到混沌的记忆正在朝某个方向缓慢前进,而且他已经成功地猜到了终点。这个世界就是这样,有些事你不得不去考虑,这次案子的始末也一样。越往坏处想,他的大脑就越清醒。

原来是……这样啊。

快到达公寓的时候,光平脑中闪过一个念头。这念头带着沉重与阴暗,让他不禁想径直坐下来,不再动弹。走公寓楼梯时,他甚至不借助扶手都无法上去。他真想回到住处咕嘟咕嘟地大口喝啤酒,然后倒头就睡。

看见自己的房门前站着的人影时,光平才知道心中的想法是多么奢侈。他停下脚步,静待对方的反应。

"我有话要说。"佐伯良江说。她的声音有些颤抖,语气却很坚定,透着让人无法拒绝的意味。

光平默默地点点头。不知为何,他对佐伯的出现丝毫不感到惊讶。或许他在心底的某个地方早就预感到这一幕了吧。准确地说,不是预感,而是思想准备,他甚至这样想。

"是很重要的话。"佐伯说,"我想谈谈加藤佐知子——我女儿的事。"

6

教堂建在像围棋棋盘一样规划整齐的住宅区里,四下静谧,来往车辆也少,到处都是树木。附近没有粗陋的摩天大厦和超市的影子,大概是受条令限制的原因。因此，连屋檐下的小花盆都能平等地享受冬日的阳光。

光平穿着那身求职用的西装来到教堂前，极不习惯地拉拉袖子，看看手表。电子表显示的时间是下午三点半，还有三十分钟，绰绰有余。

教堂四周围了一圈红色的砖墙。可以听到钢琴声，但好像不是从教堂里传来的。在这种高级住宅区，家里有一架钢琴也不足为奇。

穿过大门便是一块空地，空地的一部分已变成一处小小的庭园。里面种着草坪，还放着涂了白漆的长椅。旧学生街的许多熟面孔正围坐在长椅旁谈笑风生。稍远处还有几个人，大概是斋藤一方的亲友。

"迟到喽。"看到光平慢慢走来，时田招呼道。他穿着参加广美葬礼时的那套礼服，只有领带的颜色不同。

"还有时间吧？"光平回应道。

"这种场合应该提前来，坐着慢慢等才对。"时田的话让旁边的几个人笑了起来。

光平看看周围，悦子似乎还未到场。

"喂，想不想看看老板娘穿婚纱的样子？听说特别好看。"依然身着黑色超短裙的沙绪里抓住光平的胳膊。她已失去纯真，却仍处在对婚纱感兴趣的年龄。

"沙绪里，你不去滑雪了？"光平问。

"那种事已经取消了。"她满不在乎地回答，"无非是想假借滑雪和我做爱吧。这倒也无所谓，可我讨厌这么直白。"

走进教堂，左手边有一扇小门，上面贴着一张纸，写着"新娘休息室"的字样。右边也有一扇门，大概是新郎的专用房间吧。

"我还是算了吧。"光平抓住正要敲门的沙绪里的胳膊。

沙绪里意外地回过头来。"为什么？你没必要害羞啊。"

"不是害羞。"光平说，"我现在不想和她见面。"

沙绪里本想开句玩笑，但她在抬头望着光平时，表情渐渐不安起来。"光平……你的脸色怎么这么吓人？"

光平吓了一跳，回望她的眼睛。"脸色吓人？"

"没错，看上去像要杀人一样。"

光平不禁用右手摸了摸脸颊。或许吧，他想。"只是有点紧张。"光平强作笑颜。他完全没有自信，不知道自己看起来究竟是不是高兴的，但沙绪里一副怀疑的表情，大概看起来并不像吧。

光平回到庭园时，悦子已经来了。她穿了一身黑色连衣裙，外面套着黑色短大衣。在多为中年男性的出席者中，她显得格外炫目。

悦子注意到了光平，优雅地朝他走过来。"你的脸色好难看。"

听她这么说，光平再次摸摸脸。他是那种藏不住感情的人。

"事情变得更棘手了。"悦子低声说道，然后飞快地瞥了四周一眼，观察动静。

"更棘手？"

"昨天和你分开后我又去了一趟图书馆，"悦子的声调压得更低了，"发现我调查的内容好像被警察知道了。"

"警察？为什么？"

"大概被跟踪了吧。我真蠢，怎么就没发现呢？是一个复印资料的女人告诉我的，她说有个人让她把复印的页码再偷偷地复印一遍。"

"那……"

"如果快的话，说不定今天就会出现在这个教堂里。"悦子故意把"警察"二字省略掉了。

光平点点头，踢了踢被阳光晒暖的水泥地面。无论过多久，他的脚都不习惯皮鞋的触感。只在面试时穿过几次的鞋,亮得都有些不自然。"如果你同意,"光平说,"我们现在就去见新娘。"

悦子惊讶地抬头看着光平,揉搓起双手。"你不会是想做抢在警察前面这种幼稚的事吧?"

"不会的。"光平轻轻摇摇头,"如果交给警察,我们就没法再插手了。在这之前有一件事我无论如何都想确认一下。现在不弄清楚,说不定就会被永远抹掉了。"

"什么事?"悦子皱起眉,"我们昨天不是都确认过了吗?我们的推理没有错,你还要确认什么?"

"确认……案件背后的真相。其实,后来我又试着思考了很多,发现了一个重大事实。我现在没时间和你解释了,总之你不要管,交给我就是。"光平凝视着悦子那双和广美很像的略微上翘的大眼睛。"其实,昨天佐伯良江来找我了。"

"佐伯?"悦子好像被什么吓着了,"她去干什么?"

"说是想问一下有关她女儿的事。她似乎从绣球花学园的田边那儿听说了我们打听过加藤佐知子。"

"她果然也有所怀疑。"

"她毕竟是一个母亲,直觉的敏锐程度甚至超过了我们。"

"那结果呢?你全都说了?"悦子盯着光平,似乎想读出他的心理。

"还没有。"光平说,"我说还有一件事想确认,希望她能等到我确认为止。"

"你的意思是说,想确认的事就是隐藏在案子背后的真相?"

光平并未回答,而是死死地盯着悦子的眼睛。悦子十分沉着,眼神坚定地回应他。

二人相视片刻后,悦子微笑起来。"原本还想平静地度过这个新年……"

光平也模仿着她的样子,表情却十分不自然。"马上就有好事发生了。"

二人走向教堂。

进入教堂后,光平朝左侧的门走去,但立刻改变了主意,停下脚步。"在见新娘之前,先和新郎碰个面吧。"光平对悦子说。

"应该和新郎没关系吧?"悦子诧异地皱起眉。

"有一点牵扯。反正花不了多少时间的。"

光平敲敲门,里面传来斋藤的回应。光平打开门走了进去,悦子跟在后面。

斋藤正在和教堂的一名女工作人员商量事情。他穿着一身得体的黑色晚礼服,看上去并不怎么紧张,脸色也不错。

"那就拜托了。"说完,那名女工作人员朝光平二人行礼,离开了房间。看到她关上门,斋藤苦笑着叹了口气。

"我先给你俩一句忠告,"斋藤一边整理领带一边说道,"婚礼最好趁年轻的时候办了。人一旦上了年纪,就率真不起来了,又害羞又怕麻烦。"接着,他注意到了光平的异样,脸色变得有些不安。"怎么了?"

"其实,我来是有点事想问你。"光平说。

斋藤看看光平和他身后的悦子,又看看左下方,似乎在寻找"想问之事"的线索,但立刻就放弃了,抬起目光。"什么事?"

"广美被杀当天的事。"光平略带迟疑地说。他会迟疑不仅是因为对方即将走进婚礼殿堂,还因为这里是教堂。

斋藤面色凝重起来。"那天怎么了?"

"斋藤先生，你曾说过，那天你有一样东西忘在老板娘家，便回去拿，然后立刻离开了，是吗？"

"是的。落在那里的是一个小记事本，上面记着重要的电话号码，所以我必须去取。那个记事本有问题吗？"

"记事本倒无关紧要。"光平说，"照这么说，你从进入公寓到离开，没花多长时间吧？"

"嗯……大概就几分钟。"

"那么，"光平在心中确认着自己的想法，谨慎地说，"你和广美几乎是同时进入公寓的，对吧？她看到了你进来的可能性极高。"

斋藤凝视光平片刻，似乎在反复确认光平的意思。光平并未作声。不一会儿，斋藤笑了笑，表情却十分僵硬。"或许是吧，但那又能怎么样？这跟案子的真相没什么特别的关系吧？"

"你果然在公寓前面碰见了广美？"

"不是碰见，只是在我进入公寓正要上楼梯的时候，看见她从后面走过来。说不定她也看到了我，仅此而已。"

"原来如此。"光平说。他觉得浑身的力气都没有了。

"你好像对此很执着，这到底怎么了？"斋藤的语气严厉起来。

光平望着他，心情沉重地拢了拢刘海。"没什么，只是想问问。"说完，光平径直离开了休息室，斋藤并未从身后叫住他。

"真不知道你的目的是什么。"悦子一关上新郎休息室的门，就在光平耳旁嘀咕起来，"你到底要干什么？不说清楚，我真的不明白啊。"

"我现在就告诉你。"光平朝另一侧的门努努嘴。

悦子正要再说些什么，对面的门忽然开了。走出来的是沙绪里，她刚才好像一直在欣赏纯子的婚纱。看到光平，她意外地瞪大了眼睛。

"怎么了？还是想见老板娘？"沙绪里望着光平说。

"难得有一次机会。"光平说，"里面还有别人吗？"

"没有，就老板娘一个。她好像有点紧张，你去给她鼓鼓劲。"

"是吗……啊，沙绪里！"光平叫住正要离开的沙绪里，"我的脸色还是那么吓人吗？"

沙绪里认真地观察了光平的表情后，说："嗯，没问题了。"

"太好了。"光平笑了。

打开门，首先映入眼帘的是放在墙边架子上的铜马车模型。这是一间古老的木制房间，打扫得十分整洁，地板上铺着胭脂色的地毯，靠近屋角的桌子看上去也是有些年代的手工制品。

墙上的彩色玻璃窗正吸收着冬日温暖的阳光，身穿白色婚纱的纯子静静地坐在窗前。光平二人进入的同时她抬起了脸，这一瞬间的情形就像一幅古老的油画。

悦子先走上前去，调整了一下呼吸后，说："你真漂亮，纯子。"

纯子露出微笑。"我有点害羞呢。谢谢你。"

"真的好漂亮。"光平在悦子的身后说道，"简直都想让广美也看看了。"

纯子低下头，再次小声地说了声"谢谢"。

"不过，老板娘，"光平压抑着内心喷涌而出的情感，说道，"我无法恭喜你。"

纯子的笑容尴尬地僵住了。"为什么？"她声音颤抖地问。

"因为……"光平舔舔嘴唇，调整了一下呼吸，因为此时的任何话语听起来都像是凄厉的呻吟。不久，他下定了决心，说道："我不能恭喜你了，因为警察马上就会赶来，将杀害堀江园长的凶手——老板娘你缉拿归案。"

7

不知是一时不能理解光平的意思，还是在思考对策，纯子半天都没有反应，许久才缓缓地低下头。

"为什么？"纯子问。她侧过头，妆后的脸愈发雪白，像一个古老的人偶。

"我们并没有特意调查杀害堀江园长的凶手。"光平努力压抑着感情说道。

纯子的眼睛化了浓妆，光平甚至看不出她的表情。她的眼中没有波澜，只是望着光平的嘴角。

"起因是，"光平和悦子交换了一个眼神，"我们想知道广美的秘密。"

"广美的秘密？"纯子重复道。她的反应像是听到了一句莫名其妙的话。

"广美每个月都会去扫墓，"光平说，"但并非是有村家的墓。经过我们多方调查，终于知道了她去的是直到六年前还在绣球花学园的一个名叫加藤佐知子的孩子的墓。"

说到这里，纯子似乎重复了"加藤佐知子"这个名字，但声音细得几乎听不见。

"于是，我们向学园的工作人员询问了有关那女孩的情况，发现她因一次事故头部受了外伤，并由此引起一种类似脑瘫的病，在学园待了一年多后就去世了，死亡原因是事故后遗症，我们便又向工作人员询问事故的情况。"光平想起悦子和工作人员通话后的样子。

她当时表情僵硬,脸色苍白。

"是肇事逃逸。"光平说,"八年前,年仅三岁的加藤佐知子在路边玩耍时,被一辆路过的车撞倒,头部受了重伤,又因很晚才被发现,更加剧了她的伤情。"

这是悦子在电话中听到的内容。

"广美去祭奠的就是这个命运悲惨的女孩,而且她一直珍藏着载有那女孩作文的小册子,还去女孩上学的学园做志愿者。她为什么要那么做呢?如果要解释她的行为,答案只有一个——肇事逃逸的就是她。"

"可是,"悦子平静地接着说道,"这件事怎么想都很可疑,因为姐姐根本就不会开车。那么,问题就进一步演变成当时到底是谁开的车。"

"你是说……是我?"纯子说。

光平愣住了,悦子则移开视线。没有人说话,短暂的沉默笼罩了房间。

"不过,"悦子打破了寂静,"姐姐一直认为责任在自己,所以她永远无法忘记那个女孩,一直努力用各种方法去弥补。"说到这里,她打开手提包,取出一张叠得很小的白纸。"这是车祸当日的新闻报道。"悦子说,"从绣球花学园的工作人员那儿听到车祸发生地点的时候,我脑中立刻闪现出一个念头,那个地方就在姐姐最后一次参加钢琴比赛的会场附近。于是我就想,说不定是姐姐在乘车赶往会场的途中撞了那个女孩。"

"事实正是如此。"光平说。

悦子深深地点点头。"我去图书馆查阅了钢琴比赛后第二天的报纸,结果和我预想的一样,果然有关于车祸的报道。纯子——"

突然被悦子叫到名字，纯子不由得身体一颤。

悦子继续说道："那场比赛的情况我至今仍记得很清楚。那天姐姐因故差点迟到，对吗？搭乘的正是你的车……姐姐很可能是催促了你，要你开得快一些，而你为了姐姐，就在走的近道上加速行驶，结果才造成了事故，对吗？"

纯子没有应声。沉默便是一种回答。

"姐姐当时所受的打击有多大，想想后来的事情就不难看出。她登上了舞台，却并未弹奏任何一支曲子。就在几分钟前，自己乘坐的车刚刚撞了一个孩子，并且责任在于自己，恐怕任谁都无法继续进行钢琴演奏。"悦子舒了一口气，"自那以后她就放弃了钢琴，大概她连自己的幸福也再未考虑过。"说完，悦子看了看光平，用眼神示意：剩下的就交给你了。

光平咽了一口唾液。"也不知是幸运还是不幸，这起肇事逃逸案始终未破，我想广美大概一直都很苦恼。机缘巧合下，广美知道了那个女孩在绣球花学园的事，并得知她六年前已经去世。"

纯子湿润的眼睛凝视着某处，静静地听着光平讲述。她脸色苍白，但对悦子和光平的话并未露出吃惊的样子。在光平看来，她似乎一直在等待着结局。

"那就去绣球花学园做志愿者来弥补吧——广美很可能产生了这样的想法，于是开始了每周二的志愿者活动。这些就是广美的秘密。"光平简单地总结道。他像终于完成了一项工作似的长舒一口气，两手一直下意识地紧紧攥着，掌心全是汗水，喉咙却十分干涩。他从裤兜里掏出手帕，擦了擦掌心，同时偷偷看了一眼纯子，从刚才起，她的姿势几乎就没有变过，对光平的话也毫不吃惊。光平想，或许这种反应才是正常的，因为这些都是她熟知的事。

"问题就是从这儿产生的。"光平把手帕装回兜里，声音低沉地继续说道，"我想，广美大概把自己八年前的罪行……告诉了堀江园长。"

"为什么？"纯子忽然问道。

"啊？"光平不知所措地看着她。

"为什么？"纯子重复了一遍。她像一个小孩子提出单纯的疑问时那样，眼神中充满了不可思议。或许她真的觉得如此吧。

"我不知道。"光平思考了一会儿，答道，"如果一定要猜测，我想大概是因为她想倾诉吧。"

"因为想倾诉？"纯子仍凝视着前方说。

对她来说，这或许已成为了一个永远的疑问，光平想。他继续道："广美坦白后，堀江园长并未刻意做什么。我想，他恐怕也没有要求广美做些什么。虽然这只是我与他有过一面之缘后的想法，我觉得他完全不像是一个会因别人过去的罪责而要求补偿的人。"

光平注意到悦子也在一旁微微点了点头。

"如果事情真是这样，平静的日子应该可以继续下去，不料发生了一件令所有人都意想不到的事情，即那起连续杀人案。广美被井原所杀，这件事让堀江园长感到不安，他怀疑广美的死和八年前的那场车祸有关。"

堀江不可能知道以学生街为舞台所上演的这场商业谍战般的争斗，因此，自然会联想到广美的过去。

"为了弄明白这件事，他来到了学生街。当然，他想见的是与八年前的事故有关的另一个人。"

"也就是……我。"纯子已经恢复了以往的冷静，用她一贯柔和的目光迎着光平的视线。

光平看着她的眼睛继续说道："对，堀江园长是来见你的。于是，你不得不杀了他，因为你害怕他会暴露你的过去。"

仿佛积存已久的脓水全都涌出来了一样，一种快感在光平的心口蔓延，但这只是一瞬，因为脓水吐出后的地方会裂开一条大口子，任冷风嗖嗖地吹进来。此时，光平却无法停下，他又重复了一遍："是老板娘你杀死了堀江园长。"

纯子只须坚决否认即可——一瞬间，这样的念头闪现在光平的脑海里，随即消失。

"我，杀了那个人……"纯子并未坚决否认。她静静地闭上眼睛，露出悲切的神情。

光平确信她在犹豫。这种局面下，她能打出的王牌只有一张，可是她深知，使用这张王牌也有祸及他人的风险。

"你为什么不反驳？"光平问，"你应该有理由的，老板娘，你有铁一般的不在场证明啊！"

纯子睁开眼睛，嘴唇微张，望着光平。

"你说是不是？"光平说，"那天晚上，圣诞树在午夜十二点亮起来的时候，那里还没有尸体，而尸体被发现装饰在圣诞树上时已经是凌晨一点。这段时间里，老板娘正和我们一起在店里。"

纯子仍未作声，只是盯着光平的嘴角，似乎想推测出他洞察了什么。

"你有完美的不在场证明，这毋庸置疑，但仔细想想，还是有几点不太自然，比如尸体那夸张的样子。凶手为什么敢这么明目张胆地处理尸体？还有，老板娘你偏偏在那天邀请我们去店里的举动也令人怀疑，而且还是在午夜十二点打烊之后。综合种种情况，能够让这一切都合乎情理的答案只有一个，这全都是为了给你制造不在场证明。"

纯子的胸口剧烈起伏。光平以为她有话要说,便等了一会儿,但她最终还是缄默无言,只是发出一声深沉的叹息。

"如果将那晚的情形还原,事情恐怕是这样的。"光平一边观察纯子的反应一边说,"因为圣诞树快要点灯了,我们就在十一点半多一点的时候离开了MORGUE,其中有商业街的人、沙绪里,还有井原。当时,所有人应该都离开了,剩下的只有老板娘你。恐怕堀江在此后不久就来到了店里。他在站前的面馆向人打听大学的位置,大概那是去MORGUE的标记吧。他之所以选在这个时间,估计是想在打烊前,通过与你单独面谈来确认广美的死和八年前的事故是否有关联。但他是这个世上你最不想见到的人,而且他的存在会威胁到你的未来,于是,思来想去——"

"就把他杀了,是吗?"纯子突然说道。她的声音毫无感情,让气氛变得更僵了。

"对,你杀了他。"光平说,"警方的判断结果是,堀江的后脑有内出血,致命伤并非胸口的刀伤,而是头部。你是不是趁他坐在吧台旁毫无防备的时候,从身后抡起了钝器?"

"钝器?"纯子反问。

"就是凶器。"光平补充道,"至于凶器是什么,大概是可以推断出来的。一个能够让堀江放松警惕,使用后还不易让人起疑的东西——对,我想很可能就是威士忌酒瓶之类。我们看完圣诞树,回到店里喝酒的时候,你说要请客,给我们拿来了一瓶威士忌,对吧?其实那就是凶器吧?"说到这里,光平又想起了纯子过于仔细地擦拭酒瓶的情形。

这样一来,也就可以理解为什么警方无论怎么找,也找不到凶器了。

"不过,光这样还不行。情急之下痛下杀手后,却留下了一个怎样处理尸体的问题。当时的你恐怕也惊慌失措了吧。我完全能想象得出,你肯定为下一步该怎么办伤透了脑筋,说不定也曾考虑自首。就在这时,有一个人挺身而出,为你制造了不在场证明。"

"光平,"纯子声音很低,却很坚定,她用母亲教导孩子般的眼神看着光平,"你可以任意想象,但话不能乱说,尤其是提到我以外的人时……"

光平点点头,这句话甚至让他对自己的推理更有信心了。纯子果然怕连累"那个人",因此并未坚持自己的不在场证明。

"最初想到制造不在场证明时,我曾怀疑过共犯是斋藤,因为我觉得能够帮你做这种事的只有他一人,但我立刻就发现这是不可能的,因为他有真正的不在场证明。那么,到底还有谁会帮你呢?于是我就试着这样推断:如果你是一时冲动作案,那么共犯是在哪个时间点知道你的犯罪行为的呢?既然不是预谋犯罪,共犯只能是在偶然的情况下得知的。如此一来,答案不言自明。我们离开MORGUE时堀江还没有来,而我们返回店里的时候尸体已经不见了,因此,只有这段时间还待在MORGUE里的人才有可能是共犯。那么,圣诞树的点灯活动期间,有没有人返回过店里呢?只有一个人,他看到圣诞树亮起来后,便回到店里叫你去看。"光平望着纯子,说,"共犯就是时田,我说得没错吧?"

他仍记得,时田对这次的案子说过"罢手吧",其实他是为了包庇纯子。

纯子无力地摇摇头,说:"我无法回答你。"光平觉得这句话就是回答。

293

"时田返回 MORGUE 的时候，一定亲眼看到了尸体和你。我不清楚他对案子的背景有多少了解，但他还是能判断出是你杀死了面前这个男人。于是，为了帮你，他就想到了伪造不在场证明的办法。他先将尸体运到了自己的店里，让你去看圣诞树，然后回到家，找来一把水果刀，估计着活动结束、人群渐渐散去的时候，再从店后门运出尸体。老板娘你一直和我们在一起，具有完美的不在场证明。时田将尸体运到圣诞树下，把水果刀捅进尸体的胸口，再将圣诞树发光的时间设置到凌晨一点。之所以用刀，是想让人误以为凶手和犯下以前的案子的是同一人。如果你不是以前案子的凶手，调查就会因此陷入混乱，而如果一连串案子都是你所为，那么这次的不在场证明就会发挥作用。完成以上布置后，他便若无其事地出现在了 MORGUE，诱导我们在凌晨一点左右路过圣诞树附近。仔细想想，那晚的活动结束后，他出现在店里的情形实在可疑。他应该知道 MORGUE 的打烊时间，又怎么会认为那天午夜十二点后 MORGUE 仍未关门呢？"

说着，光平想起了装饰在时田书店里那个相框中的照片。时田说那是自己因病去世的女儿。光平总觉得照片里的人和某个人很像，原来就是纯子。或许时田并没有将她当作恋人来爱，而是把她看作去世的女儿的替身。

不过，光平并未将此事说出口。

纯子凝视着指尖，这或许是她整理思路时的习惯。今天，她的手上没有戴那枚蓝宝石戒指，指甲油的颜色也是比平常淡很多的粉红色。"证据……有吗？"纯子用略带鼻音的声音问，"时田先生做这些事的证据……你有吗？"

"我没有证据，"光平回答，"全都是我的推理，所以就算被你说成是随意想象,我也没办法,不是吗?"

纯子并未回答。

"纯子。"一直在默默倾听的悦子目光真挚地看向新娘,"我们并不是劝你自首。其实,我和光平商量过,这次的事情我们是不会说出去的。我们只是想知道姐姐的秘密,但我们的行动可能会引起警察的注意,甚至还可能令你暴露。不过,如果警方没有决定性证据,你完全可以继续否认。我们也绝对会保密的,对吧?"

光平并未立刻意识到悦子最后是在向自己确认,他仍注视着悦子的侧脸。她目光真挚的眼睛是那么美,肌肤白里透红。看着她这样的表情,光平甚至产生了只想默默点头然后径直离开房间的念头,因为这样会使他更轻松,但他还是开了口:"不……"

"不?"悦子朝他投来责备的目光,"什么不?"

"不,"光平又说了一遍,"因为情况有点不一样。"

"什么不一样?"

"因为,"光平走到墙边,拿起放在书架上的《赞美诗》,那是一本快要散架的旧书,"我也曾和你想的一样,至少到昨天为止,我还一直不愿揭露老板娘的罪行。现在却有点不一样了,也可以说是完全不一样了。"

"怎么不一样?你为什么改变主意了?"悦子问。

"或许是因为我自私自利吧。因为我觉得无论是老板娘杀了堀江,还是书店老板也参与其中,事情都和我没有直接关系。但假如……和广美之死有关,无论是谁,我都不会答应。"

一瞬间,仿佛连时间都停滞了。悦子茫然地望着光平,纯子则呆坐在那里,一动不动。

"这一点是我昨天才意识到的。"光平讲述起来,"老板娘,我昨天给你打过电话,对吧?询问今天的安排。你接了电话,听筒里传来'喂'的声音。"光平俯视着纯子,"我就是当时受到了打击。"

纯子迷茫了一会儿,似乎在揣摩这句话的意思。不久,她似乎明白了,白里透红的脸一下子就失去了血色。

"因为就在那一瞬间,我意识到以前曾听到过这个声音。"光平说,"我自己甚至都纳闷,以前怎么没想起来呢?这个声音就是我发现松木尸体的时候,突然打来的那个电话里的声音。"

当时,光平的确听到了一个女声说"喂"。因为对方随即挂断了电话,这件事便被挤到了光平记忆的角落,再未浮现在脑海。不过,当他昨天听到那个声音,甚至连语调都一模一样,他的记忆迅速被唤醒了。

"我试图思考老板娘为什么要给并无特别往来的松木打电话。你对此事三缄其口的举动也非常奇怪。顺便说一下,我接起电话的时候,你立即挂断,这一行为也很可疑。于是我做了一个假设:假如你预感到松木即将被杀,结果会如何呢?是不是就会对松木好几天都没去青木上班深感不安,进而不由得打电话呢?"

"预感?"悦子问道,"为什么纯子会知道松木被杀一事呢?"

"换言之,"光平调整了一下语气,声音坚定地说,"因为从松木手里接过那张字据和科学杂志的并不是广美,而是老板娘你。"

吧嗒,纯子手中的花束掉到了地上。看到落地的鲜花,光平联想起秋水仙,当然,花束中的鲜花并不是秋水仙。

"松木并非将自己的性命托付给了广美,而是老板娘。"他心情沉重地继续解释,"仔细想想其实很简单。在松木看来,把证据交给和自己关系疏远的人保管,才能对井原产生威胁。于是他自然认为,比起与我关系密切的广美,还是将证据交给老板娘更保险。"

"纯子,你为什么要撒谎呢?"悦子声音颤抖地问道。纯子毫无反应,仿佛并未听到她的话。纯子没有否定光平的推理,这让光平感到更加绝望。

"我想,她起初大概没打算要撒谎。"光平说,"由于保管着重要的证据,她很可能一直在担心松木的安危,这才不由得打了电话,想确认一下情况,对吗,老板娘?"

纯子似乎微微点了点头,但这或许只是光平的错觉,也可能只是纯子的身体微微摇晃了一下而已。

"那,当得知松木被杀的时候,纯子为什么没有告诉警察呢?只要公布那个证据,立刻就能将井原逮捕归案。"

"这是当然,但老板娘并未这么做。她知道井原的为人,为销毁证据不惜杀人,于是她就想利用这个证据。"

"等一下!"悦子忽然发出尖厉的声音,慌张的态度与她的性格极不相符,"听你这么说……怎么像是纯子指使井原杀死了姐姐啊?"

"嗯……"光平压抑着感情,"事实正是如此。"

"你胡说!"

"不是胡说,对吧,老板娘?"

纯子闭着眼睛,双唇也像牡蛎壳一样合得紧紧的。光平捡起掉在纯子脚下的花束,放回她的膝上,甜润又略带苦味的花香刺激着他的鼻孔。

"从那本《科学·纪实》杂志的去向上也能做出这种推断。看到松木把它交给广美这一情景的只有老板娘一人。不,准确地说,是宣称看见这一情景的只有老板娘一人,井原和时田也不过是从她那里听说的而已。"

"啊!"悦子不由得惊叫起来。

光平点了点头。"照这个思路想下去，我意识到井原行动的背后必然潜伏着一个若隐若现的人。从公寓的钥匙上也能看出些端倪。老板娘你首先当着井原的面暗示有办法潜入广美家，然后故意让井原跟在身后，暗示他钥匙就藏在门牌后。其实，钥匙压根就没有藏在那里，而是本就带在你身上，你只是故意做出一副从那里拿出钥匙的样子给他看而已，离开的时候才真正把钥匙藏在门牌后。就这样，你完成了诱导井原潜入广美家的准备。进而你连井原潜入的日期都计划好了，你甚至告诉他公寓管理员每周五都不在。接着，你提前把《科学·纪实》杂志放到广美家。当然，井原苦苦寻找的字据就夹在里面，对吗？"

"井原找到东西之后，就朝姐姐下手了……"悦子喃喃道。

"这就是老板娘的计划。但由于那天广美回去得比平时要早，结果在井原潜入时被杀害了。"

"为什么？"悦子盯着地毯追问道，她的声音不大，却很尖锐，不知是在问光平还是纯子，"为什么非要杀死姐姐不可？你们不一直都是好朋友吗？"

"我最初，"光平低声说，"认为老板娘或许是想把肇事逃逸的知情者全都除掉，但我始终不愿这样想，因为我觉得老板娘和广美的关系并不单是有着共同的秘密，而且八年前的这个秘密至今也没有被人揭穿。"

"那，为什么……"悦子微微侧着头，表情悲痛欲绝。

光平调整了一下呼吸，说："因为情况发生了改变。"

"情况？"

"对，情况有变就是因为斋藤的出现，对吗，老板娘？"

纯子并未回答，依旧默默无言。

"到底是怎么回事？"悦子问。

"就是……"光平低声说道，"肇事逃逸对别人当然要保密，尤其绝对不能让斋藤知道。"

"为什么？他爱纯子，唯独他才是可以吐露秘密的人啊。"

"或许一般情况下是可以的，在这种情况下却不行。因为斋藤是为加藤佐知子治疗的医生。"光平语气强硬，他停顿了一下，气氛越发紧张起来，他继续说道，"意识到这一点，是因为我想起了斋藤曾告诉我的那个拿着红风车的女孩的故事。那个因车祸后遗症导致瘫痪，后来失去意识、昏迷不醒的女孩，其实就是加藤佐知子。我现在还记得他讲这些话时的眼神。全身心地投入却没能挽救女孩的生命，他至今仍为此烦恼、痛苦。因此，对于直接造成女孩去世的肇事逃逸者，就算是恋人也不会原谅，这种可能性是很高的。不，肯定不会原谅。"

沉默再度袭来，但这次很短暂，纯子的喉咙深处突然挤出一丝奇怪的声音。光平仔细一看，发现她的眼泪正滴向膝盖。

"这么说，纯子暗中诱导井原杀死姐姐，就是为了不让她告诉斋藤八年前的事？"悦子垂下酷似广美的修长眼角，沉痛地说。

光平只能点头。

"但纯子可是姐姐的好友啊！姐姐是不可能告密，让好友不幸的。"悦子的语气有些慌乱，不知是朝纯子还是光平说的，大概连她自己都不知道吧。

"我也这样相信。"光平说，"老板娘却不信。"

"为什么？"悦子泫然欲泣。

"大概是……因为广美和斋藤也有过一段亲密的时期吧。"

纯子的抽泣一下子停止了，后背剧烈颤抖起来。

悦子的胸口也急剧起伏。"他们二人曾是恋人？"

光平皱起眉，双臂环抱。"我和广美相识不久，她就向我坦承最近刚和一个男人分手。如果将此人理解为斋藤，一切就都合理了，甚至令人难以置信。比如，我常去MORGUE，却没有在那里遇到过同为常客的斋藤，你说这是为什么？因为他只在周二去。我是因为周二见不到广美，所以不去，他则是怕见到昔日恋人感到尴尬，就只在周二去，所以我们一直都没有碰上。"

"纯子不相信姐姐，是因为她觉得姐姐会对她抢走斋藤怀恨在心？"

"不，不是的。"光平说，"我猜测分手大概是由广美提出来的。"

"她提出来的？为什么？"

"这只是我的推理，出于某种原因，广美很可能知道了斋藤与加藤佐知子的关系。如果是这样，就广美的性格来说，她应该会觉得自己已没有资格和他在一起。"

"……的确有这种可能。"

"斋藤却毫不知情，只觉得是突然被广美甩了。"

"那，他随即就开始和纯子交往了？"

"你这么说，好像他是一个很随便的男人似的。"光平低头望着纯子说，"是老板娘的刻意接近堪称完美，而且他也注意到了。尽管广美也知道二人的关系，但其实二人一直都是保密的。"

"是吗？"悦子轻轻并起手掌，"姐姐是深感过去的罪责才与他分手的，所以我想，她是决不会允许与她拥有同样过去的纯子和他结婚的。"

"恐怕是的。"

光平话音刚落，几近崩溃的纯子发出了微弱的声音，说："因为……因为……我觉得广美是不会答应的。她永远都是优等生，是大小姐……那件事如果被人知道了，还怎么在这个世上生存下去……"

这时，一阵敲门声忽然传来。门打开了一道缝，一个人从中探出身来。"时间马上就要到了。"那个人说道。

"知道了。"悦子答道。

对方说了句"拜托"后关上门离去。

光平朝新娘回过头来。

纯子看上去就要瘫倒，勉强地坐在椅子上。也许是因为穿着白色婚纱，她在光平眼中就像一个雪人，在无声无息地融化、消逝。

"你好像是误解了。"光平换上公事公办的语气说，"我最后再说一点。"

纯子缓缓抬起头，双眼通红，仿佛眼中流下的不是泪水而是鲜血一样。

光平说："你以为自己与斋藤的关系瞒过了广美，但我想她很可能早就知道了。"

纯子发出打嗝般的声音，全身抽搐起来。光平注视着她的后背继续说："斋藤出入你家的事，广美早就知道了。在被井原杀死的那个晚上，她也看到了斋藤进入公寓的情形，因此被井原刺伤后，她才拼命乘电梯去求助，因为她当时仍爱着斋藤……她去六楼并不是向你求助，而是想去见他，这才是密室之谜的真相。到了那个时候，广美仍爱着斋藤，而且她明知斋藤与你的关系，也不想去破坏你们的感情。我想，她大概永远都不会做这种事吧……好了，再见。"说完，光平朝门外走去。

8

教堂里的空气有些潮湿。这里的气氛并不沉闷,湿度倒的确很大。或许是采取了加湿措施,虽然四周并未看到类似装置。

光平等人坐在纵向排列的长椅上,等待新郎和新娘的出场。

会场左侧是新娘的亲友团,右侧则是新郎的。纯子这边的客人不多,斋藤的则更少,只有几个貌似医院同事的人。

咦?光平在这几个人中竟发现了佐伯良江的身影。四目相对,佐伯恭敬地点头致意。

昨天佐伯突然造访,身上透着不容拒绝的魄力。她就是以此来要求光平将他所知道的一切说出来的。

佐伯怀疑这次的案子跟自己的女儿有关,是从堀江园长之死开始的,因为堀江被杀前,曾别有意味地问过她"关于佐知子的事,最近有没有人跟你提起过什么"。于是她去医院见了佐知子曾经的主治医生斋藤,也去过案发现场,希望能得到一些线索,但一无所获,正打算放弃时,她听说了光平等人去绣球花学园询问佐知子情况一事。

光平向她保证,日后肯定会告诉她真相,同时也从她那里获得了几个线索,斋藤曾是佐知子的主治医生一事也得到了确认。

到底怎样告诉良江真相才好呢?光平想到昨天的事情,心情更加郁闷了。他把视线从人们身上移开,环视教堂。这是一座古老的建筑,地板、墙壁都是木制的,天花板上雕着复杂的浮雕图案,高处的窗户上镶嵌着漂亮的彩色玻璃。正面的讲坛是三层的,如名门世家的佛坛一样华丽,而且十分宽敞,甚至能当作戏台。讲坛后面有一道小门，门的表面也有细致的浮雕。

教堂里有十字架，却没有经常在图画或照片上看到的耶稣的身影，似乎只是将一块扁平的板子裁剪成了十字形而已。

"哎，光平。"坐在旁边的时田戳了戳光平，"大家都说在这种地方不能拍照，真的吗？"他抱着一台高级单反相机，似乎想拍下被他视若女儿般深爱的纯子盛装打扮的样子。

"这个嘛，"光平歪着头想了想，"虽然不大好，看在老爷子你一片心意的分上，神明恐怕也会宽恕你的。"

时田眯起眼睛，喜笑颜开地说："是吗？也是啊。"

不久，讲坛后面的门开了，神父出现在门后。他没有穿黑色的衣服，而是披着绣有金色图案的白色长袍。他严肃地环视了一下会场，缓步走近。他来到讲坛中央后，教堂后方的门也迫不及待般地打开了。

有节奏的脚步声从铺着红地毯的通道上传到耳畔。身着晚礼服的斋藤从光平等人身旁走过，来到神父面前，风琴声随即响起。穿着纯白色婚纱的新娘将在音乐声中登场。众人起立，等待着她。

"可以祝福吗？"坐在光平另一侧的悦子对他耳语道，"可以祝福她吗？"

"不清楚。"光平回答，"很难吧。"

"那你为什么还要待在这儿？出去不就行了？"

"我也不知道自己是怎么了。那你为什么在这儿？"

"我也不知道该怎么办，才问你的。"

"大概我们的行为会违背神的意志吧。"

"你觉得良心受到了谴责？"

"这倒没有。"光平不屑地说。

不久，场内变得嘈杂起来，因为风琴曲都快结束了，新娘却仍未出现。圆脸的神父不安地伸着脖子,斋藤也回过头来。

"怎么回事?"四处传来窃窃私语,还有人来到通道上,一边朝后张望一边发着牢骚。

这时,门开了,开得十分缓慢,令人急不可耐。会场的人们舒了一口气,但立刻又屏住了呼吸,因为站在门外的是一名和眼前的情景极不相称的男子。他身上很脏,眼里布满血丝。可是,在场所有人的目光立刻都钉在了他的胸前——他的双臂正环抱着身穿婚纱的新娘。新娘的手臂无力地垂着,缠着白手绢的手腕沾满了鲜血。

风琴声戛然而止,没有人作声。窒息般的沉默让人感到非常漫长,但这可能只是错觉。

"纯子!"最先出声的还是斋藤。他刚要朝自己的新娘冲过去,却被抱着新娘的男子一声"不要动"制止了,只跑了两三步,就像石头一样僵住了。

"我是警察。"抱着纯子的香月说,"新娘企图自杀,赶紧送医院!"

"还有没有救?"悦子喊道。

光平也有一股想要叫喊的冲动。

香月看着悦子,使劲咬了咬下嘴唇,然后说:"我会救她。"香月的声音异常沙哑。"必须救她。"他重复了一遍。"我不会再让任何人送命。"

9

新年到来了,三天假期在无所事事中过去。第四天早上,光平睡了个懒觉。醒来后,他摸摸枕头的左边,是空的。窗帘拉开着,冬日里罕见的温暖阳光照射进来。

厨房里传来一阵声响，似乎并不是准备早餐的声音。

光平伸了个大大的懒腰，坐了起来。往旁边一瞧，他看见一件橙色的T恤，是悦子的睡衣，她睡觉时会穿这件T恤和白色内裤。她的理由是"反正穿睡袍也会卷到上边，穿不穿都一样"。

门开了，悦子出现在眼前。她穿了一件宽大的毛衣，下身依然是白内裤。光平欣赏着她白皙的长腿，说："好美啊。"

"谢谢。我对自己的腿还是有自信的。"悦子露出牙齿笑了，然后把手中的报纸扔给他，"也没什么特大新闻，还是那个计算机的案子，新日与东和还在争执。"

"那个案子呢？"光平问。

"没有报道啊。跟新年这种大节日相比，这都是些小事。"说着，悦子拿起黑色长筒袜，麻利地穿上，双腿看上去更加修长了。

据说，那天纯子被送到医院后好歹捡回了一条命，但事情如何善后就不清楚了，香月也没有联系光平。光平最终还是在悦子住的公寓里度过了新年。不必沉浸在忧郁的心情里——二人在这一点上达成了一致。

悦子又穿了一条灰色超短裙，在光平脚边坐下来。"喂，接下来怎么办？"她问。

"什么怎么办？"

"就是……比如说今年该怎么过啊？还是在台球厅收银，然后睡在那臭气熏天的公寓里？"

"别说得这么难听。"

"这是事实啊。喂，怎么办啊？"

光平把手垫在脑后，望着白色的天花板。这是他现在最不愿意回答的问题,却也是必须要考虑的问题。"总之,我想再重新考虑一下。"

"再?重新考虑?"

"考虑一下广美的事。"光平说,"她在绣球花学园做志愿者时的照片你也看到了吧?照片中的她看上去非常快乐。"

"是啊。"悦子回答。

"我想过她为什么会这么快乐。最终我认为她并非只是为了弥补,而很可能是真的从那份工作中感受到了人生的价值。"

"或许吧,她甚至还重新弹奏起了钢琴。"

"没错。"光平说,"起初应该只是为了赎罪,后来她从中发现了快乐。她不是在追求人生价值,而是把自己的境遇转化成了人生价值。人生中还有这样的道路。"

"你也想那样生活?"

"不,"光平掀开被子起床,"我只是说,有那样的道路。用你的话说,就是菜单上又增加了一道菜。"

悦子点点头。"去不去澳大利亚?"

"澳大利亚?"

"我以前邀请过你啊,还跟你说案子调查完后咱俩去旅行吧,你下定决心了吗?"

"澳大利亚?"光平又躺了下来,思考起那个南方国度来。悉尼、考拉、袋鼠、格雷格·诺曼——提起澳大利亚,他的脑海中只能浮现出这种程度的事物。他连那里都有什么山、什么河、河里流着什么样的水都不知道。正因如此,他似乎觉得,即使只是尝一口那里的水、洗一把脸,都会意义非凡。"不错。"他说,"太神奇了,我第一次产生这种心情。"

"大概是魔咒解除了吧。"悦子说,"你身上被下了一道魔咒,才让你无法动弹的。"

她说得一本正经,让光平有些不安。"什么魔咒?"光平问。

悦子当即回答:"学生街。"

一针见血!光平佩服极了。

10

寒假结束了,学生们返回大学。旧学生街依然像受潮的烟花一样迸发不出火花,不过还是比寒假期间强多了,毕竟连青木对面的美发店也都有客人了。

在青木结束最后的工作后,光平为每张球桌罩上桌布,然后像以前一样站在窗边,俯瞰着街道。

种种往事浮上脑海,有在学生街的回忆,更久以前的事情也很多。他觉得似乎记忆中的每个人都为他提供了某种讯息。他想花足够长的时间来解读蕴含在这些讯息中的含义。不需要着急,自己还太年轻,无法解读所有,而太年轻也绝不是一件可耻的事。

回过神来时,老板早已站在身后。蓄着小胡子的他比初次见面时显得瘦多了。"你终于要走了。"老板说。

"你应该说'承蒙关照,深表谢意'。"

"客套话就免了,我不擅长说这个。"老板递过来一个茶色信封。光平接过来,感觉比预想中的厚多了。"作为饯别礼,多放了一点。"老板眯着眼说,"钱多不压身。"

"谢谢。"

"还有没有其他我可以帮你的？"

光平想了想说："那就让我再帮你保养一下球杆吧。"

老板下楼后不久，沙绪里走了上来。她将手背在身后，手里拿着一个纸包，神色有几分紧张。"要走了啊？"

"嗯。"

"你不在，我会很孤单的。"

"谢谢。见不到你，我也会很寂寞。"

"这个，给你。"沙绪里把方形纸包递给光平，上面画着法国人偶、老爷车和机器人。光平仔细打开包装纸，里面是一个白色的方盒，打开盒盖，一个小丑人偶露了出来。

"是一个八音盒。"说着，她从盒子里拿出附带的电池，装进小丑的肚子。"喂，看好了。"她把人偶放在收银台上，双手啪地拍了一下。八音盒随即响起，小丑的头和手和着音乐摆动起来。头部大概旋转了两周半后，小丑停了下来。"喂，好玩吧？"

"好玩。"光平说。他也试着拍了拍手，小丑的头部和刚才一样，旋转两周半后停下了。

"你要把它当成我，好好珍惜哟。"

"我会的。"

沙绪里在光平旁边坐下来，两手搂住他的脖子，亲吻起他的嘴唇。沙绪里的唇有一种充满弹性的奶酪蛋糕般的触感。光平搂住她的腰，用肌肤感受时间的流逝。

"大概有很多事情都会发生改变。"长吻结束后，沙绪里注视着光平的眼睛说，"我也会改变的，绝对会。"

"怎么改变？"

她略微歪歪头，说："变得出色一点。"

最后的握手之后，沙绪里从光平怀里离开。

"那……再见。"沙绪里说。

"再见。"

就像在倒计时一样，她下楼而去的声音回响在耳边。光平又保养起球杆来，正忙碌时，脚下忽然出现了一个人影，紧接着手边也渐渐变暗。他抬起头，只见香月正冷笑着俯视他。光平也不甘示弱地回以冷笑。他总觉得这名警察会出现，所以并不感到吃惊。

香月罕见地穿了一身黑色西装，外面套着一件短大衣。"我觉得必须要和你说一下案子的结果。"

"多谢。"

"我带走新娘之前的情况你都知道了吧？"

"就像达斯汀·霍夫曼一样。"光平说。要说不同点，那就是香月没有他行事低调，是明目张胆地把人带走的。

"她好歹捡回了一条命。具体情况也都问了，她出奇地平静，没想到这开年的工作还挺轻松的。"

"她有没有提到我？"光平说出了最在意的事。她像雪人一样僵住的身影仍如在眼前。

"什么都没说。"香月无情地回答，"还是说，你有担心的事？"

"啊……也没什么。"

"案子的来龙去脉就如你们了解的那样，我也没什么好补充的。你还有想问的吗？"

"有一件事。"

闻言，香月望着他，好像在说"请"。

"老板娘对广美的杀意到底有多重？"光平问，"广美被杀的第二天，她一直在店里哭，还拼命地喝酒。一想起当时的情形，我就

309

想或许她后悔了吧。"

香月低着头想了一会儿,回答:"这个不好说。她当时的心理状态如何,这一点恐怕谁都无法判断,大概她自己都无法做出明确的回答。就算是这样,你也一定要听答案吗?"

光平摇摇头。

香月对他的反应似乎很满意。"世上有很多事,一旦了解得太多就没意思了。"

"比如,"光平咽下一口唾液,望着香月,"广美拒绝你求婚的理由之类?"

"也算是吧。"香月淡然地回答。

不过,对于这个理由,光平已经找到了比较可信的答案。香月求婚是在那场事故之后。考虑到自己的过去,广美认为她无法和身为执法者的香月结婚。一旦她的过去暴露,不知会给香月带来多少拖累,更主要的是她无法欺骗自己的良心。

光平没有当场说出自己的想法,香月对此应该也心知肚明。

光平心里也藏着很多不能说出口的事,广美为什么越过道口自杀也是其中之一。她恐怕是知道了自己深爱的斋藤竟是曾全力救治加藤佐知子的医生后,认为这是自己遭到的报应,从而选择了自杀,当时她的身上就充满了让她这样做的绝望。

只不过,她没能直接走上自杀而死这条路,因为她与光平相遇了。尤其是光平为救她,引发了脑震荡,更让她格外关心,加藤佐知子一事也使她对头部的创伤异常敏感。如此想来,光平撒谎说头疼时,她变得非常紧张也就合乎情理了。

另外,作为案子的关键——那把钥匙,光平也觉得最好将它藏在心底。纯子所拿的那把钥匙,恐怕是广美以前交给斋藤的,后来被纯子以某种理由拿走了。

最后一个有关广美的谜也解开了,她打掉的孩子应该是斋藤的。二人分手前曾做过爱,孩子就是当时怀上的。光平自然也不愿对任何人提起这件事。

光平正沉思时,香月脱掉了大衣,从兜里摸出烟盒,叼起一根烟。

"听说你要去旅行?"他问道,嘴里的香烟随之颤动。

"算是吧。"光平回答,"想逛一逛这个世界。"

"了解社会?"

"差不多吧。"

香月点上香烟。乳白色的烟雾从口中吐出,化作各种形状,静静地消失了。"这次的案子对你的触动好像很大。"

"有一点。"

"旅行回来后怎么打算?就业?"

"不清楚。"光平回答,"大概不会,或许会上大学吧。"

"大学?"香月发出惊讶的声音,"还想当学生?"

"也许吧。这次我不想重复同样的失败了,打算确定目标后再进大学。"

"就为实现目标而去上学?"

"算是吧。我不想把自己逼入绝境,也无意划定期限。如果找不到目标,那就一直找到发现为止。如果一辈子都找不到,那也算是一种人生吧。"

"这一年时间里,你不是一直都在寻找吗?"

"可是意识不同了。"光平说,"说到底,我无法将自己的过去归零,所以也就走不出学生街。"

香月又吸了一口烟,表情看上去似乎在梳理某种想法。光平用锉刀磨着杆头，等待他开口。

"听了你的话，我想起三张画来。"过了一会儿，香月说。原来他是在思考画的事。"你知道一个叫弗龙的画家吗？"

"弗龙？"

"他擅长画素描、海报，还有版画，虽然他不仅对这些拿手。弗龙的作品中有一个系列，包含三幅，分别名叫《昨天》《今天》《明天》。《昨天》描绘的是在广阔的沙漠中指着某一方向的手。那手就像是用石头做成的，凹凸不平，有一种风化的感觉。"

"这样啊。"光平说。

"名叫《今天》的画则是中央有一棵伸出很多枝权的树，树梢是指着各个方向的手的形状。"

"知道了。"光平点点头，"这幅画，我一定得看看。"

"迟早都能看到的。"香月说。

"那《明天》是什么样的？"光平问。

"《明天》嘛，有点难。"香月略微犹豫了一下，说，"几个四方形物体飘浮在一个空间中。这个空间的一部分开着一个大洞，从洞里伸出一只手来，看上去随意地抓着一个物体，大概就是这样的画。"

"明天发生的事无法有意地去选择。"

"差不多就是这个意思吧。谁也不知道你的旅途中会有什么在等待着，我能说的只有一句，祝你好运。"

祝你好运——光平觉得这句话带着不可思议的力量回荡在耳边。

"可是，"香月意味深长地笑了笑，用眼神示意一旁的球桌，"你今后的前途还是能预测一下的。"光平抬起头，望着香月。香月取过球杆，掀下球桌上的桌布。"让你先开球。如果还输给我，那可就前途暗淡喽。"

光平站起身，觉得很久没有体会过充满热情的感觉了。他架好球杆，种种思绪掠过脑海。

　　邂逅，冲击，然后是再见。

　　光平将这些回忆放在心底。他使出浑身力气，猛地将球开了出去。

图书在版编目（CIP）数据

学生街的日子／（日）东野圭吾著；王维幸译.——
海口：南海出版公司，2018.10
 ISBN 978-7-5442-9372-3

Ⅰ.①学… Ⅱ.①东…②王… Ⅲ.①长篇小说－日本－现代 Ⅳ.①I313.45

中国版本图书馆CIP数据核字（2018）第163994号

著作权合同登记号　图字：30-2018-103

GAKUSEIGAI NO SATSUJIN
© Keigo Higashino 1990
Original Japanese edition published by KODANSHA LTD.
Publication rights for Simplified Chinese character edition arranged with KODANSHA LTD. through KODANSHA BEIJING CULTURE LTD. Beijing,China.
All rights reserved.

学生街的日子
〔日〕东野圭吾　著
王维幸　译

出　　版	南海出版公司　（0898）66568511
	海口市海秀中路51号星华大厦五楼　邮编570206
发　　行	新经典发行有限公司
	电话(010)68423599　邮箱 editor@readinglife.com
经　　销	新华书店
责任编辑	张　锐
特邀编辑	倪莎莎
装帧设计	陈绮清
内文制作	杨兴艳
印　　刷	北京天宇万达印刷有限公司
开　　本	890毫米×1270毫米　1/32
印　　张	10
字　　数	232千
版　　次	2018年10月第1版
印　　次	2022年5月第9次印刷
书　　号	ISBN 978-7-5442-9372-3
定　　价	49.50元

版权所有，侵权必究
如有印装质量问题，请发邮件至 zhiliang@readinglife.com